Le coq de Massan

Du même auteur :

L'étang de Pauline

Le Parisien de Cersan d'Aude

Le long chemin de Joaquin l'Espagnol

Juliette d'Estignan

Ma dernière année de classe

La Vigne de Jean

Le vrai prix de Marie

Le vieil homme qui rêvait d'amour

Le Nouveau monde de Juliette

Revoir Margot

De Mère inconnue

Le Coq de Massan

Un été à Mange-Loup

Les aventures d'un Parisien à la campagne (poche)

Le vieil homme qui rêvait d'amour (poche)

Je Pars demain

Site internet : http://aude-en-romans.fr/

www.tdo-editions.fr

ISBN : 978-2-36652-221-1

Couverture : @ Marjorie Falguera

Jean-Pierre Grotti

Le coq de Massan

Collection Poche

1

Jusqu'à aujourd'hui, Marcel Montségur était un homme sans histoire.

Cette expression mériterait d'ailleurs quelque éclaircissement car nous possédons tous notre histoire, que dis-je, nos histoires. Écrivons alors que, comme celle de la plupart des gens simples, la vie de Marcel n'avait jamais fait la une des journaux nationaux ni même locaux, sa photographie n'avait jamais paru dans Gala ou Voici suivie la semaine suivante de la condamnation du magazine pour atteinte à la vie privée.

Marcel, donc, a parcouru son chemin à sa façon, discrète et tranquille, sans éclats, ni exploits. S'il regarde derrière lui, du haut de ses soixante-seize ans, il peut aussi se plaindre de ne pas avoir été ménagé par les malheurs. Peut-être vous seront-ils racontés plus tard, lui ne vous en soufflera pas un mot.

Contrairement à beaucoup de paysans, il n'est pas homme à gémir sur son sort. Les caprices du climat, les malices du commerce et les méandres de la politique l'ont doté d'un calme – d'une résignation diront certains – à toute épreuve. Lorsqu'un orage de grêle, une gelée blanche de printemps ou une importation massive de vins étrangers peut ruiner tous les efforts et les espoirs d'une année, on apprend à baisser la tête, serrer les dents et se remettre au travail sans se plaindre.

Il n'a pas toujours été aussi tranquille et serein Marcel, non, pas toujours... Maintenant, il est vieux, seul, un peu fatigué. Il a appris la patience. Est-ce de la sagesse ? Oui, si celle-ci consiste à ne plus croire ni aux promesses, ni aux lendemains qui chantent et à ne compter que sur soi-même pour avancer... un peu. Triste sagesse penseront certains, petite vieillesse aux horizons forcément étriqués. Sans doute mais, justement, être sage n'est-ce pas adapter ses ambitions à ses possibilités ?

Jusqu'à aujourd'hui, sa vie était réglée comme celle d'un militaire encaserné. Lever au chant du coq, petit déjeuner conséquent fait de café, d'une belle tartine du pain de la veille accompagnée de charcuterie et d'un demi-verre de vin rouge, lecture du journal local, *L'Indépendant*, parce que ses parents l'achetaient déjà lorsqu'il était enfant.

Il jette un regard rapide et indifférent sur les gros titres ; la plupart du temps, ils parlent d'un monde qu'il ne comprend plus depuis longtemps et qui ne le concerne pas. Ces guerres dont il ignore les causes, ces attentats aveugles et insensés, ces politiciens insubmersibles et plus menteurs que des pêcheurs ne l'intéressent pas.

Sa première vraie lecture a pour objet la chronique nécrologique. Il ne se passe pas une semaine sans qu'un nom écrit en caractères gras n'attire son attention et n'évoque quelque souvenir. Comme le répète le vieux Soucasse chaque fois qu'ils pénètrent dans le cimetière pour accompagner un ancien jusque dans sa dernière demeure :

« Nous, maintenant, on connaît davantage de monde ici que dans la rue ! »

Après la liste des décès, il parcourt les pages locales en cherchant d'abord Massan et ses alentours. Depuis que le correspondant local a changé, la rubrique du village est fournie et régulière. Le journaliste est à présent un certain Louis Marec que Marcel ne connaît pas.

Il a remplacé avantageusement, il faut le reconnaître, la pauvre Marie Delprat qui ne sortait plus de chez elle parce qu'elle n'y voyait presque pas. Elle se contentait donc d'envoyer deux ou trois fois par mois les articles que lui portaient des associations du village ou bien la municipalité.

Louis Marec, lui, se dépense sans compter. Il annonce, relate, décrit, radiographie, photographie toute la vie massanaise. De la première dent du petit Durand jusqu'au compte rendu détaillé de l'assemblée générale des Amis du Cassoulet en passant par l'apparition d'un nid de poule dans la ruelle des jardins, rien ne lui échappe. Ses articles sont souvent résumés ou parfois douloureusement amputés par la rédaction du journal mais ils donnent malgré tout matière à lire aux Massanais et les remplissent de fierté ; enfin, on parle de leur village.

Lecture terminée, Marcel sort ensuite pour aller nourrir la volaille. Il élève des poules ; c'est une tradition, il y en a toujours eu dans la Grangette. Déjà enfant, il partait chaque matin à la chasse aux œufs, il continue maintenant. Il ne possède à ce jour que six poules rousses et un coq de race Marans, un animal magnifique au camail cuivré, aux ailes et à la queue de couleur noire moirée de reflets verts. Madeleine et lui l'ont acheté ensemble ; aussi, chaque fois qu'il le voit se pavaner à pas lents dans la cour, il pense à sa femme et son cœur se serre.

Oui Troumpéto est vraiment un bel animal ; son nom, Trompette en français, ils n'ont eu aucune difficulté à le lui donner. C'est un chanteur puissant, opiniâtre et jamais en retard pour annoncer l'aube. Il lui arrive d'ailleurs de se mettre à chanter alors que le soleil n'a pas fini de se débarbouiller de sa couche de brume nocturne.

Marcel se surprend souvent à l'observer lorsque, bien campé sur ses pattes tendues au milieu de la cour, il redresse la tête et lance son long et puissant cocorico qui signale au voisinage sa présence et aussi celle de la ferme, tout un petit monde en voie de disparition mais qui existe encore.

Madeleine aussi prenait beaucoup de plaisir à le regarder et à l'entendre. Depuis huit ans qu'elle a été foudroyée par un accident vasculaire cérébral, il ne se passe pas un jour sans que Marcel ne pense à elle. Elle a été sans doute la plus belle chose qu'il a connue dans sa vie, d'autant plus belle qu'elle est venue vers lui alors qu'il ne l'espérait plus.

Il l'a toujours aimée, de sa plus tendre enfance jusqu'à aujourd'hui. C'est elle qu'il faisait reine lorsqu'il tirait les rois à l'école maternelle, elle qu'il prenait par la main quand la maîtresse les faisait s'aligner deux par deux avant d'entrer en classe, elle qu'il taquinait le plus souvent en attendant le car qui les amenait au collège, elle qu'il faisait danser, elle dont il rêvait, elle dont un regard ou un sourire suffisait à le remplir de bonheur.

Elle l'aimait bien, ce qui est la pire des infortunes qu'il puisse arriver à un amoureux. Elle l'aimait bien et elle le lui disait. En lui donnant la charge de garçon d'honneur, peut-être pensait-elle le récompenser de son assiduité ou bien était-ce une façon adroite de lui faire comprendre qu'il n'avait que son amitié à espérer d'elle ?

Certains dimanches matin pourtant, lorsqu'il la ramenait chez elle à la fin d'un bal, alors que les étoiles s'éteignaient une à une et qu'une goutte de lait tombée de l'Est grisait le café noir de la nuit, elle s'étirait sur le siège de la Renault 5, ivre de fatigue et encore tout étourdie de musique, le regardait en souriant et lui disait :

« Ce soir, tu peux m'embrasser ! »

Parfois, elle lui autorisait aussi quelque légère caresse mais elle ne participait jamais à ces ébats. Alors que Marcel, fou d'amour, s'efforçait en vain d'allumer une flamme ou tout au moins une étincelle de désir dans le regard à la fois étonné et moqueur de sa belle, aucun trouble ne venait agiter l'eau claire des jolis yeux bleus ; elle gardait toujours le contrôle de ses sens… et de la situation.

« Doucement Marcel, doucement. Des fois, tu me fais peur. Tu m'aimes trop et moi pas assez… Je veux bien te faire plaisir… un peu… mais je ne peux te donner rien de plus. »

Elle lui prenait les mains, lui souriait, posait un dernier baiser sur ses lèvres et rejoignait sa maison.

Il ne partait pas tout de suite ; il restait seul quelques minutes dans la voiture obscure, s'enivrant encore du parfum de sa belle, tout tendu de désir et plein d'espoir ; la prochaine fois, peut-être, s'enflammera-t-elle, la prochaine fois, peut-être, l'aimera-t-elle enfin comme il l'aime.

Bien sûr, une personne sensée se serait fait une raison, aurait bien compris que Madeleine lui donnait ses lèvres presque comme l'on jette un petit bout de viande à son chien, qu'il s'agissait pour elle, d'un sacrifice auquel elle consentait seulement pour le remercier de sa constance, mais, c'est bien connu, rien n'est plus éloigné de la raison qu'un amoureux et Marcel, nullement découragé, raide sur son siège, la tête dans les étoiles, attendait que se calment les battements affolés de son cœur et les rudes élans essentiels de son corps.

Peut-être aussi éprouvait-il un plaisir trouble à se consumer contre la froide forteresse de Madeleine. Jamais, autant que dans ces moments-là, il ne ressentait combien il était prêt à tout accepter d'elle pourvu qu'elle lui permette de rester à ses côtés. Il était son esclave et cette condition indigne allègrement consentie la lui faisait aimer encore davantage.

Elle collectionnait les amoureux, évidemment. Certains, le temps d'un bal, d'autres, quelques semaines. Elle racontait à Marcel ses rencontres, lui confiait ses enthousiasmes et ses déceptions. Il l'écoutait en souriant, jouait l'indifférent. Il ne s'inquiétait nullement de ses passades, il était sûr qu'un jour, elle lui reviendrait.

C'est pour cette raison d'ailleurs qu'il ne s'intéressait pas aux autres jeunes filles de Massan. Madeleine emplissait son cœur, elle lui suffisait et… il ne supportait pas l'idée de lui être infidèle. Il l'attendait.

Puis Marc est arrivé. Il venait de Toulouse avec ses parents qui avaient acheté une grande maison sur la route de Narbonne. On disait d'eux qu'ils étaient très riches et qu'ils travaillaient dans les affaires.

Joueur de rugby de bon niveau, le jeune homme a tout de suite rejoint l'équipe locale ce qui lui a permis de faire connaissance avec la plupart des gens du village et de s'intégrer rapidement au groupe des jeunes Massanais. Il passait la semaine à Toulouse où il étudiait les lettres modernes et rentrait chez ses parents tous les vendredis soir.

Très vite, Marc et Madeleine sont sortis ensemble mais contrairement à ses habitudes, elle ne s'en est pas confiée à Marcel. Lui essayait bien de l'interroger pour connaître la profondeur de ses sentiments mais elle ne répondait pas ou bien se mettait en colère lorsqu'il critiquait trop durement son rival. Il le jugeait prétentieux, hâbleur et égoïste, elle ne lui trouvait aucun défaut et ses yeux brillaient dès qu'elle parlait de lui.

Elle ne s'est plus laissé embrasser au petit matin puis elle n'est plus montée dans la Renault 5. Semaine après semaine, elle s'est éloignée de Marcel et, au moment où, un samedi soir dans le café, il s'est assis contre elle sur la banquette, elle s'est écartée vivement de lui comme s'il l'avait brûlée et s'est exclamée :

— Arrête de me coller Marcel, Marc va arriver, je ne veux pas qu'il pense qu'il y a quelque chose entre nous.

— Mais, il y a au moins notre... amitié ?

— Non, il n'y a plus rien. Je l'aime, j'écarterai de

ma vie tous ceux qui voudront s'interposer entre lui et moi, toi comme les autres. Et, s'il te plaît, ne va pas te mettre à raconter n'importe quoi sur notre relation, c'est du passé.

Assommé de douleur et d'indignation, il s'est levé, a murmuré :

— Tu ne me verras plus.

Il a marché lentement vers la sortie du bar en espérant, jusqu'à ce que la porte se referme sur lui, un rappel ou, tout au moins, un mot gentil. Il n'a rien entendu.

Les poules qui caquettent autour de lui le ramènent au présent. Il puise dans le sac de mélange pour pondeuses quatre grosses poignées de grains et les lance à la volée autour de lui. Il reste un moment dans la cour pour empêcher les moineaux perchés sur le figuier et les deux couples de tourterelles posées sur le toit du hangar de venir voler la nourriture de ses protégées. Il veille avec Troumpéto qui ne se mettra à picorer que quand toutes seront rassasiées.

Il ramasse trois œufs et revient dans la cuisine, les pose dans un grand plat rond qui est déjà presque plein. Un habitant du lotissement, un certain Jacques Dulup, un ancien Lyonnais, lui en achète deux ou trois fois par mois. Il ne devrait pas tarder à arriver car il n'est pas venu depuis une quinzaine de jours.

Marcel éprouve parfois des difficultés à comprendre tout ce que l'étranger lui dit à cause de son accent bizarre mais, dans l'ensemble, leur conversation est agréable. L'homme répète à chacune de ses visites qu'il n'a jamais mangé d'œufs aussi bons. Marcel l'écoute sans répondre, sans comprendre non plus cet enthousiasme ; pour lui, tous les œufs se ressemblent et possèdent le même goût. Dans tous les cas, il ne trouve rien de spécial à ceux de la Grangette.

C'est sûr, à Lyon, des poules comme les siennes, nourries au grain et libres de leurs mouvements, il ne doit pas y en avoir beaucoup. La plupart des œufs proviennent sans doute d'élevages en batteries. Il a vu un reportage télévisé ; ce ne sont plus des animaux mais des machines à pondre alimentées, sans doute, par toutes sortes de nourritures chimiques et la chimie, ça ne peut pas produire de bons aliments.

Puisque Dulup l'affirme chaque fois qu'il vient, les siens doivent être excellents. Marcel hausse les épaules, les questions de goût sont trop personnelles pour que l'on s'y attarde. L'important reste que cet homme lui paraît plutôt sympathique malgré leur différence d'accent, de culture et de vie.

Ils parlent du temps, des poules, d'une émission de télévision mais leur conversation est difficile car ils n'ont vraiment aucun centre d'intérêt en commun. Marcel prodigue des conseils de jardinage, Dulup recommande la lecture de quelque bon livre. Chacun remercie par politesse. L'un ne lit que son journal, l'autre n'a guère de goût pour le travail de la terre.

Le vieux vigneron observe le ciel, prédit le temps qu'il va faire et ses conséquences sur la nature. Dulup raconte un peu de sa vie lyonnaise lorsqu'il était professeur de français au collège Charcot. Ils ne discutent jamais de politique, ni de sentiments, peut-être parce qu'ils pensent que le premier point risque d'entraîner des disputes. Quant au second, ma foi, les femmes ne sont plus leur préoccupation majeure depuis déjà quelques années.

Elles restent cependant un sujet important de discussions, de rires, voire de grosses rigolades pour Marcel et ses camarades lorsqu'ils se retrouvent au boulodrome ou sur les bancs de la place.

Ce Dulup qui parle pointu et qui était professeur à Lyon l'impressionne. En sa compagnie, Montségur, le paysan, se sent totalement ignorant. Il pèse ses mots, évite les expressions vulgaires ou occitanes, s'applique à parler lentement et en bon français un peu comme à la télévision mais, bien sûr, avec son accent.

Les venues de l'enseignant à la retraite l'informent aussi sur ce qu'il se passe à l'intérieur du lotissement privé : le Soleil d'Occitanie, un monde clos de villas blanches et silencieuses, qui s'est développé tout contre Massan telle une excroissance sur le tronc d'un platane. La pauvre Madeleine ne l'a pas connu et c'est tant mieux, car elle adorait vivre tout près de la nature. Elle lui disait souvent :

« Ici, ce que j'aime, c'est qu'il suffit de faire un pas pour se retrouver dans la campagne ! »

Marcel commence à préparer son repas de midi lorsqu'il entend le grand portail de fer qui ferme la cour grincer en s'ouvrant. Il regarde par la fenêtre et aperçoit justement le Lyonnais, un petit panier à la main, qui se dirige vers sa maison.

Il achète tous les œufs, Marcel n'ose pas lui dire qu'il aimerait en garder quelques-uns pour son omelette, puis ils se mettent à bavarder. Il fait beau, la porte est restée ouverte, les voici dans la cour. Dulup désigne le coq du doigt :

— C'est lui le chanteur ?

— Oui répond Marcel avec fierté, c'est Troumpéto.

— Trompette je suppose ? Il porte bien son nom.

— Oui, avec Madeleine c'est le premier qui nous est venu à l'esprit. Remarquez, on n'a pas cherché bien longtemps…

— Oui, oui, je comprends. Et vous ne craignez pas qu'il cause une gêne dans le voisinage ?

— Une gêne ? C'est joli non, le chant du coq ?

— C'est qu'il chante beaucoup !

— Bah, c'est son métier, et puis on est à la campagne non ? En tous cas, on ne m'a jamais fait de reproches à son sujet. De toute façon, vous savez, empêcher un coq de chanter, c'est difficile… à part bien sûr de le faire passer à la casserole.

— Effectivement…

L'homme paie ses œufs, salue Marcel et quitte la Grangette. Celui-ci regarde son coq qui, justement, s'apprête à lancer son tonitruant cocorico. Marcel sourit en se disant que c'est sa façon de saluer l'étranger.

Il repense à Madeleine : dans son esprit, la première partie de leur relation s'arrête toujours à ce moment-là, lorsqu'il sort du café, désespéré, prêt à aller se pendre. Ce soir-là, il ne rentre pas tout de suite chez lui. Il a besoin d'être seul pour crier sa peine, sa révolte, pour pleurer aussi.

Pourtant, au fur et à mesure qu'il marche, éclairé par un petit bout de lune et une myriade d'étoiles, une pensée s'impose peu à peu dans son esprit, le console, lui redonne espoir et, en même temps, lui rend tout son amour pour sa belle : ce qui est arrivé ce soir le prouve bien, elle n'est pas dans son état normal. Il la fréquente depuis si longtemps qu'il la connaît parfaitement : il la sait trop douce, trop intelligente, trop sensible pour lui parler de cette façon dans le café et, qui plus est, devant tous leurs copains.

C'est sûr, elle n'est pas dans un état normal, elle est folle amoureuse comme chaque fois qu'elle débute une liaison. Oui, pour le moment, elle est éblouie, elle aime ce sale bonhomme qui fait le paon mais, d'ici peu, ses sentiments commenceront à se faner, ses yeux à s'ouvrir, elle redescendra sur Terre et verra son amoureux tel qu'il est vraiment.

Il va laisser passer du temps, lui obéir pour ne pas la fâcher. Elle ne veut pas qu'il la colle, bien, il ne va plus essayer de la rencontrer, au contraire, il va tout faire pour l'éviter. Dans quelques jours, au plus tard dans quelques semaines, c'est elle qui reviendra vers lui.

Marcel rentre dans sa cuisine, se remet à la préparation de son repas. Comme il était naïf et sûr de lui ! Il était bien le seul à ne pas se rendre compte qu'entre Madeleine et Marc il s'agissait vraiment d'une histoire d'amour et non d'une simple passade comme celles auxquelles elle l'avait habitué.

Pour respecter la volonté de sa belle et malgré les sollicitations de ses amis, il n'est pas revenu au café même après les matches. Si par hasard, ils se retrouvaient dans un bal, il faisait mine de ne pas la remarquer même s'il ne pouvait pas s'empêcher de la suivre des yeux. Il buvait quelques verres de muscat avec ses camarades, parcourait la salle du regard puis lançait :

« Il n'y a que des boudins ici, je vais voir ailleurs ! » Et il partait…

Les jours, les semaines, les mois couraient, les deux amoureux restaient inséparables et heureux. Marcel fréquentait Marc durant les entraînements de l'équipe de rugby du vendredi mais celui-ci se faisait des passes avec les trois-quarts alors que lui répétait des touches, des mêlées et des mauls avec les avants.

Parfois, il avait envie de l'assommer mais il était bien obligé de reconnaître que l'amoureux de Madeleine était un gentil garçon, pas fier du tout et vraiment bon joueur, certainement le meilleur de l'équipe.

Il a prétexté un surcroît de travail pour ne pas participer à plusieurs séances ; l'omniprésence radieuse de son rival le démoralisait. Personne ne lui en a voulu car, cette année-là, le club possédait un effectif conséquent et contrairement à Marc, Marcel, bien que courageux, était un talonneur moyen très souvent remplaçant. Pour dire vrai, il passait plus de temps à marcher derrière la barrière qu'à courir sur le terrain.

Peu à peu, il a commencé à perdre patience et à douter. Son appel sous les drapeaux est arrivé à point nommé : il allait partir, se libérer de sa promesse, voir d'autres régions, connaître d'autres gens. Il n'aurait plus le temps de penser à sa belle, peut-être allait-il totalement l'oublier…

2

Il sourit en mettant son plat de gratin dauphinois dans le four ; bien sûr, il n'a rien oublié, surtout pas Madeleine.

Il est onze heures, le moment d'aller discuter sur la place avec ses camarades. Ils sont cinq, six, parfois sept ou huit, tous âgés, tous de vieux Massanais. Ils se retrouvent le matin, les jours où le temps est clément, pour écouter, commenter, transformer selon leur humeur puis répandre les dernières nouvelles. Ils en profitent aussi pour fustiger les comportements des uns et des autres sans oublier, évidemment, de se moquer des absents.

On les appelle sur un ton à la fois sarcastique et affectueux : les Sénateurs. Aujourd'hui, ils ne sont que quatre et Marcel est joyeusement accueilli. Vincent l'interpelle pendant que tous se serrent pour lui faire une place sur le banc.

— Té, tu tombes bien, justement je parlais de toi. Tu as dû avoir les oreilles qui te sifflaient ce matin, non ?

— Moi ? Pourquoi ? Qu'est-ce qu'il y a ?

— Eh bé, tu sais que Irène ma belle-fille fait des ménages ?

— Oui, tu nous le dis tous les jours qu'elle a enfin trouvé du travail.

— Figure-toi qu'elle est dans une maison du lotissement. Elle a vu une affiche dans la boulangerie, elle a téléphoné et elle a commencé il y a une semaine.

— Bon et alors ?

— Eh bé ces gens, je ne sais pas comment ils s'appellent, ils étaient en colère contre ton coq. La femme surtout se plaignait. Elle criait qu'il l'empêchait de dormir, que c'était insupportable, qu'il fallait faire quelque chose.

— C'est vrai que ton coq, il a une belle voix ! Quand c'est vent marin, je l'entends jusque chez moi et pourtant j'habite au moins à deux ou trois cents mètres de la Grangette, confirme Louis.

— Oui, pour ça, il chante bien, mais voilà déjà huit ans que je l'ai et, ma foi, il a toujours la même voix.

— Tu oublies que jusqu'à l'an dernier, il n'y avait personne qui vivait à côté de toi. Maintenant, il doit bien y avoir une bonne trentaine de maisons.

— Trente-six ! C'est un ouvrier qui me l'a dit.

— Trente-six, ça fait plus de cent personnes.

— C'est presque tous des retraités, ils ne veulent pas être réveillés tôt.

— Moi, je n'ai rien entendu, on ne m'a fait aucune réflexion, je ne suis pas au courant ! soupire Marcel et il pense à la remarque de Dulup, ce matin, justement à propos de Troumpéto. Il demande :

— Et l'homme qu'est-ce qu'il a dit ?

— D'après Irène, il n'a pas droit à la parole. Il a juste essayé de la calmer, il lui a demandé d'être patiente mais elle l'a fait taire illico. Elle lui a dit qu'il était une chiffe molle et qu'elle ne comptait pas sur lui pour l'aider. Elle l'a même insulté. Ma belle-fille a ajouté qu'elle ne savait pas où se mettre et qu'elle avait eu honte pour lui.

— Bah, si c'est une femme qui rouspète, ça ne compte pas. Elles sont toujours en guerre contre quelque chose ou quelqu'un alors…

— Tu n'as qu'à les envoyer promener ! s'exclame Jeannot Tessier. Ces gens du lotissement, on ne les voit jamais, on ne les connaît pas, ils ne vont pas se mettre à faire la loi chez nous. Ils n'ont qu'à fermer leurs fenêtres ou se boucher les oreilles !

— Moi, tant qu'on ne m'en parle pas officiellement, je ne sais rien. En plus, je me régale de l'entendre chanter. Vous pensez, je l'ai acheté avec Madeleine.

Tous se taisent, ils savent l'amour que Marcel portait à sa femme, il n'est pas question de plaisanter sur ce sujet.

— Tu as raison, ne bouge pas.

— Il n'empêche que Delpech, le maire, il nous a bien eus. Dès qu'il a été élu, il a placé tous les terrains du côté de la Grangette en zone constructible. Il ne s'est pas trompé d'endroit, il y avait là trois ou quatre parcelles qui lui appartenaient.

— Trois ou quatre ? Plutôt six ou sept oui !

— Peut-être. En tous cas, il n'a pas perdu de temps. À peine réélu, hop, il a appelé les promoteurs. Il disait que le lotissement allait redynamiser le village, permettre aux jeunes Massanais de vivre chez eux, amener des clients aux commerces, des enfants à l'école et des bénévoles dans les associations… Tu parles ! Rien du tout !

— En plus un truc privé ! Il y a un code pour entrer, ils voulaient mettre un pont-levis mais il n'y a pas d'eau alors…

— Un pont-levis ? C'est vrai ? demande Louis.

— Mais non ! Toi, tu crois vraiment tout ce qu'on te raconte !

— Ben oui, pourquoi tu le dis alors ?

— Oh ! Oh ! Regardez-moi ça !

Ça, c'est Suzie, la fille de Paul Delga, sourire aux lèvres, mini-jupe de cuir et bottes à talons, poitrine fière, fesses rebondies, qui, nonchalante et superbe, traverse la place et suspend dans l'instant leur discussion. Jules, admiratif et rêveur, déchire le voile satiné de silence que Suzie a posé sur eux en s'exclamant :

— Cette petite, plus ça va, plus elle est belle !

Elle te ferait damner un saint !

— En plus elle n'a pas froid aux yeux !

— Ni au reste... Elle s'habille comme une pute !

— Tu la préférerais voilée ?

— Non, non, grand dieu, ce serait dommage !

— Peut-être qu'elle le fait pour nous, pour nous faire plaisir. Avec les seins qu'elle a, elle peut avoir un grand cœur.

La conversation reprend sur le thème des plus belles femmes vivant ou ayant vécu à Massan. Évidemment, personne n'est d'accord avec personne lorsqu'il s'agit d'attribuer les lauriers. Comme toujours, l'échange navigue sur une mer agitée de plaisanteries, de grossièretés, de colères vraies ou simulées, de provocations, de rires et parfois d'insultes mais chacun connaît son rôle et le joue à la perfection, c'est-à-dire sans jamais se laisser aller à des propos trop agressifs.

Il est presque midi lorsque, d'un commun accord, les Sénateurs mettent fin à leur séance et regagnent leur logis après s'être souhaité un bon appétit.

Marcel ressasse les paroles de Vincent à propos de son coq. Celui-ci ne chante pourtant ni plus, ni moins que d'habitude. Il est vrai que les jours sont en train de s'allonger, il se réveille donc plus tôt mais malgré tout, il lance ses cocoricos à une heure raisonnable.

Ces gens du lotissement qui grognent contre Troumpéto doivent être des fainéants, des amateurs de grasse matinée. Il ne parvient pas à les imaginer, il ne les connaît pas à l'exception de Dulup. Il hausse les épaules, essaie de chasser cette menace de son esprit mais, en vain, il reste tout de même un peu inquiet.

Avant la construction du lotissement, il était tranquille, tout près du village mais déjà dans la campagne. Maintenant, la Grangette est collée à ces maisons blanches aux volets bleus qui sont vite sorties de terre serrées comme des champignons de peuplier après les premières pluies d'automne. Il n'y a plus un pouce de nature sauvage entre Massan et sa campagne qui se retrouve ainsi rattachée au village.

C'est vrai, Delpech a joué un drôle de jeu. Plusieurs propriétaires de jardins familiaux ou de petits bouts de vigne ne voulaient rien vendre. Il les a tous convoqués dans la salle du conseil municipal. Il a commencé par les flatter en vantant l'attractivité irrésistible de Massan. Il leur a ensuite affirmé qu'au vu de l'amour qu'ils portaient à leur village, il ne comprendrait pas qu'ils s'obstinent à enrayer son expansion. Enfin, il leur a parlé de leur propre intérêt. À ce moment-là, le promoteur présent à la réunion a déclaré qu'exceptionnellement et sur l'insistance du maire, il était prêt à augmenter – légèrement – le prix d'achat des terrains.

Bon gré, mal gré, tous ont fini par accepter l'offre. Il faut dire que la plupart de ces gens étaient vieux ; ils n'avaient plus ni le courage, ni la force d'entretenir leur parcelle. Les jardins ressemblaient à des jungles et les vignes restantes qui n'étaient plus taillées depuis plusieurs années faisaient peine à voir. Quant à leurs enfants, ceux qui étaient établis dans la région possédaient déjà leur logis et les autres n'avaient pas les moyens de faire construire le leur.

Finalement, deux hectares de terrain furent vendus à la Société de Construction du Midi.

On a beaucoup parlé de ce lotissement porteur d'avenir radieux pour la commune puis on n'en a plus rien dit. Les Massanais pensaient que le projet avait été abandonné. Marcel, lui, ne s'intéressait à rien. Il ne parvenait pas à se sortir de l'esprit l'image de Madeleine, si belle, si sereine avec ses mains jointes sur sa poitrine, si froide et si pâle aussi sur son lit de mort...

Il errait dans sa vie, indifférent à tout. On ne le voyait plus dans le village, on le croisait parfois dans la campagne, sale, mal rasé, maigre, les yeux grands ouverts semblant regarder au-delà de l'horizon.

Presque deux années s'étaient écoulées depuis la vente des terrains, quand le maire, tout fier de lui, est venu annoncer à Marcel d'un air satisfait qu'il y allait avoir « pas mal de trafic à côté de la Grangette ». Celui-ci lui a répondu qu'il s'en moquait pourvu qu'on le laisse tranquille.

Du trafic, il y en a eu et même beaucoup : bulldozers, scrapers, niveleuses, chargeuses pelleteuses, pelles hydrauliques et camions, nuée de camions posés sur la route comme des jouets de géants.

Jour après jour, Marcel a vu le paysage se transformer. Les ronces, les romarins, les thyms, les fenouils et toutes ces petites plantes mystérieuses et anonymes qui tapissent les sols d'une vie discrète, puis les haies, les arbustes, les arbres, même le grand peuplier qui montait la garde au bord du vieux puits et les cyprès qui protégeaient du Cers le jardin de Loustal ont été écrasés, arrachés, broyés, enlevés.

La terre mise à nu, retournée, ventre à l'air, a exhibé au soleil ses veines de calcaire pâle, ses caillots de limon gras, ses calculs de roches rugueuses et lourdes.

Un matin, un panneau est apparu, un grand panneau sur lequel les lettres jaunes brillaient dans un fond bleu ciel : *Ici se construit en sécurité* Le soleil d'Occitanie. *Vente et renseignements…*

C'était le moment où Marcel recommençait à sortir un peu. Il revenait dans le village pour faire ses courses. Parfois, il allait s'asseoir sur le banc de la place avec ses amis, il les écoutait, il lui arrivait de sourire.

Tous les sénateurs connaissaient sa vie, son histoire, la disparition précoce et brutale de sa femme. Ils le laissaient tranquille, ne s'adressaient pas directement à lui, ne lui posaient jamais de questions mais ils étaient solidaires de sa peine. Ils le lui montraient à travers un regard, une poignée de main, un sourire, un silence même. Marcel leur était reconnaissant autant de leur discrétion que de leur présence.

Avec eux, il oubliait les rais de soleil qui se glissaient entre les volets fermés pour éclairer une dernière fois le visage blanc de Madeleine, la maison sombre, l'odeur des bougies, les visages figés des visiteurs, les murmures de la veillée funèbre ruisselant doucement comme une longue pluie d'hiver…

Il oubliait qu'il allait manger seul, regarder la télévision seul, parler seul, dormir seul. Avec ses camarades Sénateurs, il commençait à prendre conscience que la vie était encore possible sans sa femme, et chose extraordinaire, qu'elle lui apporterait sans doute, au détour d'un mot ou d'un événement, l'occasion de sourire.

Ce jour-là donc, le panneau éclatant de couleur avait été dressé, et ils en avaient parlé sur le banc. Aucun d'entre eux n'aimait ce nom : Soleil d'Occitanie. Bien sûr, c'était choisi exprès pour appâter les étrangers ! Les Sénateurs auraient préféré par exemple la Grangette puisque tout le tènement s'appelait ainsi. Vincent avait aussi proposé les Hortes mais l'idée n'avait pas été retenue parce que, d'après la plupart d'entre eux, plus personne ne savait que les hortes en occitan signifiaient « les jardins ».

Ils en étaient là de leur discussion au moment où Émile, l'ancien directeur de l'école, était venu se joindre à eux. Il les avait écoutés un moment, un petit sourire aux lèvres, puis les avait interrompus. C'était un homme sage.

— C'est vrai, vous avez raison, ils ont trouvé un nom pour les étrangers mais ce n'est pas le plus important, vous n'avez pas tout lu. En bas du panneau, en noir, il est écrit lotissement privé.

— Qu'est-ce que ça veut dire ? avaient-ils demandé, soudain inquiets.

Il leur avait alors expliqué qu'il s'agissait d'un ensemble d'habitations enfermées derrière un mur de clôture avec un code d'entrée et des équipements que seuls pouvaient utiliser les copropriétaires. Il avait conclu en disant :

— C'est comme s'ils allaient bâtir un petit village à côté de Massan, un village fortifié !

Ces derniers mots les avaient tous fortement impressionnés. Un village fortifié ! Chez eux ! Et Émile de poursuivre :

— Comme là-dedans, ils peuvent construire une aire de jeux, une salle de réunions ou de sport, un court de tennis, un boulodrome, une piscine et que souvent, il y a un concierge qui s'occupe de l'entretien, ça m'étonnerait que le prix du pavillon soit à la portée des jeunes du coin qui ne gagnent pas beaucoup plus que le SMIC. Ils l'ont appelé le Soleil d'Occitanie parce qu'ils ne visent pas une clientèle locale. Des clients massanais, ils savent bien qu'il n'y en aura pas et d'ailleurs, ils n'en ont rien à faire !

Tous se taisaient, atterrés. Ils prenaient conscience que le maire les avait trompés ou bien, peut-être, et ce n'était pas mieux, que lui-même avait été trompé. Ce qui était sûr, c'est que le Soleil d'Occitanie n'était conçu ni pour les Occitans, ni pour les enfants de Massan.

Hélas, les propos de l'ancien directeur d'école se trouvèrent vite confirmés : tous les lots furent achetés par des étrangers à la région à l'exception de deux parcelles acquises par des retraités audois qui revenaient finir leur vie au pays. Pas un seul habitant de Massan ne devint copropriétaire du Soleil d'Occitanie.

Après une courte période de curiosité bien compréhensible, les Massanais se désintéressèrent des gens du Soleil qui, d'ailleurs, ne faisaient aucun effort pour les rencontrer. Dès que les administrés rappelaient ses promesses mirifiques et ses paroles enthousiastes à Delpech, celui-ci levait les bras au ciel et s'exclamait :

« Mais bon Dieu, laissez-les s'installer ! Ils viennent à peine d'emménager ! Vous verrez dans quelque temps… »

Peut-être avait-il raison, mais les indigènes se disaient que c'était aux nouveaux arrivants de faire les premiers pas ; eux étaient bien décidés à ne pas leur faciliter la tâche.

Charmés par les déclarations du maire, ils avaient souhaité ce lotissement car beaucoup en espéraient quelque bénéfice : l'un, de nouveaux clients, l'autre, un emploi pour son enfant, l'autre encore, de nouveaux électeurs pour lui ou bien des équipements supplémentaires pour la Commune.

En fait, seul Delpech était sûr de tirer avantage du projet; la population allait enfin dépasser le seuil crucial des mille habitants et son indemnité de maire augmenterait automatiquement de façon conséquente mais ceci, il ne le disait pas.

Les nouveaux venus étaient âgés pour la plupart, les effectifs des écoles maternelle et primaire ne s'accrurent pas. Anciens citadins, habitués à faire leurs courses dans les hypermarchés posés à la périphérie des villes, ils ne fréquentèrent pas les commerces locaux à l'exception, le dimanche, de la boulangerie.

Enfermés dans leur village fortifié, ils ne sortaient que très peu, s'aventurant rarement dans Massan, localité qui devait certainement leur paraître vieille, désordonnée, sale et sans attraits.

Aucune des prévisions optimistes du maire ne se réalisait et la déception en était d'autant plus forte. Elle se transformait parfois en hostilité. Ceux du Soleil devenaient des envahisseurs qui venaient profiter des douceurs de la région sans daigner en fréquenter les habitants. Ils étaient des étrangers, des colons, les fils du cruel Simon de Montfort, l'impitoyable conquérant de la vieille Occitanie.

Cette menace sur son coq, vague et dénuée de tout fondement, se met à rôder autour de Marcel. Elle pèse sur ses épaules lorsqu'il rejoint la Grangette, le regarde déjeuner, l'empêche même de s'endormir sitôt sa lampe de chevet éteinte comme il en a l'habitude. Il garde les yeux fermés, mais en vain.

Voilà que l'esprit de Marcel devient papillon, se met à voleter dans toutes les directions et, évidemment, se retrouve toujours attiré par sa plus belle lumière, Madeleine, qui l'oblige à s'enfoncer aussitôt dans les temps anciens.

3

L'irruption de Marc dans la vie de son ancienne fiancée ou amie clôt le premier épisode de son roman d'amour avec Madeleine. Suivent seize mois de service militaire en Alsace, entrecoupés de quelques permissions durant lesquelles il se soûle consciencieusement avec ses amis et évite tout aussi consciencieusement sa belle qui ne l'aime plus.

Ils se rencontrent pourtant une fois dans le café mais le sourire figé qu'elle lui accorde et le baiser froid qu'elle dépose sur sa joue lui sont bien plus douloureux qu'une gifle. Il apprend un peu plus tard par ses camarades qu'elle part vivre avec Marc à Toulouse à la fin du mois de septembre.

Boire pour oublier l'inoubliable ; il se réveille le dimanche matin tout habillé sur son lit. Il ne se souvient de rien concernant le déroulement de la soirée mais il sait qu'elle s'en va et il lui apparaît évident qu'elle ne reviendra pas à Massan.

Elle n'est d'ailleurs plus là lorsqu'il fête sa libération. Ces seize mois longs et vides ont tout de même quelque peu calmé son ardeur amoureuse. Il a eu le temps de se répéter une bonne dizaine de milliers de fois qu'il ne la reverra plus et de se persuader que, contrairement à ses certitudes passées, sa vie ne se déroulera pas avec elle.

Durant ces mois, il a aussi pris conscience que l'on peut se sentir étranger sans quitter son propre pays. Ils se retrouvent deux Audois, quatre Héraultais et trois Catalans ensemble et lui qui, à Massan, rechignait à parler la langue d'oc parce que, pensait-il, *ça faisait paysan*, apprécie là-bas, en cette Alsace lointaine et froide, ces moments durant lesquels ils discutent tant bien que mal en occitan.

On se moque de leur accent, on les traite de fainéants :

« Allez les gens du Sud, c'est l'heure de la sieste ! »

C'est une période de grandes manifestations des viticulteurs dans le Midi et, à la suite des journaux et des informations télévisées, on les insulte, on les traite d'empoisonneurs, on les accuse de ne fabriquer que de la bibine ou de la piquette. Une bagarre à ce propos dans la chambrée lui vaut quinze jours d'arrêt, la suppression d'une permission et le refus du certificat de bonne conduite.

À Massan comme dans tout le Languedoc, la viticulture qui jusque-là était le premier employeur de la région est frappée de plein fouet par la mévente du vin. Les vignerons voient leurs revenus baisser année après année alors que les charges d'exploitation croissent d'une façon vertigineuse.

Les importations massives de vin d'Algérie prévues par une clause secrète des accords d'Évian font chuter les prix. Le coupage et les fraudes organisés par de grands négociants proches du pouvoir finissent par déséquilibrer totalement le marché.

Certains vignerons ont deux récoltes en stock dans leur cave. Les parents de Marcel subsistent à peine. Pour payer les vendanges, ils sont obligés d'entamer les maigres économies qu'ils avaient patiemment amassées et placées au Crédit Agricole. Il ne subsiste que quelques rares emplois dans le commerce, le bâtiment et la fonction publique...

Marcel ne possède ni diplômes, ni savoir-faire particulier, ni connaissances politiques, ni ami ou parent bien placé et assez influent pour lui procurer un emploi.

Pendant plus d'un an – peut-être que Madeleine va revenir ? – il n'a d'autre solution que de vivre chez ses parents comme avant son service militaire. Il travaille avec son père, taille pour les uns et les autres, rend service à gauche et à droite, est de temps en temps employé comme manœuvre par le maçon du village mais il doit se rendre à l'évidence : il n'y a plus de place pour lui dans son pays. Il doit partir, que faire d'autre ?

Il n'en est ni indigné, ni même étonné. Voilà plus de dix ans qu'il entend répéter sur tous les tons que la vigne est foutue, qu'elle est tuée par les spéculateurs, les négociants magouilleurs, les politiciens, le lobby du sucre et les faiseurs de farlabique, terme vague indiquant une mixture rouge vendue bon marché mais contenant beaucoup plus de produits chimiques que de jus de raisin.

Il a l'impression d'appartenir à un monde en train de mourir, d'avoir perdu un combat auquel il n'a pas participé. À quoi bon d'ailleurs puisque tout paraît joué d'avance ! Tristesse, résignation, mais aussi, bien sûr, désir d'échapper à la misère, cette mort lente et grise de l'espoir.

Peut-être aussi, mais il ne veut pas y penser, l'absence persistante, sans doute définitive, de Madeleine qu'il n'a pas oubliée, ajoute à ces raisons économiques objectives une touche sentimentale essentielle :

« Puisqu'elle ne reviendra plus, à quoi bon rester ? »

Même s'ils déplorent son départ, ses parents le comprennent et l'approuvent, du moins en apparence : ici, il n'y n'a plus d'avenir. À leur âge, eux vont s'accrocher à leur propriété, vivoter tant bien que mal. Ils ont appris depuis longtemps à se contenter de peu et souvent de très peu.

Lui doit s'envoler, déployer ses ailes, s'élever au-dessus de ce malheur programmé, fonder une famille, vivre vraiment : c'est-à-dire posséder de beaux habits pour ressembler à ces gens qui plastronnent à la télévision, conduire une voiture neuve, partir à la neige en hiver et en Espagne en été comme ces millions de touristes qui traversent le département de juin à août sans jamais s'y arrêter…

Dans la région parisienne, les grandes administrations recrutent. Marcel complète et envoie deux formulaires de demandes d'emploi : l'un dans la police, l'autre à la SNCF. Six mois plus tard, il se retrouve en formation de conducteur de train au dépôt de Paris Austerlitz.

Son arrivée et les premiers temps de son installation dans la capitale lui rappellent l'armée. Ils se retrouvent des centaines de jeunes venus de toutes les provinces, installés dans de vastes dortoirs meublés sommairement. Il dort même pendant les deux premières semaines sur des banquettes en bois dans de vieux wagons réformés. À Paris aussi, on se moque de son accent languedocien, on rit de sa paresse légendaire et de la piquette qui est produite chez lui. À Paris aussi, il lui faut parfois montrer les poings.

Peu à peu, son indifférence et sa résignation laissent la place à la colère. Des fainéants ? Ses parents qui travaillent plus de soixante heures par semaine par tous les temps ? De la piquette ? Ce vin naturel gorgé de soleil qu'ils élèvent avec passion ? Pourquoi tous ces mensonges ? Dans quel but sinon pour discréditer une région et désespérer ses habitants ? Ce n'est pas normal, ce n'est pas juste !

En ce printemps de l'an 1967, les viticulteurs du Midi sont à nouveau sacrifiés sur l'autel des raisons d'État et du commerce international. La colère gronde ; ils sont vingt mille manifestants à Narbonne, trente mille à Carcassonne.

À la radio et à la télévision, on ne parle que de casseurs ou d'émeutiers. Des experts expliquent doctement que le vignoble languedocien éprouve de grosses difficultés à écouler son vin parce qu'il n'a pas su adapter son produit aux nouveaux goûts du public.

À cause de la crise, justement, les apprentis sont nombreux à venir du Languedoc et de la Catalogne. Ils se regroupent, discutent. Eux qui connaissent la situation réelle de leur région sont outrés par ce que l'on en dit ici. Ils se font passer les journaux que les proches leur envoient. Tous parlent d'émeutes, de révoltes, de sabotages et aussi d'un certain Castéra qui habite à Montredon, un petit village pas très loin de Massan.

Chaque week-end, Marcel revient chez lui... en permission.

Il demande des explications, veut savoir ce qu'il se passe vraiment en Occitanie mais ses parents se montrent réticents à parler des événements. Sa mère lui dit que c'est à cause des importations de vin algérien et italien, son père affirme que ceux qui gouvernent veulent tuer la vigne mais ni l'un ni l'autre ne donnent de détails précis sur les actions des vignerons.

C'est une vie étrange que Marcel mène durant cette période pendant laquelle il est comme suspendu entre la province et la capitale. Pendant toute la semaine, il attend le week-end avec impatience mais les deux jours qu'il passe au village, rognés par la longueur des voyages et la fatigue, le laissent toujours physiquement épuisé et moralement déçu.

À Massan, la plupart des jeunes ont fait comme lui, ils sont partis travailler dans les grandes villes du nord. Il n'y a plus assez de joueurs pour former une équipe de rugby complète et il lui arrive très souvent de jouer en utilisant la licence d'un absent. Son emploi du temps est simple et rigide : arrivée tôt le samedi matin, repos, repas en famille, petit tour au café, gros apéritif le soir, sortie dans les environs, dimanche grasse matinée, après-midi match, douche, départ.

À Paris aussi, sa vie est bien réglée. Sa formation qui doit durer cinq ans est dispensée en alternance avec du travail réel. Elle est intéressante mais fastidieuse. Faute d'argent, les apprentis ne sortent presque jamais. Les parties de cartes et les fêtes, souvent des beuveries ponctuées de disputes et de rixes, occupent leur temps libre.

Marcel, comme tous, a beaucoup de mal à se

faire des amis car, chaque semaine, nombreux sont ceux qui abandonnent et qui sont aussitôt remplacés par de nouveaux arrivants.

Il se souvient d'un train dans lequel il avait tenu le rôle d'aide conducteur sur la ligne Paris-Arpajon. C'était un petit parcours pourtant, il l'avait apprécié car le conducteur qui allait prendre sa retraite était un passionné. Il l'avait laissé conduire en décrivant chaque courbe, chaque aiguillage, comme un être vivant et sensible :

« Celui-ci, il est tolérant, c'est bon, tu peux y aller, celui-là, il est plutôt vif, fais attention, ralentis ! »

4

Yeux grands ouverts dans son lit, Marcel sourit en revivant ces moments qui n'ont guère compté dans sa vie. Quelques personnages qu'il a croisés là-bas, durant son exil parisien, lui apparaissent comme de tendres revenants : Gérard, le gentil Alsacien, qui était soûl du matin au soir, Paul, le communiste qui rêvait de révolution, Jean enfin, le Biterrois, avec qui il effectuait l'aller-retour chaque semaine.

Il s'endort en essayant de se remémorer le nom d'un Toulousain qui ne parlait que de sexe et leur racontait avec des accents d'absolue sincérité des histoires totalement invraisemblables qu'il ponctuait de : « Je te jure, con… »

Les jours qui suivent atténuent les soucis de Marcel. Il n'entend plus parler du coq qui, à son grand étonnement, lui semble chanter moins fort que d'habitude. Madeleine disait toujours que les animaux ressentaient les choses bien mieux que les humains. Troumpéto a-t-il deviné qu'on n'appréciait plus ses tours de chant ? Non, c'est ridicule, il se fait des idées.

Pendant les périodes sans évènements marquants – et Dieu sait qu'elles sont nombreuses à Massan – on discute au Sénat de chasse, de rugby ou de décès. La séance est donc consacrée en ce moment à des récits de battue mouvementée, de maladroits qui rateraient un âne dans un corridor et de disputes entre mauvais tireurs qui se renvoient la responsabilité d'un sanglier manqué. Ces faits sont toujours commentés à l'aune du passé. Marcel qui n'a jamais chassé écoute avec plaisir ces histoires bien qu'il les ait déjà entendues plusieurs fois ; elles font revivre des gens qu'il a connus et, pour la plupart, appréciés.

Aujourd'hui pourtant, c'est lui qui a une nouvelle à annoncer. Il attend que la discussion s'apaise afin que tous entendent ce qu'il va dire, puis se tourne vers Jeannot en prenant un air étonné :

— Té, j'allais oublier de te le dire, j'ai vu ton petit-fils hier soir.

— Alain ? Ben, tu le vois souvent non ?

— Oui mais cette fois, il était tellement occupé qu'il ne m'a pas vu passer. Il n'a même pas entendu mon bonsoir alors.

— Ah bon, qu'est-ce qu'il faisait ?

— Il embrassait une fille contre le portail du

lotissement. Ça m'a fait penser à ma jeunesse, tu vois.

— On est au courant, c'est une certaine Nadine... Ils se sont connus pendant les vacances d'été. Elle étudie en faculté à Toulouse. Elle doit être drôlement accrochée parce qu'elle descend chez ses grands-parents dès qu'elle le peut.

— Oui, ça ne m'étonne pas. Je ne sais pas comment te l'expliquer, ça m'avait l'air sérieux. Ce n'était pas comme deux jeunes qui s'embrassent pour s'amuser. Ils m'ont donné l'impression d'être vraiment amoureux !

— Eh bé, tu les as bien regardés !

— Tu fais le voyeur maintenant ?

— Non, non... mais c'est l'idée qui m'est venue tout de suite à l'esprit quand je les ai vus.

— Elle est bien foutue ? demande Jules l'œil brillant.

— C'est rigolo que tu parles comme ça Marcel, ce n'est pas dans tes habitudes. Tu as un retour de flamme ?

— Grand Dieu non, mais ça m'a touché.

— Bah, c'est de leur âge !

— La famille Tessier qui s'allie avec des gens du lotissement, ça va faire des étincelles !

— Pauvre Jeannot, il va falloir que tu apprennes à parler pointu !

— Arrêtez de dire des bêtises, grogne l'intéressé, c'est une amourette de jeunes. Maintenant ils s'embrassent avant de connaître leur prénom alors…

— C'est toi qui le dis, tu peux commencer à t'entraîner !

— Té, vous m'embêtez, vous inventez des histoires pour rien. C'est presque l'heure de dîner, je m'en vais.

— Oui, c'est ça, bon appétit.

En revenant chez lui, Marcel sourit. Il n'est pas mécontent d'avoir embarrassé Jeannot qui sait tout, a toujours raison et donne des leçons à tout le monde. La camaraderie n'exclut ni les mises au point, ni les petites vengeances…

Dulup, son panier à la main, revient une semaine plus tard. Dès qu'il le voit arriver, Marcel cache prestement six œufs dans un tiroir de son buffet ; son omelette est sauvée.

Comme toujours, ils commencent par discuter de leur santé, du temps présent ou à venir, parlent ensuite de l'actualité locale et nationale ou bien de quelque événement important. Marcel demande s'il a trouvé les derniers œufs aussi bons que d'habitude. Le Lyonnais répond par l'affirmative puis, brusquement, demande :

— Et votre coq ?

— Mon coq ? Eh bé… Figurez-vous qu'il me semble qu'il chante moins bien que la semaine dernière.

— Vous trouvez ?

— Il me semble… mais peut-être que c'est moi qui deviens sourd…

— C'est possible parce que dans le lotissement on l'entend toujours autant.

— Tant mieux !

— Tant mieux ?

— Ben oui, ça veut dire qu'il est en bonne santé.

Le professeur observe Marcel à la dérobée pour savoir s'il se moque de lui ou non puis poursuit sur le ton de la confidence :

— J'ai lu sur une affichette à l'accueil qu'une réunion du conseil syndical du Soleil aura lieu la semaine prochaine. Parmi les questions diverses qui seront traitées, il y a le problème posé par votre coq.

— Mon coq pose un problème ?

— Oui, il chante trop. Je vous en ai un peu parlé lors de ma dernière visite.

— Et alors ? Qu'est-ce qu'ils vont faire ?

— Je vais y aller pour savoir ce qu'il se dit mais je ne peux pas participer aux décisions, je ne suis pas élu. Pour ma part, j'habite de l'autre côté du lotissement, votre animal ne me dérange pas du tout. D'après ce que j'ai entendu, c'est madame Pluch qui a demandé que cette question soit inscrite à l'ordre du jour.

Il secoue son bras replié pour appuyer ses propos :

— C'est une femme très dure. Elle est déjà fâchée avec la moitié des copropriétaires et elle a porté plainte contre l'un de ses voisins pour une bêtise. Jusqu'à aujourd'hui, elle n'a jamais pu garder une femme de ménage plus de quinze jours. Je vous dis ça pour que vous vous fassiez une idée du personnage. Je crois malgré tout que c'est une chance pour vous !

— Ah bon ?

— Oui ! Ils sont sept élus à participer au conseil. Je suis certain qu'au moins deux ou trois s'opposeront à tout ce qu'elle proposera, ne serait-ce que pour la contrarier. Après… elle est tellement agressive que certains risquent de la suivre simplement pour ne pas se la mettre sur le dos.

— Qu'est-ce qu'ils peuvent faire ?

— Eux, rien. Il n'y a que notre syndic qui a la possibilité d'agir, par exemple de porter plainte, au nom du Soleil d'Occitanie mais, pour le faire, il faut qu'il soit mandaté par une assemblée générale des copropriétaires.

— Oui… soupire Marcel, malgré tout, c'est bien compliqué.

— Un peu, mais ne vous inquiétez pas, je vous tiendrai au courant des actions envisagées.

— Merci, vous êtes bien aimable.

— Non, il ne me semble ni juste, ni judicieux que les derniers arrivants bouleversent la vie de ceux qui étaient là avant eux.

— C'est vrai, ce n'est pas juste. Est-ce que vous avez assez d'œufs ? Je viens de me rappeler que j'en ai encore six dans le buffet, vous les voulez ?

— Non merci, ceux que vous m'avez vendus me suffiront. Je vous souhaite une bonne journée.

— Vous aussi.

Marcel souffle, se laisse tomber sur son fauteuil. Cette histoire de coq est ridicule. Elle ne se serait pas passée dans les années 70. À cette époque-là, ils étaient nombreux, forts et solidaires. Ils étaient encore les maîtres chez eux. Un seul appel à l'aide suffisait à lever une armée.

Et le temps a passé… La plupart des usines ont fermé leur porte, les vignerons qui faisaient la fortune du pays ont été ruinés. Ils ont peu à peu lâché prise.

Pendant qu'ils arrachaient leurs vignes et que les enfants quittaient leur village natal pour aller travailler ailleurs, on aménageait le littoral. Des gens de tout le pays, mais aussi des étrangers, venaient prendre leur place.

Peu à peu, la cause occitane s'est flétrie, a perdu son élan et sa force tandis que face à elle, l'avidité des puissants et des banques n'a jamais faibli.

Il secoue la tête. Tous ces hectares de terres en friche, ces jeunes en exil ou au chômage, ces villages dans lesquels tout est à vendre, ces milliers de nouveaux venus et aussi les malheurs du pauvre Troumpéto sont bien les preuves évidentes qu'après avoir perdu sa richesse, la région a été dépouillée de son identité et de son âme.

Il soupire ; que peut-il faire contre ça ? Rien, les dés sont jetés depuis longtemps et ils roulent toujours du côté de l'argent…

Ce procès lamentable que l'on intente à son coq l'effraie. Il a déjà lu des histoires semblables dans le journal, il sait qu'elles sont longues, pénibles et incertaines. À son âge, il a surtout envie et besoin de tranquillité…

De plus, ces affaires doivent coûter très cher, il faut prendre un avocat, faire venir un huissier peut-être. Ce n'est pas avec les 785 euros mensuels de sa retraite qu'il se paiera un ténor du barreau. Enfin, il n'en est pas là.

C'est tout de même important d'avoir un allié dans la place. Décidément, ce Dulup est une personne de qualité. Il n'y a pas que des imbéciles dans ce lotissement ; Marcel s'en doutait, maintenant il en a la certitude. Demain, il parlera du Lyonnais au Sénat pour savoir ce qu'en pensent ses amis. Il serait heureux si Émile était là, il est toujours de bon conseil.

Marcel prend son repas de midi en regardant distraitement les informations télévisées sur France 3. Lorsque Madeleine vivait, ils n'allumaient jamais le poste pendant qu'ils mangeaient. Maintenant, il le fait pour ne pas se sentir seul.

Le dernier sujet traité aujourd'hui attire son attention : il s'agit de la composition de l'équipe de France de rugby qui doit affronter le pays de Galles dans le cadre du Tournoi des Six Nations. Une photographie et les mensurations de chaque joueur accompagnent la liste : 1 m 88, 1 m 95, 2 m, 105 kg, 116 kg, 126 kg !

Il sourit en pensant à l'équipe de Massan à l'époque où il jouait : c'était une collection hétérogène de petits, de gros, de grands, de maigres… un autre temps, un autre monde.

Le rugby aussi a changé ! Peu à peu, toutes les choses qu'il aimait et qu'il comprenait disparaissent. Il est vieux et ce monde qui ne supporte pas les chants d'un coq n'est plus à sa mesure.

Comme toutes les personnes âgées, il se retrouve rejeté au bord du grand fleuve qui roule toujours plus vite ses eaux vers le futur. Il est bien, là, au bord du courant. À présent, il sait qu'aller plus vite, plus haut, plus loin ou bien être plus beau, plus fort, plus riche que les autres n'empêchent ni le temps de passer, ni le corps de se rouiller, ni les passions de s'éteindre sous la cendre des jours… Cette réflexion ne l'attriste pas, il se l'est souvent faite depuis la mort de Madeleine.

Eux deux, ils s'aimaient tant, ils étaient tellement unis qu'ils n'avaient pas besoin de regarder dehors et, si par hasard ils le faisaient, ils riaient de ce qu'ils voyaient. Eux deux, ils formaient leur propre monde, ils se suffisaient.

Il nettoie son couvert, le range, éteint le téléviseur et va s'allonger sur son lit comme chaque après-midi. Parfois, il dort un peu, parfois il reste éveillé et laisse son esprit vagabonder parmi ses souvenirs. Aujourd'hui, il ne dormira pas, il va se promener autour du stade de la gare, le terrain de rugby de Massan.

La première image qui vient lui rendre visite est celle de Patane, un joueur joufflu et rougeaud, célèbre pour sa maladresse. Marcel ne se souvient pas de lui avoir vu attraper une fois le ballon pendant un match. À l'époque, ce n'était pas trop important puisqu'il jouait pilier. Il est dans le vestiaire assis en face de lui et il est en train de croquer avec avidité trois ou quatre grains de sucre généreusement arrosés d'alcool de menthe, potion censée apporter tonus et vigueur.

À côté de lui, Gilbert, énorme, solide comme un arbre, regard froid et visage fermé, appelé dent de fer pour la solidité de ses mâchoires et son aptitude étonnante à s'en servir dans les regroupements. Après avoir lacé ses souliers, il sortira racler ses crampons sur le goudron de l'allée afin de les affûter. Gilbert n'est pas un gentil garçon, c'est le moins que l'on puisse en dire, il est l'exécuteur officiel des basses œuvres de l'équipe. Il met tant d'enthousiasme à accomplir sa dure besogne qu'il a déjà assommé ou mordu plusieurs de ses coéquipiers.

Au milieu de la petite pièce carrée, André, l'entraîneur, tourne et gesticule en marmonnant, il prépare son discours qui d'ailleurs ne varie guère d'une rencontre à l'autre : il n'y est jamais question de tactique ou de stratégie. Il va parler du sang *dels papétos* (le sang des ancêtres), des couleurs du maillot que l'on porte sur le dos, de la fierté du village, de la méchanceté et de l'hypocrisie des adversaires, de la façon indigne dont Massan a été reçu chez eux cette année ou l'autre... Il terminera en hurlant par :

« Je veux voir quinze morts de faim sur le terrain, des sauvages, vous m'entendez, des sauvages ! »

Il s'arrêtera, visage congestionné et yeux fous.

Avant le combat, plus personne ne parle. Il y a le raclement des crampons sur le carrelage, l'odeur puissante de l'huile camphrée, les mains qui s'agrippent, les cœurs qui se serrent, la terrible peur de faillir qui donne la nausée. Au moment où la porte du vestiaire s'ouvre dans la lumière, ils jaillissent comme des taureaux dans l'arène pour aller s'échauffer derrière le court de tennis.

Marcel ne peut pas évoquer son passé de rugbyman amateur sans se rappeler de son essai – le seul de sa modeste carrière – marqué en demi-finale de la Coupe du Languedoc contre Salles. Il en avait récolté toute la gloire éphémère des petits sportifs – son nom dans le journal du lundi – et surtout, une troisième mi-temps particulièrement chaleureuse et arrosée. Trop sans doute, il n'en a jamais gardé le moindre souvenir.

Qui jouait avec lui dans cette équipe ? Il tente de se remémorer les noms de tous les équipiers du Rugby Club Massanais poste par poste. Quelques-uns lui échappent, d'autres, au contraire, qu'il avait oubliés, réapparaissent soudain... Ils ne s'entraînaient jamais sérieusement, ne jouaient pas trop bien mais quelle bonne bande de copains ils faisaient !

Il s'étire, regarde le réveil posé sur la table de chevet. Dans une demi-heure, il ira faire un tour au boulodrome. Il ne touche jamais une boule, il regarde, discute, poursuit les conversations commencées le matin.

Les bancs qui bordent le terrain sont occupés par les personnes qui participaient au Sénat aujourd'hui. Il n'est pas parvenu à retrouver le nom de l'arrière et des deux trois-quarts centre qui jouaient avec lui ; il demande à ses collègues.

Ses questions provoquent une grande agitation sur les bancs. Il faut dire que rechercher les noms des gens appartenant au passé est l'une des activités les plus fréquentes et les plus prisées des Sénateurs. Il importe d'abord de retrouver en quelle année la demi-finale a eu lieu et là, évidemment, les avis divergent. Lorsque la date est à peu près établie, chacun lance des noms au hasard de ses retours de mémoire soulevant tantôt le doute, tantôt la réprobation générale ou les moqueries.

Quand il rentre chez lui, Marcel n'est sûr de rien mais il a passé un bon moment. Le soleil est en train de caresser la croupe ronde du Pech des Cabres. Les poules ne sont pas encore couchées, il leur jette une poignée de grains supplémentaire sur lesquels elles se précipitent en gloussant. Seul, Troumpéto, digne, fier et vigilant, ne participe pas à ce dîner inattendu. Marcel hoche la tête en se remémorant l'expression de Dulup :

« Le problème posé par votre coq… »

Il s'enferme chez lui, essaie d'oublier ces paroles. La réunion a lieu dans une semaine, ce n'est pas la peine de se faire du souci maintenant. Il allume le téléviseur.

Le lendemain, le premier thème de la discussion qui anime les Sénateurs est un terrible accident sur la route de Narbonne dans lequel trois jeunes des environs ont été gravement blessés. Marcel ne participe pas au débat, il s'efforce même de ne pas entendre tout ce qui se dit. Le mot accident le bouleverse encore maintenant comme il a bouleversé toute sa vie.

Il se l'était promis et, dès que le premier sujet est épuisé, il profite d'une pause pour parler de sa relation avec Dulup. Il rapporte les propos de ce dernier concernant ses idées sur ce qui est juste ou non. Tous l'écoutent en silence et hochent la tête en signe d'approbation. Vincent qui semble très en colère contre les gens du lotissement commente avec humeur :

— C'est l'exception qui confirme la règle !

Émile s'exclame, moqueur :

— Si tous les imbéciles vivaient dans le lotissement, ce serait merveilleux ! Malheureusement, ajoute-t-il en riant, ce n'est pas le cas, il y en a beaucoup qui s'en sont échappés.

Il redevient sérieux se tourne vers Marcel et lui demande :

— Dis-moi, ils veulent te casser les pieds à cause de ton coq ?

— Soi-disant que certains s'en plaignent... Ils disent qu'il chante trop fort... Ils vont faire une réunion... Il y a un syndicat, une assemblée générale... C'est embrouillé, je n'ai pas tout compris. Enfin, le bonhomme de Lyon me tiendra au courant.

— Tu sais, il y a déjà eu des affaires comme ça dans des villages. Il faut te méfier, ça peut aller jusqu'au procès !

— Que veux-tu que je fasse, je ne suis pas assez riche pour me payer un avocat et je ne vais pas tuer Troumpéto pour leur faire plaisir. Vous vous rendez compte, je l'ai choisi avec Madeleine, voilà huit ans !

— C'est bien ce que je pense, reprend Vincent, ce sont des imbéciles !

— Pas tous… enfin, c'est une femme surtout, une nommée Pluch qui se plaint le plus de Troumpéto.

— Pluch ? C'est chez elle que travaillait ma belle-fille, réagit aussitôt Vincent qui poursuit :

— Elle n'y est restée que deux semaines. L'autre n'arrêtait pas de contrôler tout ce qu'elle faisait : et je te passe le doigt sur le rebord du buffet, et je te soulève le tapis pour voir s'il n'y a pas de poussière dessous, et je te regarde les verres dans le soleil pour chercher des traces…

Il secoue la tête, soupire :

— Avec ça, jamais contente, toujours en train de critiquer. Hier, Irène qui n'en pouvait plus, a demandé son compte et est partie en claquant la porte. La pauvrette, elle est arrivée chez elle en pleurant comme une Madeleine. Cette femme, c'est le diable en personne !

— Après, ils diront que dans le Midi, il n'y a que des fainéants qui ne veulent pas travailler !

— Non, je ne pense pas, Dulup m'a assuré que cette femme-là était fâchée avec tout le monde !

— Tu sais Marcel, ça n'empêche pas les rumeurs…déclare Vincent d'un ton grave. Il poursuit :

— Mon père m'a souvent raconté que pendant la guerre de 14, il se disait que les soldats du Sud étaient des froussards tout juste bons à pousser la chansonnette. Des députés de chez nous sont intervenus pour protester, plein d'articles ont été écrits dans les journaux mais cela n'a servi à rien ; ils ont malgré tout traîné cette mauvaise réputation jusqu'à la fin des combats.

Un flot, un tsunami même de critiques s'élance contre les gens du Nord en général et ceux du Soleil, en particulier, tsunami auquel Jeannot, d'habitude virulent, ne participe guère. Il est évident que la liaison entre son petit-fils et la fille du lotissement l'embarrasse, l'empêche d'aboyer avec la meute des Sénateurs enragés. Comme à son habitude, Émile calme tout ce petit monde en colère.

— C'est vrai, lorsqu'une rumeur est lancée elle est presque impossible à arrêter. Moi aussi, j'ai entendu parler de cette histoire des soldats du Midi, meilleurs chanteurs que combattants. En ce qui concerne le coq, ce n'est pas la peine de s'énerver. Pour le moment, rien n'est engagé. Si la suite prend mauvaise tournure, on ne te laissera pas seul, Marcel, on sera avec toi.

— C'est sûr, approuve Vincent, on est encore chez nous, non ? On ne va pas se laisser dicter la loi par ces étrangers !

— On fera comme pendant les manifestations, un pour tous, tous pour un !

Marcel revient chez lui heureux et rassuré par la solidarité que lui ont témoignée ses amis. Il reste pourtant en lui une ombre d'inquiétude : lui, l'honnête homme, est effrayé par tout ce qu'il associe au mot procès : juges, tribunal, amende, dommages et intérêts, condamnation, peut-être même prison, photographie dans le journal... avec les menottes ? Non, non quand même pas, il ne faut pas qu'il se monte la tête.

Encore aujourd'hui, il ne dormira pas, il sait même à quoi il va penser : l'écho du mot accident, la photographie de la voiture disloquée aperçue ce matin dans le journal l'entraînent irrémédiablement à Paris il y a presque un demi-siècle. Il va revivre encore une fois l'un des moments les plus douloureux de son existence.

5

Cela fait déjà trois ans qu'il poursuit sa formation de conducteur de train lorsque, au début du mois d'avril, le mardi 5 à onze heures précises, une voix de femme dans le haut-parleur du dépôt lance :

« Monsieur Marcel Montségur est prié de se rendre au secrétariat dans les plus brefs délais. »

Cette voix froide, impérative, il l'entend encore certaines nuits et elle le surprend toujours autant. C'est le chef de bureau qui l'accueille, l'invite à s'asseoir et, après un bref instant de silence, lui annonce que ses parents ont été victimes d'un grave accident de la route. Il ajoute qu'il lui donne l'autorisation de partir les rejoindre sur le champ.

Chez lui, le téléphone sonne longtemps dans le vide. Il ne pense même pas à appeler l'un de ses amis du village. Il arrive à Narbonne, prend un taxi jusqu'à Massan. Le portail de la Grangette est ouvert mais la porte de la maison est fermée, c'est ce que ses parents ont l'habitude de faire lorsqu'ils savent qu'ils ne vont pas s'absenter longtemps. Il soulève le pot de géranium pour récupérer la clé qui est cachée dessous, dans une petite cavité du perron.

Un accident ! Bon Dieu, un accident ! Il part en courant vers le café. Là-bas, c'est sûr, on le renseignera.

Dés qu'il pénètre dans la salle, les clients cessent de parler puis tous se précipitent vers lui, l'embrassent… Certains pleurent.

On lui explique enfin ce qu'il s'est passé : ce matin, sur la route de Narbonne, la vieille Renault 5 de ses parents a été heurtée de face par un camion-citerne qui transportait du vin. Son père et sa mère ont été tués sur le coup, ils ont été transportés à la morgue de l'hôpital.

Il entend à peine les précisions que lui donnent tous ceux qui l'entourent : le camion a traversé la route… de plein fouet… constatation des gendarmes… pas de traces de freinage… trois témoins directs… conducteur endormi … malaise.

Les deux jours qui suivent se passent dans un tourbillon d'embrassades, de visites, de larmes que Marcel, assommé, subit sans réaction.

Il n'aperçoit ni la foule énorme qui piétine dans les allées du cimetière, ni le drapeau occitan que le Cers fait battre vivement au-dessus d'un petit groupe d'hommes silencieux qui se tiennent à l'écart. Il n'entend ni les murmures qui s'élèvent du cortège comme une vapeur douce, ni le discours du maire, ni l'hommage du président de la cave coopérative.

En fait, il ne s'éveille que dans la salle des remerciements lorsque, soudain, il se retrouve face à face avec Madeleine et ses grands yeux bleus mouillés de larmes, Madeleine qui l'étreint, l'embrasse longuement et murmure :

« Marcel, je me suis trompée. Je t'ai fait tellement de mal. J'espère que tu me pardonneras un jour. J'attendrai. »

Comment est-il possible que, dans cet instant de totale détresse, le soleil se remette à briller si fort dans son cœur ? Il la regarde s'éloigner et avant qu'il ne soit happé par d'autres mains rugueuses, d'autres lèvres humides, il l'aperçoit qui se retourne et lui adresse un pauvre sourire.

Peut-être, sans qu'il en ait eu conscience, c'est à ce moment-là qu'il prend sa décision : il ne sera pas conducteur de train, il va reprendre l'exploitation de ses parents, il restera ici, chez lui, à Massan.

Tout le village l'approuve, tout le village se félicite qu'un jeune revienne vivre au pays mais beaucoup pensent qu'il a tort. Il repousse la quiétude organisée de sa formation de conducteur, une belle carrière de fonctionnaire à l'abri des hasards, une retraite heureuse, précoce et plutôt bien payée, il abandonne toutes ces certitudes pour se retrouver viticulteur au moment où le vin languedocien ne se vend pas.

Lui ne se pose pas de questions, il sait seulement qu'il va rester.

C'est peut-être une folie comme le lui a laissé entendre sa tante mais il en a assez de ne pas se sentir chez lui, assez de cette vie entre parenthèses, assez des Parisiens, du Nord, de la pluie, du froid, de l'accent pointu, des moqueries bêtes et méchantes des uns, de la condescendance amusée des autres.

Assez de passer pour un imbécile simplement parce qu'il roule les r. Dès qu'il ouvre la bouche, quoi qu'il dise, on ne le prend pas au sérieux ; il voit sur le visage de ses interlocuteurs qu'ils n'entendent plus que la musique de sa voix sans vraiment s'intéresser au sens de ses paroles.

Son accent, c'est sa couleur nègre et, à force d'être taquiné, raillé, rejeté, pris pour un idiot de village, il n'ose plus prendre la parole sinon avec ses camarades. Il a honte de ce qu'il est. Parfois même, il essaie de domestiquer sa langue, de l'adoucir, de polir tous les r rugueux qu'elle contient, d'appointer la fin de ses phrases mais en vain. À cela s'ajoutent tous les mensonges qu'il entend chaque jour sur le Midi et ses habitants, mensonges qu'il ne prend plus la peine de combattre tant ils lui semblent indélébilement marqués dans l'esprit des gens de là-bas.

Il a fallu la mort de ses parents, ce désastre, pour qu'il acquière la certitude qu'il ne pourra pas vivre vingt ou trente ans de plus dans la région parisienne parce que justement, là-bas, il ne vit pas, il attend seulement le week-end.

Ici, il va subsister, petitement sans doute, mais il goûtera chaque minute, chaque seconde de son temps.

Et puis, ici, il n'ose pas se le dire mais il y pense à chaque instant, il y a Madeleine qui l'attend.

La semaine qui suit l'enterrement est à la fois vide et agitée. Personne ne veut qu'il reste seul chez lui. Il est invité presque chaque jour à déjeuner ou à dîner. Lorsqu'il se retrouve dans la Grangette, il passe de longs moments dans la cour à regarder la vingtaine de poules et les trois coqs de la ferme. Il ne parvient pas à comprendre que ses parents sont morts, qu'il ne les reverra plus.

Il est toujours autant heureux de ne pas retourner en exil à Paris, il ne regrette pas sa décision pourtant, à présent, la nuit, il commence à se poser des questions : reprendre l'exploitation, oui, bien sûr, c'est ce qu'il faut faire... mais il ne connaît que d'une façon très sommaire le travail de la vigne. Il sait conduire le tracteur, tailler... et après ?

Il ignore presque tout des traitements, des périodes des différents travaux, de leur organisation et de tous les détails qui occupent les paysans l'année durant, ces détails essentiels qui font les vignes belles et les récoltes abondantes... Il en est entièrement convaincu ; il n'est pas viticulteur et il aura grand besoin d'aide pour le devenir le plus vite possible.

C'est dans cet état d'esprit angoissé que le surprend un soir Jean Martinez qui est venu lui parler. Marcel le connaît un peu, il s'agit d'un robuste vigneron d'une quarantaine d'années avec qui il a joué quelques matches il y a longtemps ; lui commençait à jouer, Jean terminait sa modeste carrière sportive qui s'était entièrement déroulée au sein du Rugby Club Massanais.

Pendant que Marcel va chercher deux verres, la bouteille de pastis et la carafe d'eau, l'homme enlève sa canadienne et s'installe à table. Il lui explique tout de suite l'objet de sa visite :

— Voilà, je viens te proposer mon aide. Si tu en as besoin, je suis là, sinon, tant mieux pour toi. Quand j'ai débuté, j'étais un peu comme toi, je connaissais les vignes mais je ne les avais jamais travaillées.

Marcel acquiesce d'un signe de tête, cette proposition lui apparaît inespérée.

L'homme poursuit :

— C'est Félix, ton père, qui est venu me voir un soir comme je le fais aujourd'hui et qui m'a dit ce que je viens de te dire. Il m'a guidé presque pas à pas, il était toujours là dès que j'avais besoin de lui. Si j'ai tenu le coup, c'est grâce à lui. Alors, ça me fait plaisir de venir payer ma dette. Pauvre Félix, j'aurais préféré qu'il soit là mais c'est comme ça.

Ils boivent en silence.

— Tu sais tout de même que ce n'est pas le meilleur moment pour te lancer dans la viticulture ?

— Oui ! répond Marcel en levant les épaules en signe d'impuissance.

— On aura le temps d'en parler.

— Dans tous les cas, Jean, tu tombes bien parce qu'entre les démarches administratives et les travaux proprement dits, je ne sais pas par où commencer.

Ils discutent longtemps. Marcel sert un autre verre. Il sent l'alcool monter dans sa tête, l'engourdir un peu. Martinez se lève :

— Bon, je vais y aller, la femme va m'attendre. Dans la semaine, je t'enverrai un ami qui te dira ce que tu dois faire en ce qui concerne les paperasses. Tu verras, il est très efficace. Moi, je viendrai après-demain, on fera ensemble le tour des vignes et on regardera le matériel de ton père. En attendant, tu peux passer au Crédit Agricole pour voir où en sont les comptes. Il ne faudrait pas que tu aies de mauvaises surprises !

— Des mauvaises surprises ? Pourquoi tu dis ça ? Mes parents étaient des gens sérieux non ?

— Oui, mais ici, c'est la crise. Dans le village, plus de la moitié des vignerons sont endettés jusqu'au cou. La coopérative nous paie une mensualité sur deux, ceux qui font leur vin se retrouvent avec les cuves pleines et sont obligés de vendre pour une misère.

— C'est à ce point ?

— Oui ! Ces salauds de négociants font rentrer des millions d'hectolitres de vin d'Algérie et d'Italie, ils cassent les prix, font des coupages, des mélanges parce que, soi-disant, le nôtre n'est pas assez bon pour être consommé nature. Tu parles, ils s'en mettent plein les poches !

Il change de ton, regarde Marcel droit dans les yeux :

— Toi, tu dois le savoir : le poids lourd qui a tué tes parents venait de Sète, il transportait du vin italien. Si les gars du coin avaient été mis au courant, ils auraient brûlé le camion et lynché le conducteur avant qu'on ne l'emporte.

Marcel se met à pleurer. Son père s'est échiné toute sa vie sur ses terres, il a soigné ses vignes comme sa famille pour rien. On a dénigré son vin, on l'a déshonoré, on l'a empêché de vivre sereinement et, pire encore, on l'a tué juste pour de l'argent, toujours de l'argent, encore plus d'argent…

Jean se tait, ses doigts épais tapotent le verre de pastis. Il attend que Marcel se calme et demande d'une voix douce, un peu comme quand on parle à un enfant après l'avoir grondé.

— Allons, tu n'étais pas au courant ? Tu arrives de Mars ou quoi ?

— Si, un peu. C'est vrai qu'à Paris, les journaux affirmaient qu'on ne vendait pas notre vin parce qu'il était tellement mauvais que personne n'en voulait et les copains disaient que c'était de la piquette tout juste bonne à déboucher les éviers. Moi ça me faisait râler mais pas trop parce que je savais que ce n'était pas vrai alors…

— Tu es naïf Marcel, que tu connaisses la vérité n'a aucune importance. Ce qui compte, c'est ce que la majorité croit et pense. C'est triste à dire mais, dans notre cas, c'est tout le pays qui est contre nous.

— Mais pourquoi ils font ça ?

— À Paris, ils se moquent pas mal de nos vignes, elles ne rapportent pas assez. Ils sont en train d'aménager le littoral. Va faire un tour du côté de Gruissan ou de Leucate, tu verras. Ils veulent qu'on devienne une région de tourisme. Au lieu de vendanger, on fera la plonge dans les restaurants des stations nouvelles. Ils ne veulent pas comprendre que la vigne est partie intégrante de notre culture, de notre vie ou alors ils s'en foutent. Il faut se battre pour le leur faire entendre.

— Se battre ?

— Oui, on en parlera une autre fois. Je viens après-demain.

— D'accord, merci !

Les comptes en banque de la famille Montségur se sont avérés sains, ni florissants, ni catastrophiques, mais surtout sans découverts, ni emprunts à rembourser.

Les vignes par contre, bien travaillées et jeunes pour la plupart faisaient plaisir à voir et promettaient de belles récoltes. Comme le tracteur ainsi que le fourgon semblaient bien entretenus et le matériel viticole en bon état, Jean s'était exclamé à la fin de leur inspection :

« Tu as de la chance, tu démarres dans de bonnes conditions ! Crois-moi, j'aurais bien aimé profiter des mêmes que toi ! »

Cette nuit-là, pour la première fois depuis plus d'une semaine, Marcel avait enfin bien dormi.

Voilà, son moment de repos de l'après-midi est terminé. Il se lève en se frottant les yeux. Ces instants d'immobilité le reposent. Il les apprécie d'autant plus qu'ils sont souvent propices à l'évocation des temps forts de sa vie.

Quoique certains d'entre eux soient douloureux, il ne les rejette pas. À quoi bon ? Il y a bien longtemps qu'il a compris que le passé est irrémédiable et que les regrets ne servent à rien. Quarante années de viticulture lui ont aussi appris à accepter les coups du sort lorsqu'on ne peut pas s'y opposer. Et la mort de Madeleine ? Oui, même ce malheur. Que faire d'autre ?

Durant ces périodes entre sommeil et veille, il s'arrête d'avancer et regarde derrière lui. Il est comme un marcheur qui, arrivé au sommet d'une longue côte, se retourne pour juger du chemin qu'il a parcouru. Dans tous les cas, il ne reviendra pas en arrière.

En descendant les escaliers, il repense à cette première visite de Jean, une vraie bouée de sauvetage à laquelle il s'est accroché de toutes ses forces d'autant plus que celui qui, par la suite, est devenu son ami, a toujours répondu à ses appels sans montrer le moindre signe d'exaspération, ni même d'impatience.

Il sort dans la cour. Aussitôt, les poules qui croient à une nouvelle distribution de grains se précipitent vers lui, le replongent dans le présent. Comme d'habitude, Troumpéto se tient fièrement en retrait. La mer souffle doucement un petit vent frais et des bancs de cirrus voilent le soleil. Marcel frissonne, il n'ira pas au boulodrome cet après-midi, il restera à la Grangette où il a quelques menus travaux à effectuer.

Il s'apprête à rentrer lorsqu'il lui semble entendre un faible miaulement. Il s'arrête sur le seuil, tend l'oreille. Oui, un chat ou plutôt un chaton miaule du côté du portail. Contre le mur, il a entassé des cartons et des cageots qu'il doit amener à la déchetterie du village. L'animal est caché là.

Il n'y a jamais eu de chat dans la Grangette, Madeleine était allergique à leurs poils. Marcel en aurait adopté un ou deux bien volontiers parce que, sa vie durant, il a combattu les souris et les rats attirés par les grains. À cause d'eux, il est passé maître dans l'art de placer les pièges.

Il soulève un emballage et aperçoit un minuscule chaton blanc et roux qui, quoique tenant à peine sur ses pattes, souffle et fait le gros dos en le voyant. Il sourit et le saisit dans sa main : l'animal est squelettique, tremblant, certainement tout près de mourir.

Il l'emporte dans la cuisine et verse un peu de lait dans une soucoupe. Comme le chaton hésite à boire – peut-être qu'il n'en a jamais eu l'occasion – Marcel trempe son doigt dans le liquide et lui mouille la gueule. Après avoir mis ses pattes dans la soucoupe et effectué plusieurs tentatives, l'animal se met à laper le lait en ronronnant.

Marcel le regarde quelques instants puis sort effectuer ses travaux en laissant la porte entrouverte. Lorsqu'il rentre presque deux heures plus tard, il ne pense plus au chaton, aussi est-il tout surpris de le retrouver endormi dans l'une de ses pantoufles. Il les laisse toujours près de l'entrée pour éviter de salir le carrelage avec des chaussures crottées, vieille habitude que lui a donnée Madeleine à force de patience et de gentils reproches. Il sourit, il sait déjà qu'il ne va pas chasser l'animal.

Lui ne se connaît pas d'allergie, la maison est bien trop grande pour un homme seul, il peut la partager avec un chat qui est, peut-être, simplement égaré. Demain, il en parlera au Sénat, quelqu'un viendra sans doute le lui réclamer.

Et s'il est abandonné ? Ma foi, il le gardera à condition toutefois qu'il survive car son poil terne et sa maigreur attestent de son mauvais état de santé. Autre signe inquiétant, la grandeur de ses oreilles prouve qu'il est déjà un peu âgé et donc sous-alimenté depuis plusieurs jours.

Il met un vieux pull-over dans un carton à chaussures dont il a découpé une face et, délicatement, y dépose le chaton endormi. Celui-ci ouvre à peine les yeux, il digère. Il ne se réveille qu'après le repas du soir et se dirige tout de suite vers la soucoupe. Marcel est content de le voir boire goulûment, il se dit qu'avec une telle volonté de vivre, l'animal est sur la bonne voie.

Le lendemain matin, il est tout aussi heureux de le retrouver, la queue raide, près de la soucoupe de lait. Il lui semble d'ailleurs plus solide sur ses pattes et il se hérisse vivement en voyant la main qui va le caresser. Après tout, pense Marcel, peut-être qu'il est né dans la nature, il ne semble pas connaître l'homme.

Pendant qu'il s'efforce de découper de tout petits bouts de jambon d'York pour les lui donner, il prend conscience qu'il y a bien longtemps qu'il ne s'est pas occupé de quelqu'un dans sa maison : huit ans exactement depuis la mort de Madeleine. Il ne tient pas compte des deux ou trois visites éclair de son fils Stéphane car celui-ci n'a jamais passé plus d'un jour dans la Grangette.

Oui, cela lui procure un grand plaisir d'avoir quelqu'un, ne serait-ce qu'un chaton, à qui penser dès le réveil. Ce bonheur tout simple lui fait mieux prendre conscience de la grande solitude dans laquelle il vit. Pourquoi n'a-t-il pas songé plus tôt à prendre un animal avec lui ? Parce que, après la disparition de Madeleine, il pensait ne plus avoir droit à un peu de bonheur ? Peut-être…

La solitude est un enfermement. Peu à peu, Marcel s'est recroquevillé sur lui-même, s'est mis à croire qu'il ne pouvait compter sur rien ni personne et donc il n'a plus tendu les bras vers les autres. Il s'est fabriqué une prison et s'y est si bien accoutumé qu'à présent, il a peur d'en sortir…

Dulup se montre plein de bonne volonté à son égard, les Sénateurs l'autre jour l'ont assuré de leur solidarité, ils ne l'abandonneront pas. Enfin, ce chaton malingre vient à sa façon d'ouvrir une porte dans sa forteresse. Peut-être est-il temps pour lui de regarder dehors sans honte ni appréhension ?

6

Les jours passent. Au Sénat, personne n'a entendu parler d'un chat perdu. Émile a lancé :

« Écoute-le bien, s'il miaule pointu, il arrive du lotissement ! »

Tous ont éclaté de rire et le sujet a été classé. Marcel cependant a pensé que la remarque de l'ancien directeur d'école était pleine de bon sens et comme il est honnête, il se promet d'en parler au Lyonnais car, effectivement, il se peut que l'animal vienne du Soleil. Il aimerait bien pourtant que ce ne soit pas le cas, il s'est déjà pris d'affection pour ce petit minet inconnu.

Il a même commencé à lui chercher un nom car le ventre du chaton s'est arrondi, son poil n'est plus raide, et ce matin, Marcel l'a surpris en train de jouer avec un bout de chiffon, preuve que son état de santé s'est nettement amélioré.

Il pense à Grimace car lorsqu'il souffle, l'animal couche ses oreilles et plisse son nez en un rictus farouche. Ce n'est pas un joli nom mais Marcel trouve qu'il lui convient et, de plus, il a le gros avantage de pouvoir être porté aussi bien par un chat que par une chatte.

Dulup viendra certainement bientôt lui parler de cette fameuse réunion. Il n'est pas impatient de le voir. D'après ce que celui-ci lui a déclaré la dernière fois, Marcel a compris que c'était une affaire qui pouvait durer très longtemps et puis, l'attitude des Sénateurs l'a rassuré : il ne sera pas seul pour défendre Troumpéto contre les gens du Soleil d'Occitanie.

Comme il l'avait prévu, le Lyonnais revient dans la Grangette à la fin de la semaine, un vrai matin de printemps pendant lequel le soleil et les giboulées plantent de fugaces arcs-en-ciel dans le dos des collines.

Il commence à acheter tous les œufs dont dispose Marcel puis comme d'habitude ils échangent des propos sur le temps, les amandiers en fleurs, les nouvelles locales ou les événements importants récents. C'est Marcel qui, finalement, se décide à l'interroger à propos de la réunion car il se demande si l'homme ne l'a pas oubliée.

— Alors ce syndicat, comment ça s'est passé ?

— Ce syndicat ?

— Oui, la réunion.

— Ah ! Le conseil syndical !

— Oui.

— Les sept membres étaient présents, ce qui est rare et nous étions quatre spectateurs. L'histoire du coq a été traitée en dernier et certains avaient envie de rentrer chez eux donc ça n'a pas duré longtemps.

— Qu'est-ce qu'ils ont dit ?

— Pluch a attaqué bien sûr ! Elle a déclaré qu'elle ne dormait pas depuis son arrivée ici, qu'elle n'en pouvait plus et qu'il fallait faire quelque chose pour que votre coq ne chante plus n'importe quand.

— Il chante surtout le matin et deux ou trois fois dans la journée, il est raisonnable non ?

— Oui, si vous voulez… enfin, je ne sais pas. Elle aimerait que le syndic s'occupe de cette affaire mais, comme je vous l'ai expliqué l'autre jour, celui-ci ne peut agir que s'il est mandaté pour le faire par l'assemblée générale des copropriétaires. Elle ne veut pas vous attaquer en son nom car je la crois non seulement méchante mais, de plus, près de ses sous. En cas de procès, elle n'a pas envie d'en supporter les frais toute seule.

— Elle a parlé de procès ?

— Oui, mais on n'en est pas là. Sur les sept conseillers, deux ont déclaré ne pas entendre votre coq, un troisième a dit qu'il l'aimait bien car il lui rappelait la ferme de son enfance, le quatrième a jugé la question inintéressante et a quitté la réunion, les deux derniers ont soutenu Pluch en reconnaissant qu'en été, ils risquaient d'être réveillés aux aurores à moins de dormir fenêtres fermées, ce qui est, il faut bien le reconnaître, assez fâcheux.

— Ils ne sont que trois sur sept contre mon coq, je suis tranquille.

— Oui. Ce qui est ennuyeux, c'est que Louis Marec la soutient.

— Marec ?

— C'est le nouveau correspondant local du journal. Il connaît tout le monde dans le lotissement, il parle beaucoup et risque d'influencer pas mal de gens. Enfin, pour le moment, votre animal a gagné la première manche.

— Et alors, qu'est-ce qu'elle va faire ?

— Ben, comme elle a vu qu'elle n'avait pas la majorité pour pouvoir inscrire le coq dans les questions diverses de la prochaine assemblée générale, elle a demandé l'accord du conseil pour venir vous voir. Bien sûr, tout le monde a accepté. Puisque, d'après ses dires, elle est, de loin, la plus incommodée par votre animal, il apparaît logique que ce soit elle qui fasse les premières démarches.

— Elle va venir me voir ?

— Oui, je le crains !

— Je vais fermer mon portail à clé, je n'ai pas envie de la recevoir.

— Bah, vous pouvez toujours discuter avec elle !

— Je verrai. À propos, j'ai récupéré ce chaton dans ma cour. Personne ne s'est plaint de sa disparition dans le lotissement ?

— Non, pas à ma connaissance et je n'ai vu aucune affichette le concernant sur le panneau du concierge. Cet animal ne vient pas de chez nous !

— Bon, je crois que je vais le garder. Je vous remercie de me tenir au courant de cette histoire.

Les deux hommes discutent encore un moment et se séparent sur une poignée de main qui n'est pas dépourvue de chaleur.

Marcel est ravi, les nouvelles sont plutôt bonnes : les gens du lotissement ne sont pas tous contre Troumpéto et personne ne va lui réclamer Grimace. Seule, la venue annoncée de la terrible madame Pluch altère à peine sa bonne humeur.

Au moment où il va refermer la porte, de grosses gouttes argentées éclatent à nouveau dans la cour. Il lève la tête et aperçoit, ébloui, un nouvel arc-en-ciel qui traverse le ciel comme un grand coup de pinceau.

L'arc-en-ciel, leur signe à Madeleine et à lui, le signe de leurs retrouvailles. Cet après-midi, il le sait, lorsqu'il s'allongera dans sa chambre, il pensera à eux et surtout au plus beau moment de son existence. Après les orages, le soleil éclatant dans un ciel sans nuages, n'est-ce pas cela la vie ?

Fermer les yeux, laisser venir les souvenirs heureux.

C'est un jour comme celui-ci, gris-bleu, soleil et pluie. Un mois s'est écoulé depuis l'enterrement de ses parents. Il en a terminé depuis peu avec les formalités administratives. Il apprend heure après heure son nouveau métier de viticulteur sous la férule bienveillante de Jean Martinez. En cette fin d'après-midi, il travaille à combler les ravines profondes que les averses d'automne ont creusées dans les rangées d'une vigne posée à flanc de coteau. En occitan, on appelle ces crevasses des *charagals*. Ce nom sonne joliment, Marcel l'aime bien et il le répète inlassablement en séparant les syllabes comme pour scander ses efforts.

— Cha ra gal ! Cha ra gal ! Cha ra gal !

— Tu parles tout seul ?

Il s'arrête net, lève la tête brusquement, se retourne. Madeleine est là, toujours aussi belle, à une dizaine de mètres de lui. Elle sort de la petite pinède qui surplombe la vigne. Elle le regarde et elle sourit. Un instant, Marcel se retrouve dans un conte ; une fée radieuse surgit de la sombre forêt.

Il pose ses outils et la rejoint, le cœur battant. Au moment où elle lui tend les joues, une averse soudaine s'abat sur eux et ils se précipitent dans le petit cabanon que son grand-père a construit avec les pierres qu'il a arrachées à la terre.

Deux chevrons brisés ont laissé glisser les tuiles qu'ils supportaient, la porte a été arrachée, la petite table et le banc ont disparu. Ils se blottissent contre l'ouverture, épaule contre épaule et regardent en silence se précipiter les gouttes qui défilent vivement devant eux en une draperie luisante et furtive.

— Tu vas bien Madeleine ?

— Oui, à peu près, et toi ?

— Moi aussi, à peu près… enfin… façon de parler. En vérité, je suis encore incapable de savoir ce que j'ai à faire, je suis perdu. Heureusement que Martinez m'aide parce que, tout seul, je ne m'en sortirais pas.

Ils discutent sans se regarder, jettent leurs mots dans l'averse, les lancent vers les pins, les chênes kermès, les lauriers-tins, les genêts et ils reviennent vers eux, les traversent, se posent dans leur esprit comme si chacun d'eux leur était essentiel. Marcel a l'impression de parler tout seul mais il entend Madeleine, il sent contre lui le contact chaud de son épaule douce.

— C'est difficile ? lui demande-t-elle.

— Oui beaucoup. Tu sais, les gens pensent qu'il suffit de planter la vigne, d'attendre un peu puis de récolter. C'est pour cette raison qu'à Paris et ailleurs, ils nous prennent pour des fainéants. En réalité, c'est beaucoup de travail et beaucoup d'expérience. Il me faudra du temps…

— Pour moi aussi c'est compliqué Marcel.

La pluie cesse brutalement. Soudain, après le crépitement précipité des gouttes, le silence emplit l'espace, un silence parfait qui recouvre tout. Il n'y a plus rien de vivant, tout semble figé. Ils sortent lentement de leur pauvre abri, hésitants comme les rescapés d'un tremblement de terre qui craignent une nouvelle secousse. Les nuages se sont dispersés, le ciel est encore plus bleu, encore plus vif. Le soleil oblique qui les illumine lave tout le paysage de neuf.

Ils restent côte à côte face à la pinède. Marcel demande :

— C'est ton travail qui est pénible ?

— Non, ce qui me fait mal, c'est de te voir, de t'adresser la parole aujourd'hui comme s'il ne s'était rien passé entre nous. Je n'ai pas le courage de te regarder dans les yeux alors…

Tout en parlant, elle se met à pleurer, elle poursuit entre les sanglots :

— J'ai honte Marcel, tu ne peux pas savoir comme j'ai honte. Des fois, j'ai envie d'aller me jeter dans la rivière… Je t'ai traité comme un chien, je t'ai méprisé, insulté, trahi. Je me suis conduite comme une folle ! J'étais folle, oui, complètement folle.

Elle se tait, lui tourne le dos, sans doute pour dissimuler ses larmes. La pluie continue de tomber un peu plus loin. Un gigantesque arc-en-ciel jette son arche tendre entre deux collines qu'il irise. Marcel, ému, pose ses mains sur les épaules de Madeleine et la fait se retourner.

— Regarde comme c'est beau, dit-il.

Elle se frotte les yeux, acquiesce d'un petit signe de tête. Il ne sait pas quoi dire. Oui, jadis, il avait prévu ce moment, il était sûr qu'un jour elle reviendrait vers lui mais tant de mois, tant d'années ont passé qu'il ne croyait plus vraiment à son retour. Il ne rêve pas, c'est maintenant, maintenant ! Autant pour lui parler que pour se convaincre lui-même, il murmure :

— C'est du passé tout ça et le passé, ça ne compte pas. Je ne veux plus te voir pleurer. Moi, tu vois, je suis toujours seul, je t'ai attendu. Aujourd'hui, on est tous les deux et, si tu veux, on va se mettre ensemble et on se mariera ; ça devait se faire de cette façon et ça se fera.

Elle se retourne vers lui, les larmes brillent encore dans ses yeux. Elle sourit et demande :

— Tu me pardonnes ? Tu m'aimes encore un peu ?

— Oui Madeleine comme au premier jour.

— Je ne savais pas que je t'aimais Marcel, je croyais qu'on était amis… Je te promets…

— Chut, ne dis rien.

Autour d'eux, la nature se prépare à dormir. Le calme et la sérénité qui envahissent la campagne pénètrent aussi leur cœur, les apaise, les rassure. Il n'existe plus rien qui puisse se dresser entre eux ; tout a été fait, tout a été dit, tout est à construire et ils vont le faire ensemble.

Ils s'embrassent enfin.

— Je te ramène chez toi, lui propose-t-il. Il la prend par la main et ils se dirigent vers le fourgon.

Peu à peu, il prend conscience que ce qu'il attendait depuis toujours est enfin arrivé, son bonheur est si grand qu'il a du mal à le contenir. Elle demeure crispée, entre larmes et sourires, entre pluie et soleil, comme le temps. Au-dessus des deux collines, là-bas, l'arc-en-ciel s'estompe lentement, leur amour, lui, durera toujours.

Ils ne veulent plus être séparés, ils se marient un mois plus tard.

Marcel se lève, se frotte les yeux. En vieillissant, les larmes coulent bien plus facilement que dans la jeunesse, comme si l'armure, patiemment construite à coups d'idées toutes faites, de conformisme et d'une image de soi idéalisée, se fendillait, perdait de son étanchéité. Peut-être aussi que la conscience de l'affaiblissement physique ôte toute velléité de jouer les matamores, les durs aux muscles d'acier et au cœur de pierre.

Il le sait ; à présent, chaque fois qu'il se souvient de cet instant magique, il laisse s'épancher sans honte quelques larmes, ce qui l'étonne toujours un peu mais le fait sourire aussi : à son âge, il se moque de ce qui se fait ou non, et chez lui qui va le lui reprocher ? Grimace ?

Tiens ! Où est-il ? Il descend un peu plus vite que d'habitude au rez-de-chaussée, le carton est vide. Un regard dans le salon le rassure : le chaton a réussi à grimper sur le fauteuil et dort, couché en rond sur un coussin. Il ne souffle plus lorsque Marcel s'approche de lui et se met à ronronner dès la première caresse.

Qu'y a-t-il de plus fort, de plus doux, de plus troublant que le ronronnement d'un chat ? Marcel s'assied, saisit le sien avec délicatesse et le pose sur ses genoux. Grimace s'étire et plante alternativement ses griffes minuscules dans le pantalon, réflexe de bonheur sans doute, réminiscence de celui éprouvé lorsqu'il tétait, pelotonné dans la chaude douceur de la fourrure de sa mère. Il est si petit, il a autant besoin de tendresse et d'affection que de lait, pense Marcel encore un peu ému.

N'en a-t-il pas besoin lui aussi ? Et pourquoi non ? Parce qu'il est vieux ? Les jeunes croient que les personnes âgées ont le cœur dur, c'est faux, elles font simplement contre mauvaise fortune bonne figure. Elles vivent souvent seules, elles n'osent pas quémander une caresse comme un chien demande un os, elles ne veulent pas déranger. À force de ne pas faire de bruit, elles deviennent des ombres. Qui voudrait embrasser une ombre ?

L'homme et l'animal restent tous les deux quasi immobiles sur le fauteuil, la main de Marcel remue à peine sur la douce fourrure qui palpite. Il caresse le chat et, ce faisant, il se caresse. L'affection qu'il donne à Grimace rejaillit sur lui ; il aime et il se sent aimé, il en sourit d'aise.

Le chaton s'est rendormi, Marcel vagabonde encore un peu dans son passé. Il a le temps. Il regarde le ciel par la fenêtre. Les nuages s'effilochent en courant au-dessus de la maison. Le Cers s'est levé, il ne pleuvra plus. Au boulodrome, à l'abri des cyprès, il fera bon. Peut-être qu'il ira s'y promener.

Ce matin, la réunion du Sénat a été annulée à cause des giboulées. S'ils sont assez nombreux, ils rattraperont la séance perdue en regardant les joueurs de boules. Il essaie de se souvenir du sujet des discussions des jours précédents mais il n'y parvient pas ; ce devait être, sans doute, de menues nouvelles du village, des évènements sans réelle importance que l'on rapporte et commente simplement pour le plaisir de parler, de participer à une discussion, d'entendre et d'être entendu, petite joie d'être reconnu, d'appartenir à un groupe. En fin de compte, bonheur simple et pourtant essentiel de se sentir encore vivant.

Pour ces hommes qui passent la majeure partie de leur temps seuls, ces moments prennent une importance capitale. Ils leur permettent de rester présents dans la vie du village, ils leur proposent des sujets de réflexions, ils les font rire aussi. Surtout, ils leur donnent les forces nécessaires pour affronter, en solitaires, la longue traversée du reste de la journée.

Marcel n'est pas sorti ce matin, il n'a pas rencontré ses camarades, c'est sans doute pour cette raison qu'il ne se sent pas bien ; il lui manque quelque chose. Heureusement, il y a Grimace, là, qui dort sur son genou.

Il allume le téléviseur, baisse le volume du son pour ne pas réveiller son compagnon et regarde les images. Au bout d'une demi-heure, il se lève, replace le chaton sur le coussin, met sa veste et sort. Le temps s'est rafraîchi. En ajustant sa casquette, il regarde les poules qui boivent dans une flaque que le vent peigne rudement. Peut-être pour le saluer, Troumpéto lance un cocorico sonore.

Marcel est tenté de lui crier « Chut ! » mais il se retient. Il doit y avoir sans doute une bonne centaine d'années qu'un coq chante dans la Grangette. Va-t-il s'arrêter maintenant à cause de quelques étrangers irascibles qui ne veulent rien admettre ni supporter du pays qu'ils ont conquis par leur argent ? Non ! Troumpéto est chez lui, il doit rester libre de chanter.

Oui, mais il ennuie des gens qui veulent se reposer. Et alors ? Quand, avec ses camarades viticulteurs, ils barraient les routes et arrêtaient les trains, ils ne gênaient personne ? Si, sans doute, mais ce n'était pas pareil, ils défendaient leur droit de vivre au pays et aussi tout l'avenir de la région. C'était bien autre chose que son coq !

C'est vrai, pourtant, sans qu'il parvienne à se

l'expliquer, Marcel pressent une similitude et un lien entre ses glorieuses luttes anciennes et son tout petit conflit actuel. Peut-être, le combat toujours renouvelé et sous toutes ses formes possibles de l'ancien contre le moderne, de l'argent contre l'homme ?

Déjà, dans les années 70, Paris et Bruxelles condamnaient les vignerons occitans au nom du soi-disant progrès. Là-bas, dans le Nord, on trouvait leurs méthodes de production archaïques et leurs procédés de commercialisation désuets et inadaptés au marché.

Cinquante années plus tard, qu'y a-t-il de plus désuet et de plus inadapté au marché qu'un coq ?

Un individu seul, pauvre et à la retraite.

En l'occurrence et sans aucun doute possible, lui, Marcel Montségur.

Le lien entre ses vieilles batailles et sa situation actuelle lui paraît bien plus facile à établir. Le Midi a perdu la guerre économique qui lui a été imposée. Plus de travail, plus de ressources, comme une outre éventrée et jetée à terre, il s'est vidé à gros bouillons de sa jeunesse, de ses forces vives, de ses espoirs.

On lui a découvert alors une vocation de tourisme, de villégiature et d'accueil pour des retraités amoureux de soleil et de calme.

De nouveaux habitants sont arrivés de toute la France et de l'étranger. Ils ont emmené dans leur camion de déménagement leur mode de vie, leur culture, leurs habitudes et aussi leur ignorance totale du pays qu'ils allaient occuper et des gens qu'ils allaient côtoyer.

C'est sûr, si c'était le petit Pech ou le petit Delprat qui avait construit à côté de la Grangette, aucun des deux ne se plaindrait de son coq.

Est-ce si sûr ? s'interroge soudain Marcel. Les gens ont tellement changé... La structure sociale du village a été bouleversée à tel point que la solidarité qui faisait son ciment et assurait son bien-vivre ensemble a disparu ; c'est l'heure du chacun chez soi, du chacun pour soi.

Il secoue la tête pour en faire tomber toutes ces pensées qui obscurcissent son esprit. Cette idée fugitive de faire taire l'animal l'a mis en colère : il n'a donc plus aucune fierté ?

Il referme vivement le portail et, poussé par les rafales du Cers, se dirige d'un bon pas vers le boulodrome. Il est un peu calmé lorsqu'il arrive à l'abri des cyprès mais, déçu, il constate que celui-ci est quasi désert. Il n'y a aucune partie en cours et le quorum des Sénateurs est loin d'être atteint puisqu'ils ne se retrouvent que deux, Vincent et lui assis côte à côte sur le banc. Ils discutent un peu du temps puis, comme il se doit, critiquent les absents, ces mauviettes qui dorment devant leur téléviseur et que le moindre coup de froid enferme chez eux.

Marcel parle de son chat, mais Vincent, en vieux chasseur, en a horreur :

— Si tu savais les dégâts qu'ils font dehors !

Par contre, il aime bien les chiens qui, eux, servent à quelque chose. Marcel ne répond pas : il connaît son interlocuteur, personne n'est jamais parvenu à le faire changer d'avis, ce n'est pas lui qui va s'y risquer aujourd'hui. Il ajoute cependant pour avoir le dernier mot :

— N'empêche, il me tient compagnie et ça c'est une bonne chose.

Vincent ne répond pas, signe que, peut-être, l'argument a porté. Un bouliste qui arrive provoque des exclamations de joie et des reproches :

— Eh bé, on va pouvoir en faire une, on est quatre avec toi !

— C'est maintenant que tu arrives ? Tu t'es endormi ou quoi ?

Ils se mettent à jouer et les deux Sénateurs qui n'ont rien de particulier à se dire suivent le déroulement de la partie. Soudain Vincent lui demande :

— À propos tu as des nouvelles de cette madame Cluch ?

— Pluch. Oui. Dulup, le bonhomme de Lyon qui vient m'acheter des œufs, m'a dit qu'elle avait décidé de venir me voir.

— J'espère que tu vas vite la remettre à sa place.

— Je ne sais pas, ça dépend comment elle va me parler et ce qu'elle va me dire. Si elle est calme et polie, je le serai aussi.

— Que veux-tu qu'elle te raconte ? Des bêtises dans le genre que ton coq l'empêche de dormir ou que ce n'est pas normal qu'un animal embête tout un lotissement... Des choses comme ça, je pense.

— Dans ce cas je lui dirai qu'il y a toujours eu des coqs dans la Grangette et qu'elle est la première à s'en plaindre.

— C'est vrai mais je ne sais pas si ça suffira pour la calmer, j'ai l'impression qu'elle est folle.

— Sinon, je la foutrai dehors !

— Tu devrais commencer par ça ! Enfin, tu verras !

— Oui.

— Tu te rends compte ? Cette salope n'a pas payé la dernière journée de ménage à Irène sous prétexte qu'elle ne lui a pas donné de préavis le jour où elle s'est arrêtée.

— Oui, c'est pas bien.

— Pas bien ? C'est dégueulasse oui ! Tu crois que ma belle-fille travaille pour passer le temps ? Ils en ont besoin de cet argent, ils sont loin de rouler sur l'or et c'est pas avec ma retraite que je peux les aider.

— Je sais, on doit toucher à peu près pareil.

— Mon fils voulait aller la voir mais j'ai réussi

à le calmer. Tel que je le connais, il lui aurait foutu une bouffe.

— Tu as bien fait. C'est bon pour qu'il se retrouve avec une plainte sur le dos et la suite : honoraires d'avocats, frais de justice, demande de dommages et intérêts, *et cetera et cetera.*

— Oui, c'est pour ça que je l'ai retenu mais je le regrette presque. Elle mériterait une bonne leçon.

— Il y en a tant qui devraient être punis, qui ne le sont pas et qui en plus se retrouvent pleins de médailles… soupire Marcel en pensant à tous ces négociants et ces politiciens qui les ont trompés jadis ainsi qu'à tous ceux qui les trompent encore maintenant.

Ils se taisent, s'enferment dans leurs pensées. La partie se termine. Le vent se renforce et la température baisse encore. Marcel et Vincent se lèvent ensemble, saluent les joueurs et rentrent chez eux.

Madame Pluch ! Certainement à cause de Grimace qui l'occupe beaucoup en ce moment, il l'avait oubliée. Il ne s'était pas encore posé de questions à propos de sa réception. Tout laisse à penser qu'elle n'est pas commode mais sa longue expérience lui impose de ne jamais apprécier les gens en fonction des impressions des uns ou des racontars des autres. Il la jugera lorsqu'elle sera devant lui. Quoi qu'il en soit, il ne se laissera pas monter sur les pieds.

Le Sénateur Vincent est en colère, c'est normal,

il constate que son fils est en difficulté et il ne peut rien faire pour lui venir en aide. Il a pourtant de la chance, il le voit souvent, presque chaque jour. De plus, d'après ses dires, sa belle-fille est plutôt gentille, elle l'invite à manger avec eux une ou deux fois par mois.

Pendant les vacances, parfois, elle lui confie ses enfants : il les emmène au stade suivre l'entraînement de l'école de rugby ou bien dans la pinède chercher des champignons ou des asperges sauvages selon la saison. Oui, Vincent a beaucoup de chance et il ne s'en rend pas compte.

Marcel soupire ; cette incapacité à apprécier nos bonheurs et nos réussites est certainement la raison qui nous empêche toujours d'être tout à fait heureux. Lui, à présent, essaie de goûter tous les plaisirs qui se présentent, qu'ils soient grands ou petits. Grimace, par exemple, ce chaton tombé d'on ne sait où, du ciel peut-être, il aurait pu le laisser mourir de faim sous ces cartons humides. Il l'a recueilli sans trop réfléchir et depuis, ce petit bout de chat lui apporte jour après jour son lot de bonheurs. Il n'y a qu'à voir comme il en prend soin pour comprendre combien sa petite présence le rend heureux.

Maintenant lorsque, après dîner, il s'installe sur son fauteuil pour regarder la télévision, il n'oublie pas de prendre son chat sur lui et de le caresser. Il adore le ronronnement maladroit, la présence chaude sur sa jambe, il apprécie même les légères piqûres des griffes sur sa cuisse, toutes ces petites choses qui lui disent qu'il n'est pas seul et qu'il est, sans doute, aimé.

Il va se mettre à table quand le téléphone sonne. C'est Stéphane, son fils, qui l'appelle. Vieille habitude oblige, voilà Marcel crispé, presque au garde-à-vous, accroché au combiné. Encore cette peur quasi viscérale de contrarier l'enfant roi, de nuire à son épanouissement... Il est à la fois ravi et inquiet. Que se passe-t-il ? Les nouvelles de son fils sont très rares, presque exceptionnelles. Il n'a aucune idée de l'endroit où il se trouve en ce moment.

Tout de suite, la voix qui lui demande comment il se porte le rassure : elle est calme, assurée et empreinte d'une chaleur qui le touche. Il revoit le beau sourire de son enfant, sa façon de se blottir entre les bras de sa mère. Il essuie une larme du revers de sa main.

Il répond comme il se doit que tout va bien mais peut-être son intonation a-t-elle trahi son émotion car, loin là-bas, il ne sait où, son petit devient plus tendre encore, l'interroge sur sa santé, sa vie. Comment passe-t-il son temps ? Qui voit-il ? Qu'est-ce qui a changé dans le village ? La Grangette tient-elle toujours debout ? Est-ce qu'il ne s'ennuie pas trop ?

Stéphane ne parle pas de Madeleine mais elle

apparaît derrière chacun de ses mots. C'est bien la première fois depuis qu'il a quitté la maison que Marcel le sent si proche de lui. Il abandonne la facilité des réponses toutes faites et insignifiantes, se laisse aller un peu :

— Depuis que ta mère n'est plus là, ce n'est pas pareil.

Après un moment de silence, Stéphane reprend la parole :

— Oui, pauvre maman… Tu sais papa, je m'en veux, je n'ai pas été un bon fils et je le regrette. Je suis parti comme un sauvage, comme un imbécile ou un fou.

— C'est passé tout ça, ça ne vaut plus la peine d'en parler.

— Je veux te le dire, vous n'étiez pour rien dans la façon dont j'ai agi. C'était Christine, je l'avais dans la peau, j'étais vraiment fou d'amour, j'étais jeune…

— On n'a jamais pensé que tu étais fâché contre nous, on a bien compris que c'était à cause d'elle.

— Oui, je ne pouvais pas croire qu'elle ne m'aimait plus. J'ai pensé à une conspiration et du coup, j'ai détesté tout le village. Il n'était plus question de vivre au milieu de ces gens qui me l'avaient volée et qui, en plus, se moquaient de moi. C'est nul, je suis vraiment désolé.

— Ne sois pas triste, ça ne sert à rien maintenant.

— Ne te fais pas de soucis papa, c'est fini. Je suis

un soldat ; j'ai vu des choses terribles en Afrique à côté desquelles mes petits problèmes sentimentaux m'apparaissent à présent tout à fait ridicules, presque indécents. Simplement, je voulais que tu le saches, voilà.

— C'est bien.

— Je viens d'être nommé sergent

— Bravo, je suis fier de toi. Et où tu es en ce moment ?

— J'appartiens au deuxième régiment d'infanterie de marine en garnison au camp d'Auvours à quelques kilomètres du Mans mais je bouge beaucoup.

Marcel apprend ainsi que son fils a servi au Tchad, qu'il a participé à l'opération Serval puis Barkhane au Mali et qu'il est revenu en France depuis quatre mois.

Après un instant de silence, Stéphane reprend la parole pour lui annoncer qu'il ne vit pas seul. Il y a un peu plus d'un an qu'il a rencontré Claire, la cousine germaine d'un ami, un marsouin comme lui. Il ajoute qu'ils envisagent de se marier dans deux ou trois ans. Il précise qu'elle désire s'investir dans la mise en valeur du territoire et l'écotourisme.

— C'est magnifique ! s'exclame Marcel ravi de voir que l'ombre de Christine Sanchez a définitivement quitté les épaules de son fils. J'aimerais bien que tu viennes me la présenter… si vous avez le temps et si ça ne te dérange pas de revenir au village, ajoute-t-il mû par un reste de prudence.

— Justement, c'est aussi pour cette raison que je t'appelle. Si tu es d'accord, on pourrait venir passer deux semaines au début du mois de mai.

— Vous n'êtes pas allés en vacances à la montagne ?

— Non ! Claire a horreur des sports d'hiver. Elle dit que c'est exactement le contraire du tourisme qu'elle veut promouvoir alors…

— Vous venez quand vous voulez, tu es chez toi Stéphane. Pour nous, tu l'as toujours été, soupire-t-il avec un sanglot dans la voix.

— Papa ! Qu'est-ce que tu as ?

— Rien, c'est que je suis tellement content que tu reviennes… et aussi je pense à ta mère, c'est sûr, elle ferait comme moi, elle en pleurerait de joie.

Nouveau silence. À présent la voix de Stéphane a un peu changé.

— J'en profiterai pour faire découvrir à Claire la Grangette, Massan et notre région dans laquelle elle n'est jamais venue. Tu sais, ça va bouleverser ton train-train, c'est quelqu'un de très…dynamique. Tu es sûr que ça ne te dérange pas ?

— Pas du tout, au contraire ! Mon seul regret, je te l'ai déjà dit, c'est que ta mère ne soit pas là pour partager tout ce plaisir de t'avoir à nouveau avec nous.

— Moi aussi je serai heureux de te revoir papa. Bon, je te rappelle pour te dire ce qu'il en est. Je t'embrasse. À bientôt.

Marcel pleure et sourit en même temps. Il n'espérait plus rien de Stéphane et il revient. Il était persuadé que Madeleine et lui vieilliraient longtemps ensemble et elle est partie. Il en est tout étonné, pourtant à son âge il devrait savoir que les certitudes, tout comme la plupart de nos projets, sont des châteaux de sable que l'on se construit juste pour se rassurer, tout en sachant bien qu'ils ne résistent jamais aux griffes du temps.

Voilà, ce fils muet depuis des années qui vient de lui parler, qui s'excuse, se repent, va revenir à la Grangette. Dans ses moments sombres, Marcel le croyait définitivement perdu et bien non et, c'est tellement merveilleux, tellement surprenant aussi, qu'il en reste pantois, les bras ballants, au milieu de la cuisine.

Pourquoi donc est-il autant surpris ? Après tout, ils ne se sont jamais disputés puisqu'ils lui donnaient toujours raison. Justement parce qu'ils ne l'avaient jamais ni contraint, ni contredit, ils n'avaient aucune possibilité d'aller vers lui. Marcel se rend compte avec étonnement qu'il est difficile, sinon impossible, de clore un différend lorsqu'on a raison…

C'était à Stéphane seul de faire le premier pas dans leur direction. Il lui en a fallu du temps, sa pauvre mère n'a pas eu la patience de l'attendre…

Son fils a grandi, il est devenu un homme. Le

regard apaisé qu'il pose sur son passé le prouve bien et soudain c'est tout l'avenir de Marcel, jusque là borné au jour suivant, qui se déchire, s'illumine, s'étire déjà vers un futur proche, le mois de mai, puis s'envole au loin, lui donne envie de vivre longtemps.

Stéphane va se marier. Un jour, sans doute, il aura des enfants... Le nom des Montségur continuera à prospérer. Peut-être qu'il gardera la Grangette pour venir y passer ses permissions et plus tard sa retraite...

Est-ce qu'il les verra s'installer ici ? Rien n'est moins sûr mais un petit espoir demeure, et l'espoir c'est une plante tenace qui peut germer et croître n'importe où, aussi bien dans le désert qu'au milieu des glaces ou de la mer.

Il sourit, en se souvenant de la naissance, puis de l'enfance de leur garçon. Ils l'ont peut-être trop aimé, oui, trop certainement.

Il faut dire qu'ils l'ont attendu plus que de raison. Six ans après leur mariage, Madeleine n'était toujours pas enceinte et ce qui, au début, n'était qu'un sujet de discussion est devenu un problème. Après plusieurs visites qui n'ont rien décelé d'anormal dans le fonctionnement de leur corps, les praticiens en sont venus à parler d'incompatibilité et les mauvaises langues d'impuissance ou de mauvais sort.

Madeleine est allée s'agenouiller devant la statue de sainte Anne qui a enfanté de Marie à soixante-sept ans et qui est réputée pour favoriser les grossesses. Pour la mettre dans de bonnes dispositions à son égard, elle a même acheté et allumé un beau cierge devant elle.

Sans le dire à Marcel, elle a aussi rendu visite à la vieille Misol, sage-femme, avorteuse et guérisseuse à ses heures perdues dont la science mystérieuse apparaissait comme un ultime recours aux couples désespérés. Celle-ci lui a vendu une tisane amère dont l'efficacité est restée à démontrer.

Le temps passait, chacun gardait sa peine. Ils ne parlaient pas de leur enfant à venir, mais il se glissait souvent entre eux. Il suffisait qu'ils échangent un regard pour savoir qu'il était là, tapi dans leur esprit. Pour chasser le voile de tristesse qui se posait alors sur le visage de sa femme, Marcel lui disait en prenant un air assuré :

« Ne te fais pas de soucis, il viendra quand ça sera l'heure ! »

Elle acquiesçait sans répondre.

Et un jour, elle n'a pas eu ses règles. Elle a laissé passer deux semaines, elle a commencé à avoir des nausées. C'est seulement au moment où, radieuse, elle est sortie de chez le médecin qu'elle a couru jusqu'à la vigne des Pibouls pour lui annoncer qu'elle attendait un enfant.

Marcel se souvient parfaitement de cet instant.

Il l'a vue arriver par le chemin bas. Il s'est arrêté de travailler, elle ne venait que très rarement le voir dans les vignes. Elle souriait, elle riait et puis, avant de lui parler, elle a posé sa main sur son ventre en hochant la tête et il a tout de suite compris. Il s'est élancé vers elle et ils sont restés une bonne dizaine de minutes enlacés, sans un mot, ivres de joie.

Alors le jour où Stéphane est venu au monde ! Quel bonheur ! C'est vrai, il a déjà fallu le secouer un peu pour qu'il se mette à pleurer. Jamais des larmes n'avaient causé autant de soulagement à Marcel. Il ne savait pas encore que cet être, minuscule, amorphe, fragile, allait changer toute leur vie.

Ballottée entre un père violent et une mère dépressive, Madeleine avait eu une enfance très dure. Par réaction, elle voulait donc que celle de son fils soit la plus heureuse possible. Un changement important s'opéra très vite dans leur couple sans qu'ils en prennent vraiment conscience. Ils redirigèrent tout l'amour qu'ils avaient l'un pour l'autre vers leur enfant. Le segment qu'ils formaient tous les deux prit alors la forme d'un angle aigu dont Stéphane, évidemment, occupa le sommet. Désormais, toutes les relations entre elle et Marcel allaient passer par leur fils.

De retour chez eux, Madeleine et lui ne se sont plus souciés que du petit. Ils passaient des nuits entières à écouter son souffle, à sursauter au moindre soupir, à la moindre agitation extraordinaire. Combien de fois Marcel se levait sans bruit, s'approchait du berceau et tendait l'oreille pour entendre la respiration ténue du bébé ! S'il ne parvenait pas à la percevoir, il frôlait la petite bouche avec le dos de sa main pour sentir sur sa peau le filet d'air tiède qui s'en échappait. Il restait là un long moment, immobile, attentif, puis, momentanément rassuré, allait se recoucher. Le matin, il confiait à Madeleine :

— Cette nuit, je me suis levé deux fois pour voir comment il dormait.

— Moi, trois ! lui répondait-elle avec un sourire tout chaud de tendresse.

Très vite, au bout d'un mois, elle est allée dormir dans la chambre du bébé pour mieux le surveiller. Bien sûr, Marcel était malheureux de ne plus sentir contre lui le corps chaud de sa femme mais il n'a pas protesté : pour lui aussi, rien n'était plus important que la santé et le bien-être de leur fils.

Il faut cependant reconnaître que celui-ci a connu une enfance difficile. Il était maigre et prenait peu de poids alors chaque tétée, puis plus tard, chaque repas ressemblait à une épreuve haletante durant laquelle Madeleine et Marcel déployaient toute leur ruse et leur patience pour lui faire avaler une cuillerée supplémentaire de lait ou de soupe.

Très souvent, Marcel grimaçait, chantait, secouait des objets, faisait le pitre pour distraire son fils tandis que Madeleine profitait du moment où, étonné, celui-ci ouvrait grand sa bouche pour y glisser avec vitesse et dextérité un peu de nourriture.

Dès l'âge de huit ans, c'est l'enfant qui, chaque matin avant de partir à l'école, choisissait le menu de la journée. Ce n'était pas une bonne habitude qu'ils lui donnaient et Marcel en était conscient, mais cette façon de faire leur permettait d'éviter des repas interminables et déprimants sauf si, par malheur, Stéphane ne se souvenait plus de sa commande matinale ou, pire encore, avait changé d'avis entre temps.

Sans doute parce qu'il était de faible constitution, l'enfant est passé avec constance d'une maladie à l'autre, d'un rhume à une angine, d'une gastro-entérite à une bronchite. Si on ajoute beaucoup de caprices et de larmes, il n'est pas du tout exagéré d'écrire que pendant une bonne dizaine d'années, le couple ne s'est occupé que de son garçon, n'a vécu que pour lui.

Et puis, il avait tout de même quelques bons côtés ! Qu'il était beau lorsqu'il souriait ! Il suffisait d'un seul de ses sourires pour effacer des heures de bouderies comme un rayon de soleil peut faire oublier en un instant la grisaille de toute une matinée. Qu'il parlait bien et toujours à propos ! Qu'il était intelligent !

Madeleine et Marcel étaient persuadés d'avoir donné naissance à un génie et d'ailleurs son caractère difficile leur en apportait une preuve supplémentaire ; c'est bien connu, tous les surdoués ont du mal à s'adapter au quotidien. Ils attendaient donc avec impatience qu'il fréquentât l'humble école du village, ce qu'il fit un beau matin de septembre en grande section de maternelle avec un tablier repassé de frais, un cartable neuf et beaucoup de larmes.

Ce fut l'une de leur première déception qu'ils se cachèrent mutuellement et dont, bien sûr, ils ne parlèrent jamais à leur garçon. En effet, malgré son intelligence brillante et son langage supérieur à celui de tous les enfants de son âge, Stéphane n'aima jamais l'école : il commençait à pleurer dès qu'il sortait de la Grangette et s'arrêtait, d'après la maîtresse, à la sonnerie de la récréation de dix heures trente.

Au bout de deux mois, il ne pleurait plus qu'une dizaine de minutes en classe, sans compter, bien sûr, le temps du trajet de la ferme à l'école. Il faisait des progrès certes, mais au souci pour Marcel et Madeleine de voir leur fils s'alimenter correctement s'ajoutait à présent celui de le traîner, jour après jour, jusqu'au portail de la cour ; un vrai crève-cœur !

Pourquoi n'appréciait-il pas l'école ? Certainement parce qu'il était trop éveillé, trop intelligent pour ses petits camarades qui ne l'aimaient guère comme pour sa maîtresse, la vieille et bienveillante madame Hurgon, trop engluée dans sa routine pour pouvoir comprendre et éduquer un élève hors normes.

Hélas, cette première relation malaisée avec le milieu des études perdura pendant toute sa scolarité, ce qui fait que, malgré ses énormes capacités intellectuelles, sa soif d'apprendre et sa gentillesse, Stéphane se retrouva à la Cité Technique de Narbonne dans laquelle il végéta pendant deux ans comme un tournesol semé à l'ombre. En fin de compte, ou, pour dire la vérité, en désespoir de cause, Marcel le fit embaucher comme apprenti chez un bon ami de la famille, plombier de son état.

Eux-mêmes le reconnaissaient avec une étrange fierté, leur fils était un enfant difficile : difficile à élever, certes, mais aussi difficile à contenter et à fréquenter. Habitué à faire tout ce qu'il voulait chez lui, il n'admettait ni les échecs, ni la moindre contrariété. Il fallait qu'il soit toujours le premier, le meilleur, le plus beau, le plus intelligent, le plus aimé.

En pensant à toute cette période de leur vie, Marcel secoue la tête. Comme Madeleine et lui se sont trompés ! Quelle mauvaise éducation ils ont donnée à Stéphane ! C'est sans doute parce qu'ils l'aimaient trop et qu'ils n'avaient personne pour les conseiller.

Il ne veut surtout pas incriminer sa femme parce

qu'il serait déloyal et vil d'accuser une personne disparue. Toutefois, à plusieurs reprises, il lui était arrivé de se rendre compte qu'elle mettait leur fils sur un piédestal bien trop élevé pour lui, pourtant, il ne lui avait rien dit, ne lui avait fait aucun reproche ; il l'aimait tant qu'il ne voulait à aucun prix la contrarier. Il pensait que la vie se chargerait de corriger les défauts que cet amour maternel quelque peu excessif avait engendrés.

C'est vrai, ils n'ont pas été de très bons parents mais il ne regrette rien. Stéphane était – est – la concrétisation de leur amour. Ils voulaient avoir un enfant comme le prolongement naturel et nécessaire de leur union. Après… la vie est si compliquée, si imprévisible.

Marcel sort sur le pas de la porte : la cour est silencieuse et vide, les poules et Troumpéto sont rentrés se coucher. Le vent faiblit, il observe sa traditionnelle pause nocturne. Les couleurs du ciel pâlissent. Seul, un nuage ourlé d'écume brille encore dans les derniers rayons du soleil. Marcel a toujours aimé ce moment où la nature, la terre entière peut-être, s'abandonne à l'étreinte mystérieuse de la nuit, ce moment où les teintes, les bruits et les cœurs s'apaisent.

Il va fermer le portail avec la grosse clé rouillée qu'il pend ensuite au clou de la porte d'entrée, rentre et tire le verrou. Le voilà chez lui, il peut enfiler ses pantoufles avec un soupir d'aise, il ne sortira plus. Encore une journée qui s'achève, une journée toute semblable aux autres. En est-il déçu ? Non, au contraire, il s'accommode bien de cette sereine répétition des moments de son existence actuelle. À son âge, il n'a pas envie d'être bousculé par les choses ou les gens. Il ne s'ennuie pas dans cette organisation rigide mais rassurante de son temps.

Il s'efforce d'avoir toujours une petite besogne à accomplir et puis, il y a la télévision en dernier recours pour l'empêcher de trop réfléchir. Les seuls moments d'inaction qui s'imposent à lui de temps à autre se glissent dans son programme journalier au début de l'après-midi lorsqu'il ne parvient pas à s'endormir.

Dans ces cas-là, plutôt que de considérer son triste présent – il est seul et vieux – ou de se lancer dans de grands projets – maintenant, il est trop tard pour rêver – il se penche sur son passé, ouvre grande la porte à ses souvenirs, s'enfuit avec eux et, ma foi, passe souvent de bons moments en leur compagnie.

Lorsqu'il se met à table, il s'aperçoit que Grimace n'est pas en train de dormir ni dans sa boîte à chaussures, ni sur le fauteuil du salon. Il l'appelle, fait tinter la soucoupe de lait sur le carrelage, en vain. Peut-être l'animal s'est-il faufilé entre ses jambes pendant qu'il regardait le ciel ?

Il ouvre la porte, l'appelle à nouveau en scrutant l'obscurité profonde de la cour. L'inquiétude et la colère l'envahissent. Il essaie de se raisonner, de se dire que l'animal n'est pas loin, qu'il va revenir, qu'il doit manger sa soupe tant qu'elle est encore chaude. Il s'assied, porte la cuillère à sa bouche, la repose vivement, se lève. Non, il doit retrouver son chat !

Celui-ci dort bien en rond dans une poêle dont la queue est brûlée. On dirait une crêpe pense Marcel et aussitôt sa colère s'évanouit. Le chaton s'est introduit dans le petit débarras qui jouxte la cuisine, l'endroit où le vieil homme entrepose tous les objets usés qu'il n'utilise plus mais que, par réflexe de pauvre paysan, il n'ose pas jeter.

Il saisit doucement Grimace qui se laisse porter sans bouger et le pose sur une chaise à côté de la sienne. La soupe est froide mais qu'importe, deux petits yeux bleus, vifs et brillants comme de minuscules étoiles, suivent ses gestes. Il mangera en leur compagnie…

7

Les jours qui suivent sont conformes à la norme. Les seules variations notables sont dues au climat qui, lui aussi, se soumet à sa saison, le printemps : matins frais, vent, soleil, nuages, après-midi chaudes, soleil, averses…

Les réunions du Sénat sont peu suivies et parfois précipitamment écourtées pour cause d'intempéries. Ce n'est pas grave, la vie du village semble aussi calme et prévisible que celle de Marcel. Elle va pourtant connaître bientôt un cours un peu plus tumultueux car les élections municipales approchent et, de l'avis de la plupart des Massanais qui ne se retrouvent plus depuis longtemps dans les préoccupations des grands partis nationaux, ce sont les plus importantes.

En attendant, les principaux sujets de discussion ont rapport avec la maladie ou l'hospitalisation de l'un, la convalescence de l'autre, la battue des chasseurs de sangliers, le dernier match de rugby de Narbonne ou de l'équipe locale.

Grimace continue de grandir. Il passe ses journées à dormir, manger et jouer. Parfois quand Marcel, selon son habitude, reste un moment sur le seuil, le chaton glisse son petit museau rose entre ses pieds, regarde, renifle mais ne va pas plus loin. Ses débuts difficiles dans la vie l'incitent sans doute à préférer la douce quiétude du logis et l'assurance du bol de croquettes à l'aventure et à la faim. Marcel est à présent presque certain qu'il s'agit d'une chatte et il songe qu'il la fera stériliser pour qu'elle et lui soient tranquilles.

Au moment où, un mardi matin venteux, il entend s'ouvrir le portail, il pense tout de suite à Dulup qui vient chercher ses œufs et rapporter les derniers potins du lotissement. Il regarde par la fenêtre et aperçoit une grande femme en pantalon noir et veste rouge qui considère, immobile, la cour et les poules.

Madame Pluch ! Il l'avait presque oubliée. Avant de sortir pour l'accueillir, il l'observe sans se montrer. Elle est habillée comme si elle allait en ville, pense-t-il. Est-ce pour l'impressionner ? Peut-être. Dans tous les cas, Marcel se rend tout de suite compte que, depuis qu'il vit ici, c'est le genre de personne qu'il n'a jamais ni rencontré, ni encore moins fréquenté.

Pantalon noir, veste rouge et cheveux gris-blanc glacés dans un brushing parfait qui dessine une couronne d'argent sur son visage de forme légèrement triangulaire. C'est une femme de la ville, une vraie citadine qui fait irruption dans la Grangette. Marcel ne serait pas surpris qu'elle soit Parisienne et ancienne directrice de quelque importante société. Il en a tant vu comme elle dans la capitale qui, regard dur et moue méprisante, le toisaient sans le saluer…

Il la laisse attendre un petit peu ; ce face à face avec ses poules et Troumpéto ne peut lui faire que le plus grand bien. Marcel l'a souvent remarqué, il ne se lasse pas de contempler la tribu de ses pondeuses ; elles ont toujours des comportements étonnants qui l'amusent, le surprennent et l'apaisent en même temps.

La femme ne bouge toujours pas. Il chasse du revers de la main quelques mies du déjeuner qui sont restées accrochées à son pull-over de laine et sort.

— Bonjour ! Je peux faire quelque chose pour vous ? demande-t-il en s'avançant vers elle.

Elle tourne la tête vers lui, le jauge. À présent, il aperçoit ses yeux sombres à demi fermés mis en valeur par des sourcils noirs impeccablement dessinés, son nez droit aux narines un peu dilatées, ses lèvres minces et tombantes qui lui donnent un air arrogant. À ses oreilles brillent deux boutons d'argent de la couleur de ses longs ongles laqués.

Il ne s'est pas trompé, c'est une femme sûre

d'elle et habituée à être obéie qui se trouve en face de lui et qui ne répond pas à sa question. Il hésite un instant : l'a-t-elle entendu ? Est-elle sourde ? Aucun trait de son visage ne frémit, on dirait qu'elle porte un masque, pense-t-il.

Le voilà maintenant à deux mètres d'elle, il ne lui tend pas la main, c'est à la visiteuse de s'avancer vers lui. Elle n'esquisse aucun geste. Au moment où il va répéter sa question, elle se décide enfin à parler :

— Je voudrais voir le propriétaire de cette ferme.

Elle n'a même pas dit bonjour, se dit Marcel, ça promet. Et cet accent ! Les mots qui sortent vite de sa bouche mince semblent secs, crachés comme des noyaux de cerise, dépourvus de toute humanité. Ce sont ceux qu'il entendait au dépôt à Paris, ceux qui se moquaient de lui, des siens et de son pays. Il serre les poings, s'apprête au combat. En attendant, il s'efforce de garder un ton affable.

— C'est moi. Et vous, qui êtes-vous ?

— Je suis madame Pluch, je viens de m'installer dans le lotissement.

— Enchanté. Que me voulez-vous ?

— Je viens vous voir à propos de votre coq !

— Vous voulez des œufs ?

— S'il vous plaît, épargnez-moi vos plaisanteries ridicules, je ne suis pas venue pour des motifs futiles.

Marcel éprouve une forte envie de refermer le portail sur cette femme avec qui, il l'a tout de suite pressenti, il ne pourra jamais établir la moindre relation. Il se retient, prend un air sérieux et déclare :

— Je vous écoute.

— Votre coq chante du matin au soir, on ne peut plus dormir à partir de sept heures, c'est insupportable.

— Oui, un coq ça chante… Et que voulez-vous que j'y fasse ?

— Vous devez prendre des mesures afin de le faire taire.

— Prendre des mesures ? Qu'est-ce que ça veut dire ? Vous voulez que je le tue ?

— C'est votre problème… Dans tous les cas, vous avez une semaine pour trouver une solution.

— Une semaine ? C'est bien peu mais de toute façon, même si vous me donniez un an, je ne ferai rien.

— Vous avez tort de réagir de la sorte. Je suis mandatée par tout le conseil syndical du Soleil d'Occitanie et, s'il le faut, nous irons jusqu'au procès !

— Allez où vous voulez, moi je ne toucherai pas à mon coq.

— Nous verrons bien !

— C'est tout vu ! Cette campagne, la Grangette, elle a été construite alors que le village était à peine un hameau et comme dans toutes les fermes, il y a toujours eu ici des poules et des coqs. Vous, vous êtes là depuis deux ou trois mois et parce que vous avez de l'argent, vous vous imaginez que tout le monde va vous obéir au doigt et à l'œil. Ici, ça ne se passe pas comme ça. Vous vous êtes payé une maison à la campagne et bien mon coq vous offre la musique. Si elle ne vous plaît pas, déménagez. Voilà, vous avez dit ce que vous aviez à dire, moi aussi. Maintenant vous pouvez partir.

— Oui, je m'en vais. Mais ne vous faites pas d'illusions, vous aurez bientôt de mes nouvelles et, croyez-moi, elles vous ôteront pour un moment le goût de vous moquer des gens.

Il la regarde s'éloigner à grands pas, furieuse et raide comme une fourche. Il rejoint Grimace qui a suivi la conversation depuis le seuil de la maison.

« Eh bé, tu vois Minet, avec des gens comme ça, on n'a pas fini d'être embêtés. Cette femme est un véritable chameau. Tu imagines le nombre de personnes qu'elle a dû faire souffrir dans sa vie ? »

En guise de réponse, le chaton bondit sur l'un de ses lacets mal noués. Ils rentrent ensemble. Voilà quelque chose qui sort de l'ordinaire, Marcel a hâte de rejoindre le Sénat pour en discuter avec ses camarades.

Il doit d'abord préparer le repas. Quelle furie ! Elle ne s'est pas présentée, n'a pas dit bonjour… Elle l'a pris vraiment pour un demeuré. Comment disaient-ils déjà ? Un plouc, oui c'est ça, un plouc.

Il se met à penser aux discours qu'il a entendus pendant les manifestations viticoles, il y a déjà bien longtemps. À cette époque, tous, à la tribune, disaient que la région allait devenir le bronze-cul de l'Europe et que les gens du coin – ils les appelaient les indigènes comme en Afrique – seraient employés dans les restaurants, garçons de café, femmes de chambre, vendeurs de chinoiseries ou de glaces sur les plages. Ils exagéraient un peu mais, hélas, ils ne se trompaient pas complètement.

Tant de vignes ont été arrachées et tant de campings, de résidences, de lotissements ont poussé ! Des pavillons ont été construits sur des terrains qui jouxtent le village. Beaucoup de maisons jadis inoccupées ont été rénovées et louées à des personnes qui travaillent à Narbonne, de nombreux vignerons proposent en été des chambres d'hôtes ou des gîtes.

Parfois, Marcel croise dans les rues de Massan tellement de nouveaux habitants qu'il a l'impression que les gens qui sont nés ici sont tous vieux. Ce n'est pas tout à fait vrai mais il s'en faut de peu. La population a tant changé que même lui, Massanais de souche, ne connaît pas plus de la moitié de ses concitoyens. Heureusement se dit-il en secouant la tête que les jeunes d'ici se battent pour rester dans la région…

Peu à peu, l'excitation provoquée par l'algarade décroît et laisse place à l'inquiétude. C'est certain, Pluch n'abandonnera rien, elle est comme ces chiens dangereux… les pitbulls. D'après ce qu'il en a entendu dire, lorsqu'ils mordent, ils ne lâchent plus.

Bien sûr, ses amis seront tous avec lui pour l'aider mais il s'agit bien de Troumpéto qui est menacé et c'est lui qui se retrouve en première ligne. Au moment où elle lui a dit qu'il aurait de ses nouvelles, quoiqu'elle soit bien maquillée, bien coiffée, bien habillée, elle ressemblait vraiment à une sorcière, une sorcière de la ville certes mais, à présent, elles lui paraissent encore plus mauvaises que celles des champs.

Lorsqu'il arrive sur la place, quatre Sénateurs sont déjà assis sur l'un des bancs, serrés les uns contre les autres pour se tenir chaud. Marcel est accueilli par des exclamations de plaisir ; la hantise de tous ces gens âgés est de se retrouver seuls. Peut-être que l'altercation avec la dame Pluch l'a bien plus bouleversé qu'il ne pense. Il est à peine installé que Vincent l'interpelle :

— Dis Marcel, je ne te trouve pas bonne mine, tu couves quelque chose ?

— Non, non je vais bien.

— Tu t'es fait vacciner contre la grippe ?

— Oui, bien sûr.

— Moi, cette année, s'exclame Jules, je me suis régalé. C'est une infirmière remplaçante qui m'a piqué, elle avait une paire de seins tellement gros que je n'ai vu qu'eux ; du coup, je n'ai rien senti.

Tous s'esclaffent, Jules a un fort penchant pour les femmes, surtout pour celles qui sont jeunes et jolies. Il peut disserter durant des heures sur la fille Delga…

— N'empêche, insiste Vincent, tu ne m'as pas l'air dans ton assiette.

— Peut-être mais je ne suis pas malade. C'est sans doute à cause de la femme du lotissement, Pluch ou Fluch, je ne sais plus ! Elle est venue me voir et ça ne s'est pas bien passé.

Marcel raconte l'entrevue, décrit la sorcière en veste rouge, parle de son impolitesse et de son mépris, enjolive son propre rôle en affirmant qu'il lui a refermé le portail sur le nez. Tous applaudissent, le félicitent. Vincent affirme, les yeux brillants de colère :

— Moi, je t'y aurais foutu un bon coup de pied au cul !

Approbations chaleureuses et pluie de critiques sur ces gens du Soleil qui se conduisent comme s'ils arrivaient en pays conquis. Émile qui s'est joint à la séance pendant le récit de Marcel apaise les esprits en disant qu'il ne faut jamais se faire une idée de tous à partir du comportement d'un seul. Jeannot Tessier approuve ces sages paroles et pour donner plus de poids à son propos, il raconte sur le ton de la confidence :

— Figurez-vous que dimanche dernier, les grands-parents de Nadine, la fille du lotissement, ils ont invité mon petit-fils Alain à manger parce qu'ils sont presque fiancés. Eh bé, d'après ce qu'il nous a raconté, il a été reçu comme un roi. D'ailleurs, il faudra peut-être que nous aussi on les fasse venir, j'en parlerai à mon fils.

— Oui, oui, marmonne Vincent, il n'empêche qu'ils veulent que Marcel se débarrasse de son coq !

— Pas tous, Dulup me l'a bien dit. Il y en a beaucoup qui ne l'entendent pas alors ceux-là, ils s'en foutent !

— Pour le moment, déclare Émile, tu n'as pas de soucis à te faire. Elle est venue, tu l'as mise dehors, c'est bien. Je pense qu'elle ne reviendra plus ou en tous cas pas toute seule. De ce côté tu vas être tranquille quelque temps. Elle a voulu te faire peur.

— Je sais. Dulup m'a expliqué comment ça se passait dans leur lotissement. Je vous en ai déjà parlé, c'est compliqué.

— Tant mieux, plus c'est compliqué, plus c'est long. Troumpéto a encore de beaux jours devant lui.

— Tu aurais peut-être dû lui proposer la botte ! s'exclame Jules soudain rêveur.

Tous se tournent vers lui pour savoir s'il est sérieux ou non. L'intéressé comprend aussitôt qu'il a dit une bêtise et tente de se défendre :

— Ben quoi, tu dis qu'elle a l'air sévère mais ça ne veut rien dire. Moi j'en ai connu une qui travaillait à la poste. Dehors, on aurait dit une banquise et pourtant au lit, c'était un volcan.

— Je te jure que si tu l'avais vu arriver, toi non plus, tu n'aurais pas pensé à ça.

— Jules ? intervient Vincent, ce n'est pas sûr, il y pense tout le temps.

Tous rient sauf l'interpellé. Peu à peu, les visages redeviennent graves. Marcel se tourne vers Émile :

— Tu me dis que j'ai le temps, je veux bien te croire, mais tu sais, le temps, il finit bien par passer, regarde ce que nous sommes devenus. Et alors, qu'est-ce que je ferai le jour où ils reviendront me voir ? Je ne veux pas aller au tribunal moi mais, de l'autre côté, jamais je ne pourrai me débarrasser de Troumpéto, ça serait comme… comme si je trahissais Madeleine.

— Tu as raison lui répond Émile, il faudra se débrouiller pour éviter le procès tout en gardant ton coq.

— Il doit me rester quelques cartouches d'explosif agricole que j'ai cachées dans ma cave, on pourrait lui faire un petit feu d'artifice, propose José d'un ton à la fois calme et enjoué.

Ses yeux brillent, il se souvient… Dans les années 70, il était Boumboum l'un des artificiers officiels du Comité d'Action Viticole de l'Aude. Méthodique, précis il a fait couler des centaines d'hectolitres de vin algérien ou italien dans les caves des négociants véreux.

Ses paroles plongent le groupe dans le silence.

Émile, le premier, se ressaisit :

— Tu n'y penses pas vraiment José ! Tout à l'heure, tu étais d'accord avec moi quand je disais que les gens du lotissement n'étaient pas tous des imbéciles et maintenant tu veux les faire sauter. Je ne te comprends pas.

— Justement pas tous, juste un petit pétard sous le nez de cette femme-là, Cruch ou Truch, je sais pas… un joli trou dans le mur de clôture ou dans le portail. C'est pas dangereux vous savez… mais malgré tout, ça fait beaucoup de bruit.

— On n'en est pas là ! s'exclame Marcel effrayé par la tournure que prend cette histoire de coq.

— Non, on n'en est pas là, renchérit Émile.

José, lui, reste dans son idée et dans son passé. Au bout d'un moment, il hoche la tête d'un air inquiet et déclare :

— Il faudra que je pense à vérifier les mèches : depuis le temps, avec l'humidité, elles risquent de ne pas être en bon état.

L'heure est venue de lever la séance, ils se dispersent lentement dans les rues de Massan qui les regardent avec tendresse passer à petits pas, ridés, tordus, vêtus de vêtements sans formes et coiffés pour la plupart d'une vieille casquette ou d'un béret de couleur indéterminée.

Tout en revenant à la Grangette, Marcel pense à tout ce qui a été dit. Oui, c'est malgré tout une drôle d'histoire juste pour un ou deux cocoricos. Cette madame Truch, Pruch... Zut, comment s'appelle-t-elle ? Voilà qu'il perd la tête à présent ce n'est pourtant pas le moment. C'est à cause de José qui mélange tout.

Durant toute la durée du trajet, il cherche le nom maudit. Lorsqu'il arrive chez lui, il croit qu'il s'agit de Pruch mais quelques doutes subsistent encore dans son esprit. Il se promet de le noter le jour où Dulup viendra le voir.

À un moment, il avait envie d'annoncer, de s'écrier même, que Stéphane, son fils, lui avait téléphoné et s'était montré plein de gentillesse. Il n'en a pas dit un mot à la fois par pudeur mais aussi parce que c'eût été l'aveu de leur absence de relation depuis l'enterrement de Madeleine.

Repas avec Grimace sur les genoux, puis sieste ou du moins tentative de sieste parce qu'il est énervé. Il sent qu'encore une fois, il ne parviendra pas à s'endormir. Il s'allonge bras croisés derrière la tête et ferme les yeux. La première pensée qui vient le visiter est celle concernant le petit-fils de Jeannot Tessier : selon son grand-père, il est fou amoureux, il est presque fiancé, il est reçu comme un roi... Quel bonheur ! Quelle chance ! La chance, c'est ce qui a manqué à leur pauvre enfant. Marcel ferme les yeux, la porte du passé est ouverte, il suffit de la pousser...

Jusqu'à dix-neuf ans, bien que Stéphane sorte avec ses camarades le samedi soir – encore une nuit blanche à attendre le grincement du portail qui s'ouvre – ni Marcel, ni Madeleine ne lui connaissent de fiancée officielle. Beau et gentil comme il est, il doit avoir forcément déjà embrassé beaucoup de filles dans l'encoignure sombre d'un portail ou sur les sièges poussiéreux de leur vieille Renault 5, mais, motus et bouche cousue, malgré toutes les ruses de sa mère pour lui faire raconter ses aventures amoureuses ou tout au moins avouer vers qui vont ses préférences, il n'en dit jamais un mot.

Et puis voilà qu'un soir, un lundi peut-être, pendant tout le repas, Stéphane se met à parler avec flamme de la jolie Christine Sanchez qui a le même âge que lui. Les parents n'ont qu'à échanger un regard, ils ont compris : le petit est tombé amoureux. Un sourire tendre éclaire le visage de Madeleine et Marcel aussi est heureux bien qu'il ne le montre pas. Il l'est pour deux raisons : d'abord, il est fier que son garçon devienne un homme, ensuite, il connaît la fille qui ne manque pas de charme, mais surtout il apprécie la famille, des gens certes pauvres – comme eux – mais honnêtes et travailleurs.

Pendant trois mois, tout va pour le mieux dans le meilleur des mondes, les mères se saluent avec plus de chaleur, les pères se touchent la main avec de grands sourires et, dans l'épicerie, les potins, comme il se doit, vont bon train :

« Le petit Montségur et la fille Sanchez, ça va se faire bientôt, peut-être avant l'été ! » pronostiquent plusieurs sources bien informées.

Hélas, Christine est non seulement jolie mais elle a de l'esprit et sait ce qu'elle veut ou, ce qui revient au même, ce qu'elle ne veut plus.

Elle a souffert de la pauvreté des siens durant toute son enfance. Elle n'en peut plus du petit livre triste en guise de cadeau de Noël, des habits fanés de la grande sœur, des chaussures fatiguées de la cousine, des cirques dont elle n'a jamais vu que le chapiteau mystérieux, des films que ses amies lui racontent, des pommes de terre et des pâtes dans l'assiette durant presque toute la semaine, des sorties le samedi soir avec les poches vides et la peur terrible que cela se sache…

La petite misère quotidienne, celle qui ne fait pas mourir de faim mais qui bride les envies et coupe les élans, elle connaît, elle estime, non sans raison d'ailleurs, qu'elle l'a déjà bien trop fréquentée. Elle ne veut plus en entendre parler.

Comme son amoureux, elle a suivi ses études avec nonchalance, presque avec indifférence. Elle ne possède pour bagage que son seul Brevet, ce qui représente, elle en a pleinement conscience, un bien maigre viatique pour s'élever par ses seules forces intellectuelles dans la société.

Elle aime Stéphane, elle le trouve beau, gentil, original mais... ses perspectives professionnelles lui apparaissent peu sûres et encore moins brillantes, dans tous les cas insuffisantes pour lui fournir le niveau de vie élevé auquel ces longues années d'ascétisme forcé lui donnent, pense-t-elle, le droit d'aspirer.

Un samedi soir donc, après lui avoir juré une amitié éternelle et versé un petit ruisseau de larmes, elle déclare à Stéphane qu'elle l'aime beaucoup mais qu'elle n'envisage pas de passer le restant de ses jours avec lui et que, dans ces conditions, il vaut mieux qu'ils interrompent leur relation sur le champ.

Il y a beaucoup de cris, de supplications, de pourquoi. L'amoureux éconduit menace même de se suicider mais rien n'y fait, la belle tient bon. Tremblante de peur et d'émotion mais en apparence digne et sûre d'elle, elle regagne son logis sans donner à son presque fiancé en pleurs, le dernier baiser qu'il la presse de lui accorder.

Stéphane, lui, est amoureux fou et nullement disposé à renoncer. N'a-t-il pas toujours obtenu tout ce qu'il désirait ? N'est-il pas le plus beau, le plus intelligent, le meilleur des jeunes de Massan ? Comment peut-il être rejeté ainsi ? Ce n'est ni possible, ni normal que Christine, qui est folle de lui, cesse soudain de l'aimer et veuille briser leur relation. Elle est manipulée, c'est certain. Sa famille, pour quelque obscure raison, l'oblige à rompre...

Il abandonne son apprentissage et se met à faire le siège de la maison des Sanchez, harcelant son ancienne fiancée dès qu'elle met le bout de son joli nez dehors, l'appelant sans fin au téléphone dans la journée et criant son prénom, la nuit sous sa fenêtre, comme les loups, dit-on, hurlent à la lune. Finalement le père Sanchez s'en mêle et après une brève mais violente algarade, Stéphane lève le siège, revient dans la Grangette et n'en sort plus pendant un bon mois.

Bien sûr, Madeleine et Marcel désespérés n'ont pas de mots assez durs pour vilipender le comportement de Christine et de toute sa famille, ces miséreux sortis du fin fond de l'Espagne qui sont venus voler leurs terres et ensorceler leur fils avant de le rejeter comme une guenille au bord de la route.

Comme Madeleine craint que son fils, qui lui semble avoir maigri, dépérisse, elle reprend les vieilles habitudes de la maison et tous les dimanches, elle prépare ses plats préférés : œufs mimosas, civet de lapin accompagné de pommes de terre au four et île flottante.

Marcel se souvient bien de ce repas qui a changé leur vie. C'est un dimanche justement et Stéphane mange d'un bon appétit ; il va mieux...

Au moment du dessert, il les regarde et déclare :

— Plus je pense à ce que l'on m'a fait, plus je me dis que je n'ai rien à gagner à rester dans ce trou. Il n'y a que des imbéciles et des jaloux, ils ne me donneront jamais la place que je mérite. Ils me forcent à partir, tant pis pour eux mais, croyez-moi, ils ne sont pas prêts de me revoir !

— Mais, demande Madeleine alarmée, qu'est-ce que tu vas faire ? Où tu vas aller ?

— Je vais m'engager dans l'armée. Là, je pourrai montrer ce que je suis vraiment. J'ai vu sur le journal qu'il y avait une campagne de recrutement en ce moment, un bureau est ouvert toute la semaine à la mairie de Narbonne. J'irai demain.

Marcel n'ose pas lui demander si cette décision de tirer un trait sur les Massanais s'applique aussi à eux. Pour la première fois, il est en train de prendre pleinement conscience des conséquences néfastes de l'éducation désastreuse qu'ils ont donnée à leur enfant. Cet orgueil démesuré, cette image de soi exorbitante, ce sont eux, ses parents, qui la lui ont fabriquée sur mesure avec patience et opiniâtreté...

Ils vont à présent en subir les conséquences. Il est trop tard pour revenir en arrière. Leur fils unique les quitte, ils paient la faute qu'ils ont commise par ignorance et par amour.

Christine, elle, n'a perdu ni son esprit, ni sa suite dans ses idées bien arrêtées. Elle se jette sans perdre de temps dans les bras peu musclés mais cultivés du jeune Martin, brillant élève de l'École Normale de Carcassonne et, pour le moins futur instituteur, avec salaire raisonnable – magnifique à l'aune de celui des vignerons massanais – logement de fonction, longues vacances, caravane, voyages, respect affectueux des concitoyens et retraite confortable.

Stéphane est appelé sous les drapeaux deux mois plus tard. Depuis, avec toute l'obstination des amoureux déçus, il a tenu parole, et n'est presque jamais plus revenu dans ce village qui ne le mérite pas. Il a oublié par là même occasion ses parents qui attendent ses nouvelles en tremblant.

Il ne passe même pas ses permissions avec eux, arrive en coup de vent, les embrasse, repart aussitôt. Il préfère visiter le pays ou se faire inviter chez des camarades. La terre languedocienne lui brûle encore la plante des pieds et le cœur aussi, sans doute...

Marcel souffre beaucoup de son absence mais essaie de ne pas le montrer. Il a d'autres soucis : les temps sont à nouveau durs, il s'efforce à chaque instant d'améliorer la qualité de son vin, mais surtout, il doit se battre pour le vendre. Lorsqu'il voit Madeleine toute triste et songeuse, il tente de la consoler. En vain, elle est inconsolable.

« L'important, c'est qu'il soit heureux ! Tu sais Mado, maintenant, nous, on ne compte plus, il a choisi sa vie! »

Elle acquiesce, fait disparaître ses larmes dans un grand mouchoir de coton blanc. Marcel la comprend, lui aussi parfois a envie de pleurer en pensant à son fils.

Ils ont vécu vingt ans pour Stéphane, pour son bonheur. Soudain, leur vie n'a plus de sens, elle est vide. Ils travaillent toute la journée et le soir lorsqu'ils se retrouvent seuls devant la soupière fumante, ils ne savent plus que dire ni que faire.

Lui met une longue année avant de comprendre que leur fils ne reviendra pas. Peu à peu, il essaie de s'accoutumer à l'idée épouvantable que la Grangette, cette campagne qui appartient aux Montségur depuis des lustres, va être vendue, rasée sans doute, peut-être devenir un nouveau lotissement comme par exemple : Le Soleil d'Occitanie II.

Il essaie de se faire une raison mais il n'y parvient pas. On ne peut pas accepter l'inacceptable alors, lorsqu'il est seul dans ses vignes, il se met à jurer, à lancer à la terre et au ciel des chapelets de « putain de merde », de « bordel ». La rage le saisit, il gesticule comme un épouvantail dans la tempête, il a envie de faire mal, de tuer cette pute de fille Sanchez, ces salauds du gouvernement qui les étranglent, ces pourris de négociants qui s'engraissent sur leur dos.

À la maison, il est doux et gentil, il aime encore plus Madeleine sans doute parce qu'il sent qu'elle non plus n'arrive pas à accepter ni le départ de Stéphane, ni encore moins son silence. Marcel le lit sur le visage aimé, il l'entend, il le voit : depuis que leur garçon est parti, le rire de sa femme ne sonne plus dans la maison et ses yeux n'ont jamais retrouvé leur éclat.

Il a souvent songé pendant les nuits sombres où les pensées les plus noires dansent comme des sorcières à la surface de l'esprit que c'est peut-être à cause de la fuite de leur fils que Madeleine est morte si tôt.

Elle a toujours vécu modestement sans se plaindre, s'est estimée heureuse malgré les privations parce qu'elle avait déposé tous ses espoirs, tous ses rêves sur son fils.

Et il est parti… Et il ne lui restait plus rien car elle voulait qu'il réussisse sa vie ici et non dans quelque ancienne colonie brûlante au milieu du désert et entouré d'inconnus.

Marcel a pensé cela pour la première fois lorsqu'il a vu Stéphane raide, fermé, impassible, sanglé dans son uniforme impeccable, marchant à côté de lui derrière le cercueil de sa mère. Il l'a vu et il ne l'a pas reconnu ; ce n'était plus ce fils tant aimé qui avait fait leur pluie, leur beau temps et pour finir leur malheur. À côté de lui, avançait un fantôme habillé en militaire, sans cœur, ni âme, et Marcel qui n'avait jusqu'alors pas versé une seule larme s'était mis à pleurer.

Tant de veilles, de patience, de sacrifices, d'espérances, tant d'amour pour en arriver là ! Cette personne pour qui ils auraient donné leur vie en chantant, cette personne là, à côté de lui, derrière le noir corbillard ne valait pas le dixième de la pauvre

Madeleine qui s'en allait pour toujours loin de ses yeux, de ses bras et de la Grangette.

Bien sûr, par la suite, Marcel a regretté ses pensées, il les a mises sur le compte de sa douleur, de son désespoir et il s'est toujours dit qu'il accueillerait son fils à bras ouverts, pourtant ces réflexions reviennent encore le hanter de temps en temps comme de vieux souvenirs dont on finit par se demander s'ils sont réels ou inventés.

Il se lève, se frotte les yeux, descend d'un pas lourd les escaliers. Grimace l'attend, queue dressée et petit miaulement affectueux, sur la dernière marche. Il le saisit au passage et le pose sur son épaule contre son cou. Il faut qu'il sorte, que le vent emporte loin de lui ses tristes moments, qu'il lave son esprit et disperse ses sinistres pensées comme des feuilles mortes d'automne.

Le ciel bleu et le soleil l'éblouissent, il met sa main en visière devant ses yeux. Il regarde sa campagne, tout ce qu'il aime et qui, peut-être, va continuer à exister après lui grâce à son fils. Elle forme un U presque parfait qui s'étend face au portail. À gauche, en entrant, trône la cave, le cœur de la propriété, lourd portail de bois à deux battants et large ouverture au palier par laquelle, jadis, on hissait les comportes pendant les vendanges et parfois les chevaux au moment des inondations.

Dans son ventre immense, humide et sombre, se

rouille à petit feu tout son matériel viticole. Marcel a aussi gardé le pressoir aux engrenages sombres et, tout au fond, contre un mur, le fourgon de son père. Les cuves de béton peintes en blanc portent toujours, en lettres rouges, leur numéro et leur capacité. Il a laissé les trappes ouvertes et, lorsqu'il se déplace dans la pénombre, il ne s'approche jamais trop près de ces bouches édentées et noires comme des gouffres. Peut-être craint-il qu'elles l'appellent ou qu'elles le happent pour l'entraîner dans le gouffre sans fond du passé.

Dans le prolongement de la cave à présent presque toujours fermée, se dissimule un peu en retrait le poulailler.

Un vaste hangar ouvert côté cour ferme la campagne. On y entassait le bois pour l'hiver, les souches de vigne pour les grillades, les sacs d'engrais et les comportes. Marcel y abritait aussi le tracteur lorsqu'il devait s'en servir plusieurs jours à la suite.

Enfin, à droite, s'étendent les habitations, quatre grands logis posés côte à côte : la maison familiale des Montségur dont il n'occupe que trois pièces. Les autres habitations sont closes. Quand il sort dans la cour, Marcel évite de les regarder. Ces portes et ces fenêtres fermées lui font mal au cœur, lui répètent encore et encore que la Grangette agonise et que sa mort est sans doute proche.

Derrière le hangar s'étire, abrité par un haut

mur de pierres sèches, le jardin depuis longtemps redevenu sauvage.

C'est ça la Grangette, quelques bâtiments aux murs décrépis assis autour d'une grande cour de terre battue. C'est peu et pourtant, elle représente sa vie, celle de ses parents et celle de ses aïeux. Elle est la concrétisation d'une somme extraordinaire d'efforts, de privations, d'acharnements, de déceptions et de joies ; toute la modeste épopée des Montségur dont Stéphane est le dernier représentant actuel à Massan.

Grimace s'accroche à son épaule et se met à miauler, il a peur.

« Un chat qui a le vertige, c'est nouveau ça ! »

Marcel le pose sur le carrelage et referme la porte derrière lui. Il a besoin de faire quelque chose, il doit occuper son esprit. Il va nettoyer le poulailler, il doit bien y avoir au moins deux semaines qu'il n'a pas enlevé les fientes. Peut-être qu'il devra changer la paille.

Les poules s'écartent en caquetant devant lui. Seul, Troumpéto ne bouge pas et Marcel le surveille du coin de l'œil tout en continuant à avancer. Ils ont possédé un coq jadis qui attaquait toutes les personnes qui traversaient la cour ; Madeleine n'osait plus aller chercher les œufs et lui aussi s'était fait agresser à plusieurs reprises. Ils ont été obligés de le tuer. Troumpéto n'est pas méchant mais on ne sait jamais…

Lorsqu'il aura terminé son travail, il sera l'heure d'aller faire un tour au boulodrome. Aujourd'hui, le temps est doux, il y aura un peu de monde.

Effectivement, ils se sont retrouvés une bonne douzaine entre joueurs et spectateurs et ils ont passé un bon moment grâce à la présence inhabituelle de Chichoumé.

Qui est-il ? Personne ne le sait vraiment.

Il est arrivé tout seul à Massan, désargenté et déjà usé par la vie comme beaucoup de ces voyageurs attirés par le soleil et l'espoir d'une vie plus facile. Voilà à présent une dizaine d'années qu'il a posé ses maigres bagages, un seul sac, à Massan. Il habite une vieille demeure étroite et délabrée au centre du village. Chaque été, il travaille comme serveur au café et le reste de l'année il vivote grâce au RSA et à quelques menus travaux qu'il accomplit ici et là sans être déclaré à l'administration.

Quel est son vrai nom ? On l'ignore. Ce surnom a été accroché à sa personne sans doute un soir de beuverie au café ; depuis, tous les habitants du village et même du canton l'appellent ainsi. Il faut reconnaître qu'il lui sied à merveille : à personnage exotique et mystérieux, surnom exotique et mystérieux.

Grand, maigre, barbiche blanche et cheveu rare Émile dit de lui qu'il ressemble à Don Quichotte. Chichoumé marche toujours à longues enjambées, a le geste large et le verbe haut surtout les jours qui suivent le versement de son allocation, jours qu'il passe au café du matin au soir. Il n'aime que le vin rouge, mais ce n'est pas un trou, c'est un gouffre, ce qui fait dire au Sénateur Vincent :

« Si tout le monde buvait comme lui, on n'aurait pas de problème pour écouler notre vin. On l'aurait tout vendu à Noël ! »

Cet après-midi donc, après avoir passé deux ou trois heures à boire au Café de la Place, il est arrivé au boulodrome et a insisté pour faire une partie. Spectacle assuré d'autant plus qu'il jouait avec Antoine, personnage charmant lorsqu'il gagne mais prompt à s'enflammer dans le cas contraire.

Avec Chichoumé titubant comme partenaire, il n'avait aucune chance de remporter la partie et donc les spectateurs et ses adversaires ont pris beaucoup de plaisir à suivre la montée de l'exaspération d'Antoine au fur et à mesure que son compagnon, encouragé par le public, réalisait ses exploits et les commentait : boule jouée les yeux fermés ou sur un pied ou bien de la main gauche…

Bien sûr, il se trouvait toujours quelqu'un pour jeter de l'huile sur le feu du malheureux Antoine dont le visage a viré du rose poupin au rouge puis au cramoisi. Il n'a pas terminé la partie et a quitté le boulodrome, furieux, au milieu des exclamations et des rires de tous. Ce n'est pas grave, il reviendra demain…

En rentrant chez lui, Marcel revoit la scène et

ne peut s'empêcher de rire : Chichoumé qui pensait que les spectateurs s'amusaient de ses pitreries faisait n'importe quoi tandis que le pauvre Antoine qui se savait épié par tous essayait de garder son calme et donner le change en étudiant le terrain avec soin, préparant ses portées et réfléchissant longuement avant de jouer.

Lorsqu'il monte dans sa chambre pour se coucher, Grimace miaule au bas de l'escalier. Va-t-il le chercher ou bien le laisse-t-il en bas ? Il n'hésite pas longtemps, descend, récupère le chaton et le pose sur son lit. Il sourit et pense à haute voix :

« Je deviens cabourd (idiot) avec ce chat, si les Sénateurs me voyaient, ils n'auraient pas fini de se moquer de moi. »

Grimace vient se coucher sur l'oreiller contre sa tête et Marcel s'endort bercé par la douce musique des ronronnements heureux.

8

Dulup arrive comme d'habitude au moment où il va commencer à préparer son repas de midi. Marcel ne cuisine que le matin. Le soir, il se contente de manger les restes ou parfois le contenu d'une boîte de conserve.

Contrairement à ses façons de faire coutumières, le Lyonnais ne commence ni par demander des œufs, ni par parler des conditions météorologiques. Il interroge Marcel tout de suite :

— Alors ? Elle est venue ?

— Madame Pruch ? Oui, mardi matin.

— Ce n'est pas Pruch mais Pluch.

— Vous en êtes sûr ?

— Oui.

— Attendez, laissez-moi le noter. Vous comprenez, ce n'est pas un nom d'ici, je ne m'en souviens jamais. C'est drôle, on dirait un nom de clown.

— C'est vrai mais elle n'est pas du tout comique, vous avez dû vous en rendre compte. Figurez-vous que mardi justement je l'ai vue sortir à pied du lotissement. Avec sa veste rouge, elle ne passe pas inaperçue. J'ai pensé tout de suite qu'elle venait chez vous. Comment ça s'est passé ?

— Mal, on s'est engueulé.

— C'était à prévoir.

— Elle m'a dit qu'elle représentait tout le conseil syndical du lotissement et qu'elle me donnait une semaine pour faire taire mon coq.

À ce moment-là, Troumpéto qui doit avoir compris que l'on parlait de lui, fait retentir un tonitruant cocorico.

Marcel apprécie :

— Il va mieux !

— En effet… Elle ment, je vous l'ai dit l'autre jour, il n'y a que deux conseillers qui l'ont soutenue et il n'a jamais été question de vous poser un ultimatum. Et qu'est-ce que vous lui avez répondu ?

— Qu'il y avait des coqs dans la Grangette depuis plus de cent ans et que ce n'était pas elle, une nouvelle venue, qui allait tout commander.

Dulup tout joyeux s'exclame en secouant vivement sa main :

— Elle n'a pas dû apprécier !

— Non, surtout qu'après je lui ai demandé de partir.

— Méfiez-vous d'elle, elle est vraiment méchante.

— Oui, elle le porte sur sa figure. Elle m'a menacé

de procès, elle m'a dit que j'aurai de ses nouvelles.

— Et qu'est-ce que vous allez faire ?

— Rien. Je ne vais pas tuer mon coq parce qu'il empêche cette pimbêche de faire la grasse matinée.

— Je comprends.

— Vous savez, je ne suis pas seul, j'en ai parlé à mes amis dans le village, tous sont en colère contre vous, les gens du lotissement, et tous me donnent raison. Ils m'ont assuré qu'au besoin, ils me soutiendraient.

— Attention, il ne faut pas que cette malheureuse histoire dresse les habitants du Soleil contre ceux du vieux village ! s'alarme Dulup qui, d'un coup, a perdu sa gaieté matutinale. Je vous le répète, cette femme ne parle pratiquement qu'en son seul nom. Elle n'a aucune relation à l'intérieur du Soleil d'Occitanie.

— Alors, vous devez essayer de la calmer.

— Tout ceci est bien fâcheux ! murmure le Lyonnais comme s'il réfléchissait à voix haute. Je vous promets d'en parler s'il y a une nouvelle réunion au sujet de votre coq.

— Je compte sur vous. Vous voulez des œufs ?

— Oui, bien sûr ! J'étais venu pour ça et j'allais les oublier.

Marcel sourit en entendant ce petit mensonge et va chercher le panier. Franche poignée de main, souhait de bonne journée, claquement du portail.

Cette conversation rassure Marcel. Elle confirme

bien son premier ressenti : Pluch a menti, elle a tenté de l'impressionner mais pour le moment, elle ne représente qu'elle-même. Autre point important, Dulup ne veut surtout pas que la guerre éclate entre le vieux village et le lotissement, il fera donc tout son possible pour contrecarrer les projets de procès de la sorcière. Il a d'ailleurs promis de parler de ce risque de rupture en réunion et il le fera, Marcel a confiance en lui.

Les jours suivants s'écoulent sans heurts ni cahots dans la routine de Marcel et de Massan. Le mardi matin, alors que le soleil brille et que le vent est tombé, ils se retrouvent huit sur les bancs de la place, le Sénat est presque complet. Lorsqu'ils sont nombreux, tous évitent d'un accord tacite de parler de sujets trop particuliers ou personnels : dans un petit village, tout le monde est plus ou moins cousin proche, lointain ou par alliance, avec tout le monde. Il vaut donc mieux rester prudent et s'abstenir de mettre sur la sellette une famille en particulier.

Ce matin-là donc, les Sénateurs papotent gentiment des dernières nouvelles, du temps, du rugby et de la chasse. Ils sont interrompus par la survenue inaccoutumée de Delpech, le maire, qui se joint à eux après avoir touché la main de tous. Il rompt le silence qui s'est établi à son arrivée :

— Je viens juste vous saluer, vous êtes les anciens du village, les gardiens de notre âme en quelque sorte, je tenais à m'assurer que tout allait bien pour vous.

Silence étonné, échange de regards.

— Nous allons bien, monsieur le maire, aussi bien que notre âge nous en laisse le loisir, répond Émile toujours souriant.

— La santé, c'est le plus important ! Pas vrai ?

Tous acquiescent.

— Et dans le village ? Tout va comme vous le voulez ? Parlez sans crainte, vos avis me sont précieux.

— Bah, il y a rien de neuf ! s'exclame Vincent.

— Il n'y a rien de neuf ? s'indigne le maire. Et l'arrosage automatique du terrain de rugby, et la nouvelle aire de jeu pour les enfants, et la peinture de toutes les boiseries de la mairie, et l'isolation de la maison des jeunes, et les spectacles au foyer du troisième âge, et le repas de Noël pour les anciens !

— Moi, j'ai trouvé les huîtres pas très fraîches ! déclare gravement Louis en hochant la tête.

— Moi, de l'aire de jeux, je m'en fous, j'y vais jamais ! s'exclame Jeannot.

— Moi, il y a longtemps que je ne monte plus sur les toboggans ! affirme le vieil Auriol tout perclus de rhumatismes.

— Moi non plus ! assure Garul qui doit peser bien plus d'un quintal.

Tous s'esclaffent et ce rire qui parcourt les Sénateurs comme un courant d'air frais les libère :

— Il y a que le village est sale, dit l'un, ma rue est pleine de merdes de chiens.

— Les gens se garent n'importe comment ! s'exclame l'autre, on ne peut plus passer sur les trottoirs !

— En sortant du restaurant, les clients discutent sous ma fenêtre pendant la moitié de la nuit. Le samedi, je peux pas dormir avant deux ou trois heures du matin.

— Le jeune Paulou, il passe comme un fou avec sa moto. Un de ces quatre, il va y avoir un accident, c'est sûr !

Devant cette avalanche de récriminations, Delpech agit comme tout bon politicien qui se respecte, il s'abrite derrière les mots ; il a été toujours beau parleur.

— Écoutez, tout ce que vous me dites est certes ennuyeux mais finalement pas très grave. En douze ans, nous avons quand même réalisé beaucoup de choses. Seuls ceux qui sont de mauvaise foi ne veulent pas le reconnaître.

Silence.

Il poursuit :

— C'est sûr, il y a encore pas mal de travail à effectuer et on en est conscient. C'est pour ça d'ailleurs qu'on va se représenter pour obtenir un nouveau mandat et arriver au bout de tous nos projets.

— Si vous êtes les seuls candidats, vous serez forcément réélus ! constate avec malice Émile qui sait très bien, comme tous les Massanais, qu'une autre liste est en voie de formation.

— Bah, il y a toujours des jaloux et des mécontents sans compter des politicards qui préfèrent l'intérêt de leur parti à celui des habitants, des ambitieux prêts à toutes les promesses pour être élus. Figurez-vous qu'il y en a qui habitent ici depuis tout juste un an, qui ne connaissent rien du village et qui veulent le diriger, s'enflamme le futur candidat Delpech.

— Ça fait beaucoup de monde ! commente sobrement Émile.

— Oui, mais je vous fais confiance. Vous, les Sénateurs, vous représentez la sagesse de Massan. Vous ne vous laisserez pas tromper par des menteurs et vous ne donnerez pas vos voix à des gens que vous ne connaissez pas. Allez, je vous laisse. On a une réunion importante avec le Grand Narbonne. Je vous souhaite une bonne journée.

Il s'éloigne d'un pas pressé tandis qu'une rumeur confuse répond à son salut.

— Eh bien, lance Émile, la campagne des municipales vient de démarrer !

— Ah bon ! s'étonne Louis, tu crois que c'est pour ça qu'il est venu nous voir ?

— Bien sûr, lui répond Vincent, que tu es naïf ! On ne l'a pas vu pendant six ans et maintenant il arrive, nous touche la main, nous passe la pommade. Il a peur d'être battu parce qu'il y a une autre liste en train de se monter.

— Qui c'est ?

— Bah d'après ce que j'ai entendu, il y a un peu de tout, notamment, beaucoup de femmes, au moins la moitié des candidats.

— Des femmes ! s'exclame Jules, je vais m'y mettre moi aussi.

— Maintenant, c'est obligatoire, il en faut autant que d'hommes ! C'est la loi qui l'impose, assure Émile.

— Je les ai vus rôder l'autre soir dans le village. Il faisait nuit, j'ai juste reconnu Gastounet, la Poudre et Morsol.

— La Poudre ? interroge une voix éraillée.

— Ben oui, Martial.

— Ah bon. Quel drôle de surnom !

— Boudu, tu ne connais pas l'histoire ? s'étonne René. Figure-toi qu'il était voisin avec un vieux qui ne se chauffait qu'avec sa cheminée. Toute l'année, il se promenait avec un sac et il ramassait les souquets qu'il trouvait dans les vignes. Comme il n'avait pas de place chez lui, il les disposait en un tas bien rangé devant sa porte.

Des sourires commencent à se dessiner sur les visages ridés comme de vieilles pommes. La plupart connaissent l'histoire, elle appartient à l'album des récits classiques de Massan, il s'agit presque, déjà, d'une légende villageoise.

Le conteur poursuit :

— Un jour, il s'est plaint à Martial que son tas diminuait régulièrement alors qu'il n'avait pas encore utilisé sa cheminée. L'autre, il a toujours eu des idées bizarres. Il lui dit de le laisser faire et lui assure qu'ils trouveront bientôt le voleur de bois. Il prend une souche, la creuse, verse de la poudre dedans puis la repose bien en vue au sommet du tas.

Louis éclate de rire :

— Je la connais ! dit-il.

— Attends, je la finis. Deux jours après, la souche avait disparu et le soir au moment de préparer le repas, il y a eu un grand boum chez la vieille Jacote qui habitait en face. Tout le monde est allé voir ce qu'il se passait. Ils l'ont trouvée assise par terre, la bouche ouverte et la louche à la main. Ils ont mis dix minutes pour retrouver son dentier...

Comme un bon conteur professionnel, René attend que les rires se calment pour continuer son récit :

— Elle faisait cuire des haricots dans une cocotte, eh bé, des haricots, il y en avait dans toute la cuisine ! Sur tous les murs et jusqu'au plafond ! À partir de ce jour, il n'a plus manqué de bois dans le tas. À partir de ce jour aussi, on a appelé Martial la Poudre et la vieille, la Mounjette (le haricot), mais il y a longtemps qu'elle est morte.

— C'est moi qui l'ai aidé à préparer le souquet, précise José avec fierté. C'était pourtant compliqué parce qu'il fallait lui donner un bon avertissement, mais sans faire tomber sa maison.

Il y a un moment de silence.

— Tu aurais pu parler au maire des gens du lotissement qui veulent faire taire ton coq ! remarque Jeannot en s'adressant à Marcel.

— C'est vrai, reconnaît celui-ci, je n'y ai pas pensé. Bah, en ce moment, il a d'autres chats à fouetter et puis, qu'est-ce qu'il peut y faire ? ajoute-t-il sceptique.

Plusieurs Sénateurs ne sont pas au courant de l'affaire Troumpéto, il faut donc la raconter en détail et répondre aux questions. Tous sont unanimes, le coq de la Grangette, c'est comme le clocher de l'église, il n'est pas question de le toucher !

Au cours de la discussion, José en profite pour annoncer qu'il a vérifié les mèches et qu'elles lui paraissent en bon état mais ses paroles passent inaperçues ou incomprises dans le brouhaha. Seuls, Marcel et Émile échangent un regard inquiet ; l'homme est bien capable de mettre son idée en pratique.

Marcel revient chez lui, sourire aux lèvres, il pense à la Jacote assise dans sa cuisine mouchetée de haricots, sa louche à la main. Dans la maison, Grimace le suit pas à pas et il manque à plusieurs reprises de lui marcher dessus. Dès qu'il s'assied pour déjeuner, le chaton escalade sa jambe en s'agrippant au pantalon et vient mettre son petit nez rose au ras de l'assiette. Marcel le repousse gentiment et le garde sur ses genoux.

Ce jour-là, il est tout heureux car il a fait une bonne sieste, ce qui ne lui était pas arrivé depuis longtemps. C'est sûr, tout le village va défendre Troumpéto et cette unanimité le touche et le rassure. Il se souvient des mots d'ordre répétés pendant toutes les manifestations viticoles :

« Si on reste groupés, ils ne peuvent rien contre nous ! »

… et c'était vrai.

La fin de la semaine est triste : Jean Martinez, son guide, son ami, vient de mourir.

Marcel ne l'a pas vu depuis presque deux ans. Lors de sa dernière visite, l'homme ne l'avait même pas reconnu. Il avait posé sur son visage un sourire niais qu'il avait gardé durant tout le temps que Marcel était resté avec lui.

Celui-ci était revenu chez lui profondément affecté par cette entrevue. Il connaissait, admirait et aimait un homme intelligent, ouvert aux autres et sûr de lui, un meneur, il s'était retrouvé face à un dément souriant qui ne lui avait pas adressé le moindre mot.

À la suite de cette visite, il n'avait plus eu le courage de revenir le voir. C'était trop douloureux, trop insupportable ce face à face muet durant lequel, après de vains efforts pour essayer d'obtenir une parole ou un signe de reconnaissance, il s'était lui aussi enfermé dans le silence tandis que ses souvenirs, eux bien vivants, accentuaient s'il en était besoin la peine d'avoir perdu un ami et le désespoir devant l'infortune de la vieillesse.

Pour se déculpabiliser un peu de ne plus aller le voir, il se disait que cela ne servait à rien… Il avait raison sans doute, bien que ses visites lui tenaient à cœur surtout parce qu'elles lui donnaient bonne conscience. Il n'était pas homme à se dérober à son devoir, il voulait toujours pouvoir se dire : « J'ai fait ce qu'il fallait. »

Le corps de son ami venait de s'arrêter de fonctionner mais l'être qu'il représentait était mort depuis longtemps…

Ils ont tant de fois devisé devant un verre de grenache, des vignes bien sûr mais aussi des gens, du monde, de l'avenir. Ils ont tant de fois parcouru ensemble leur propriété, s'arrêtant là pour se pencher sur un cep malade, plus loin pour observer des traces de sanglier ou de blaireau.

Leur relation avait évolué au fur et à mesure que Marcel avait progressé dans la maîtrise du travail de la vigne. Elle s'était renforcée lors des manifestations viticoles, puis l'âge aidant, elle s'était transformée en une complicité amicale et respectueuse. Tout naturellement, Jean avait remplacé le père de Marcel trop tôt disparu jusqu'à ce que la maladie vienne ronger d'abord sa mémoire, puis son esprit.

Il se met à table et malgré la présence joueuse

de Grimace, il ne parvient pas à se défaire de la chape de tristesse qui l'écrase. Il a trop envie de pleurer. Rarement comme aujourd'hui, la solitude n'a pesé aussi fort sur ses épaules.

Va-t-il, lui aussi, perdre la raison avant de s'en aller ? Combien de temps encore pourra-t-il vivre seul dans la Grangette ? Qui s'occupera de lui plus tard ? Il repousse son assiette de soupe qu'il a à peine entamée, se lève, allume le poste de télévision, plante ses yeux dans l'écran et se laisse emporter par les images et les sons qui le transportent dans un autre monde.

Il est presque minuit lorsqu'il se réveille sur le fauteuil. Il se lève avec difficulté, prend Grimace dans sa main et monte se coucher en s'accrochant à la rampe ; ce soir, il se sent très vieux et… il a peur.

Le sommeil s'en est allé et il ne reviendra pas de sitôt. Marcel s'allonge bras croisés derrière la tête. Il se retrouve en tête à tête avec Jean.

9

En dehors des travaux de la vigne, il se souvient de la première conversation importante qu'ils avaient eue tous les deux. C'était un soir d'hiver, au début de son installation, l'homme était arrivé à la Grangette vers cinq heures et demie.

Ils avaient d'abord un peu discuté de tout et de rien puis Martinez s'était mis à parler de la vie de Félix et de son rôle à Massan. À ce moment-là, Marcel avait découvert une facette des activités de son père qu'il ignorait totalement, plus encore, tout un pan de son existence qu'il n'avait jamais imaginé.

Selon les dires de Jean, Félix, si calme, si tranquille en apparence, était de toutes les manifestations, de tous les coups de mains des viticulteurs. À Carcassonne, en mars 1967, il était au premier rang pour se battre contre les CRS. Tout seul, il avait tiré de leurs griffes un jeune de Bages blessé à la tête qui allait se faire arrêter. Il faisait partie du Comité d'Action Viticole, la troupe de choc des vignerons.

Jean racontait et Marcel, ahuri, découvrait un homme qu'il ne connaissait pas et dont, d'après ce qu'il entendait, il devait être fier. Son père qu'il avait vu toujours pondéré et conciliant se transformait durant les manifestations en un farouche guerrier à la pointe de tous les combats. C'était incroyable et pourtant, Marcel savait que Jean lui disait la vérité.

Pour qu'il devienne féroce, il avait fallu sans doute qu'il subisse beaucoup d'hypocrisies, de mensonges et d'injustices. En même temps, il prenait conscience que le monde dans lequel il voulait vivre n'avait rien à voir avec l'image bucolique et sereine de la campagne répandue par tous les lieux communs et ressassée par tous les citadins. Au contraire, il se sentait précipité dans un chaudron où bouillonnaient la colère et la révolte.

Après avoir terminé le panégyrique de son père, Jean lui avait demandé sans détour :

— Et toi, comment tu t'en sors ?

— Moi, ça va à peu près. Il y a l'argent des parents et les économies que j'ai faites à Paris. Tu comprends, là-bas, je ne sortais presque jamais alors... En plus, j'ai déjà touché un gros chèque de l'assurance pour l'accident de mes parents puisque je suis le seul ayant droit et mon assureur m'a appris que j'allais encore percevoir une somme globale pour réparer ce qu'ils appellent les préjudices patrimoniaux et moraux. Ce n'est pas ce qui les fera revenir mais c'est comme ça.

— Surtout, n'aie aucun scrupule à les faire payer. Ces boîtes internationales, elles te font conduire les chauffeurs presque sept jours sur sept. Si le bonhomme s'est endormi au volant, c'est qu'il était crevé.

— Oui, je sais. Je placerai cet argent à la banque ça me fera une bonne réserve en cas de coup dur. À part ça, c'est vrai que pour le moment je n'ai pas touché grand-chose de la cave coopérative.

— Tu es comme nous tous. Encore… vous n'êtes que deux et tu n'as pas d'emprunts sur le dos. Imagine ceux qui ont des enfants à faire venir et le tracteur ou des vignes à rembourser ; ils ne peuvent pas s'en sortir, c'est impossible.

— Qu'est-ce qu'on peut faire ?

— On doit se battre, tu dois venir avec nous comme ton père.

— Mais on va se faire arrêter, juger, condamner, emprisonner peut-être…

— Non, on est trop nombreux, trop forts. Aujourd'hui, c'est le Languedoc tout entier qui est avec nous. Tout le monde se rend compte que si la viticulture meurt, c'est toute la région qui est foutue. Tu verrais comme les commerçants et artisans du CID-UNATI nous aident ! Et les étudiants, les enseignants, les dockers, les cheminots… Sans la vigne, il ne restera plus que des vieux dans notre pays. Il deviendra un désert où les touristes viendront bronzer deux ou trois mois par an.

— Et on a des chances de changer les choses ?

— Écoute, en 67, à l'époque de Castéra, après la manifestation de Carcassonne où on s'était battu comme des chiens tout l'après-midi contre les CRS, le gouvernement a arrêté pour un moment les importations de vin d'Algérie. Les prix sont remontés, on a respiré et on s'est remis à espérer.

Jean s'arrête un instant, fixe Marcel droit dans les yeux et lui demande :

— Tu sais pourquoi ton père nous a rejoints ?

— Non.

— C'est à cause de toi ! Il ne t'en a jamais parlé mais il était malheureux comme les pierres parce que tu avais dû quitter la région pour gagner ta vie.

— C'est vrai ?

— Je te le jure ! Chaque fois qu'on en discutait il me répétait que c'était triste que nos enfants soient obligés de partir pour pouvoir mener une vie normale, que c'était une honte pour le gouvernement et une injustice pour nous tous.

Marcel est ému ; il se dit qu'il n'y a jamais assez d'échanges entre un père et un fils. Pudeur ? Peur de paraître faible en exprimant ses sentiments ? Manque de temps ? C'est bien dommage, car s'il avait connu ses pensées, il aurait pu essayer de le consoler, lui dire qu'il avait envie de voyager, de découvrir le monde...

Pourquoi est-il parti ? À cause de Madeleine

sans doute, mais aussi, c'est vrai, pour avoir un travail sûr avec un salaire fixe chaque mois, pour ne pas devenir viticulteur puisque tout le monde assurait déjà depuis longtemps que c'était un métier de misère et de crève-la-faim.

S'est-il indigné contre cet état de fait ? Non. À cette époque, il n'y avait déjà plus d'usines en Languedoc et tous les jeunes s'exilaient sans regimber, un peu comme lorsqu'ils allaient accomplir leur service militaire.

Ils n'en avaient pas envie, c'est sûr, ils auraient préféré rester ici. Ils abandonnaient leur région et s'éloignaient de tous ceux qu'ils aimaient, mais, que faire d'autre ? Ils n'avaient pas le choix et puis... tous espéraient la mutation magique, celle qui leur permettrait de revenir vite au chaud de leur pays et d'y vivre à l'abri du besoin. Il murmure, pensif, à l'adresse de Jean :

— Je... je ne l'avais pas vu comme ça...

— Tu crois que tu serais parti à Paris si tu avais eu la possibilité de gagner ta vie honnêtement en continuant à travailler les vignes de la Grangette ?

— Je ne sais pas... non, je pense que je serais resté.

— C'est sûr, affirme Jean.

Il boit une gorgée de grenache, et reprend :

— Tu vois, maintenant, tu ne touches pas les mensualités de la cave coopérative tout simplement parce qu'ils n'ont pas d'argent. Ils n'arrivent pas à vendre notre vin et quand un négociant daigne en acheter un peu, c'est à des prix si bas qu'ils ne couvrent même pas nos frais d'exploitation.

— Tu penses que ça va péter ?

— Sûr ! En haut, personne ne nous écoute. Des centaines de milliers d'hectolitres de vin d'Algérie et d'Italie rentrent chaque mois en France. On va pas se laisser affamer sans rien dire. On crèvera peut-être mais, crois-moi, on va vendre chèrement notre peau. Je viendrai t'avertir quand on fera quelque chose, après, tu décideras ce que tu voudras.

— Je viendrai Jean, je viendrai.

— Je savais qu'on pourrait compter sur toi. Je t'ai amené un disque de Claude Marti, je suis sûr qu'il va te plaire. Tu as de quoi l'écouter ?

— Oui, il y a un électrophone dans notre chambre. Qui c'est ce bonhomme ?

— Un instituteur de Carcassonne, il chante en occitan.

— Merci.

— Allez, j'y vais. Tu le sais, si tu as besoin d'un conseil ou d'un coup de main, tu m'appelles.

— Oui, je le sais. Bonsoir et merci !

Marcel regarde la petite pochette carrée du quarante-cinq tours. Elle représente une vieille photo de couleur sépia sur laquelle des soldats, crosse en l'air, sont mêlés à une foule d'hommes et de femmes. Il y a des sourires sur plusieurs visages, tous semblent heureux. Il lit le titre : *Lengadoc roge* (Languedoc rouge).

Il allume l'électrophone, met le disque. Ce qui le choque d'abord, c'est la voix rude, forte, pleine de r, et la langue qui roule avec la guitare, cette langue si méprisée aujourd'hui qu'aucun jeune n'ose jamais en prononcer un mot devant les filles par peur de passer pour un attardé, cette langue qu'il découvre soudain puissante et belle parce qu'elle parle à son cœur, à son être tout entier, parce qu'elle le prend dans ses mots et fait vibrer jusqu'à son âme, parce que dans son souffle, elle embrasse tout le pays, des plaines et des étangs jusqu'aux garrigues et aux montagnes.

La chanson est finie. Il reste immobile, comme assommé. Depuis qu'il est né, il a honte de sa langue, honte de ses origines ; il s'est renié pendant plus de vingt ans. Ils avaient raison tous ces gens du Nord de se moquer de lui. Il parle mal le français mais, en occitan, il n'a pas d'accent.

Aussitôt, les souvenirs affluent : il pense d'abord à ses parents qui parlaient souvent en patois comme ils disaient entre eux mais qui passaient au français sitôt qu'un étranger entrait chez eux. Ils le faisaient non pas par politesse mais, comme lui, parce qu'ils avaient honte de leur langue. Quel gâchis !

Et cette histoire de signal que lui racontait sa grand-mère, ce terrible caillou rond que l'on donnait au camarade de classe dès qu'on l'entendait prononcer un mot en occitan et qu'il se hâtait, oreilles à l'affût, de transmettre à un autre car le dernier élève détenteur du signal à la fin de la journée était durement puni…

Il remet le disque et cette fois se concentre sur les paroles.

« En cette année 1907, les pauvres manifestaient et ils ne voulurent pas tirer, peuple et soldats étaient frères. Ils ne voulurent pas tirer les soldats languedociens. Gouvernement tu te vengeras avec une guerre aux Allemands… »

Il l'apprendra plus tard, cette chanson parle des soldats qui appartenaient au dix-septième régiment de ligne cantonné à Béziers. Pendant les événements viticoles de 1907, ils se sont mutinés lorsqu'ils ont appris que les cuirassiers avaient tiré sur les manifestants, leurs parents, leurs frères, leurs sœurs ou leurs amis à Narbonne, tuant sept personnes et en blessant des dizaines d'autres. Ils ont quitté leur casernement, mis la crosse en l'air, et se sont unis à la foule qui les a accueillis avec enthousiasme.

Pour les punir, l'état-major les a envoyés en exil à Gafsa dans le désert tunisien. Ils ont été ensuite placés en première ligne en Argonne en 1915 notamment, lors d'assauts par surprise, c'est-à-dire sans préparation d'artillerie, pour la reprise de Montfaucon. Une petite poignée d'entre eux seulement ont revu leur terre natale.

Alors qu'il ignore à ce moment-là toute l'histoire de 1907, qui la lui aurait apprise ? Marcel sent monter en lui une vieille et violente colère, celle des gens qui ont toujours été écrasés sans en avoir conscience ou en refusant de le reconnaître et qui, soudain, s'éveillent à la réalité.

Sa rage est dirigée à la fois contre tous ceux qui, au fil des siècles, ont colonisé le Languedoc mais aussi contre lui, sa déplorable docilité et sa naïveté stupide qui l'ont toujours poussé à croire tout ce que disent et promettent les notables.

En même temps, il ressent une immense fierté : il est un homme du sud, fils du soleil et de la Méditerranée, né dans son berceau de ciel bleu, de garrigues et de vignes. Il est un homme du Languedoc, bien plus qu'une chance, c'est un vrai bonheur et un honneur. Désormais, il n'aura jamais plus honte de rouler les r ou de parler l'occitan qui est sa langue originelle.

Tout à l'heure, lorsque Jean lui a demandé s'il les aiderait, il a répondu oui pour lui faire plaisir, pour ne pas se montrer ingrat envers lui. À présent, il a bien plus qu'une raison personnelle pour se battre ; il va défendre l'avenir de son pays et venger des années, des siècles d'obéissance servile et de honte.

Bercé par le ronronnement régulier de Grimace, Marcel sent le sommeil le gagner enfin. Il sourit en pensant que depuis ce jour-là, il a bien rattrapé le temps perdu : il s'est beaucoup battu et a utilisé l'occitan avec bonheur chaque fois qu'il a pu le faire. D'ailleurs, bien qu'il y ait de moins en moins de gens qui le pratiquent, il continue à le parler au boulodrome ou pendant les séances du Sénat.

Voilà, c'est sûr et certain, il vient d'en avoir la confirmation par téléphone : Stéphane et Claire, sa fiancée, séjourneront à la Grangette du vendredi 28 avril au dimanche 14 mai. Deux semaines entières, c'est magnifique ! Marcel vient de poser le combiné. Il a du mal à réaliser ce qu'il vient d'entendre. Voilà huit ans que son fils n'est pas venu à Massan et, encore, c'était seulement pour assister à l'enterrement de sa mère. Il était reparti le soir, il n'avait pas dormi à la Grangette.

Vendredi prochain, dans une semaine, son petit sera là, il pourra le serrer dans ses bras, l'embrasser. D'un seul coup, seize ans de tristesse et de frustration vont être effacés. Il manquera Madeleine pour partager sa joie, mais elle est restée dans chaque pièce de la Grangette, dans chaque babiole posée sur la cheminée, dans chaque rideau, dans chaque nappe sur laquelle elle a brodé leurs initiales.

C'est plus fort que lui, il ne peut pas discuter avec Stéphane sans qu'aussitôt sa femme les rejoigne, comme si elle n'était jamais partie.

Il essuie à nouveau quelques larmes de bonheur

tout en regrettant encore une fois l'absence de son épouse. Dire que lorsqu'ils vivaient ensemble tous les trois, ils pensaient que rien ne pourrait les séparer…

La communication n'a pas duré longtemps, son fils était de service. Lui, il a parlé un peu de la vie du village, des élections qui se préparent. Il n'a pas dit un mot sur Troumpéto. Comment Stéphane aurait-il réagi ? Il ne le sait pas. Il aurait été trop malheureux si son fils avait ri de cette triste histoire.

Demain matin, il va annoncer la nouvelle au Sénat, maintenant, il peut le faire. Elle en étonnera plus d'un et elle soulèvera sans doute pas mal de questions auxquelles il répondra avec plaisir.

Il en profitera pour voir Vincent et lui demander de dire à Irène, sa belle-fille, de venir faire le ménage chez lui dans la semaine. Ainsi, tout sera propre pour accueillir le couple. Il est hors de question que la future madame Montségur fasse son entrée dans une maison sale et en désordre. Si Irène ne demande pas un salaire trop élevé, il la chargera aussi de leur préparer les repas de midi ou du soir. D'après son beau-père, elle cuisine très bien…

Lui, il ira chez le coiffeur, au moins pour se faire raser. Il s'achètera un pantalon et un pull-over propres sur la place, jeudi. La femme qui tient le stand de confection est de bon conseil, elle a l'habitude d'habiller les personnes âgées. C'est le moment de puiser un peu dans ses petites économies.

Des idées ! Des projets ! Marcel en a la tête qui tourne, il en est tout bouleversé et heureux : s'il n'était pas si vieux, il se mettrait à danser.

Comme prévu, le lendemain matin, Marcel parle de l'arrivée prochaine de son fils et de sa fiancée mais il est déçu par la tiédeur de la réaction des Sénateurs présents. C'est un peu, pense-t-il, comme s'ils avaient oublié Stéphane. Seul point positif de la réunion, Vincent a déclaré que sa bru était disponible et prête à faire tous les ménages de Massan. Il lui a assuré qu'elle viendrait le voir dans la soirée.

Mardi matin, branle-bas de combat dans la Grangette. Irène est arrivée à huit heures précises et depuis c'est un véritable tourbillon qui frotte, astique, balaie, lave toute la maison. Elle s'arrête un instant à dix heures et demie et Marcel lui propose de boire un café.

— Eh bien, s'exclame-t-il admiratif, tu travaillais comme ça chez la Pluch et elle t'a foutue dehors ?

— Oui, je ne sais pas faire autrement. Ne me parlez pas de cette sorcière Marcel, elle m'a trop fait souffrir.

— À moi aussi, elle m'embête à cause de mon

coq. Elle dit que je dois l'empêcher de chanter.

— Bah, c'est une peste, elle casse les pieds à tout le monde. Si vous saviez la vie qu'elle fait mener à son mari ! Lorsqu'elle se mettait à crier, je ne savais pas où me mettre ! Elle était toujours en train de rouspéter, de l'engueuler, de l'insulter. Des fois, elle levait une casserole vers lui et il s'éclipsait à toute vitesse. C'était comme dans les bandes dessinées mais ça ne me faisait pas rire. Un jour sur deux, elle ne lui préparait pas de repas. Elle mangeait ce qu'elle voulait et lui, il devait se débrouiller. Je me demande comment il peut la supporter !

— Oui, quand elle est venue me voir pour le coq, j'ai bien vu qu'elle n'était pas commode.

— Et qu'est-ce que vous lui avez dit ?

— Je l'ai foutue dehors.

— Bravo, c'est tout ce qu'elle mérite, s'exclame Irène ravie.

Elle pose la tasse de vide sur l'évier, jette un regard circulaire dans la pièce et déclare, à nouveau sérieuse :

— Je pense que si vous vous en tenez aux deux chambres que vous m'avez montrées et au rez-de-chaussée, j'aurai fini vers quatre heures, quatre heures et demie.

— Et pour la cuisine de temps en temps, ton beau-père t'en a parlé ?

— Oui, je suis d'accord mais je préparerai tout chez moi. Je ferai les courses, je vous donnerai les notes et je compterai le temps que je passerai à tout faire. Vous comprenez, j'ai mes habitudes. Il faudra que vous me disiez ce que vous voulez au moins un jour à l'avance.

— Moi, il y a bien longtemps que je n'ai pas mangé un bon cassoulet. Après, je demanderai à Stéphane. À l'époque, il adorait le civet de lapin.

— Vous y réfléchirez… Aujourd'hui, la température est plutôt douce, je vais laisser les fenêtres ouvertes pour que la maison s'aère. Je les fermerai cet après-midi.

— D'accord.

Ce jour-là, Marcel déjeune avec sa canadienne sur les épaules. Quand on est vieux, le froid s'installe dans tous les os, les muscles, les organes, il irradie de l'intérieur du corps vers la peau, il faut beaucoup de chaleur pour le chasser.

10

Le lendemain, alors qu'il parcourt le journal comme chaque matin, Marcel découvre dans la rubrique de Massan, un article intitulé : Les échos du Soleil. Il lit :

Le Conseil Syndical de notre lotissement, le soleil d'Occitanie, s'est réuni ce mardi à 18 h 30 dans la salle commune. Parmi les différents points évoqués lors de cette sympathique réunion, nous citerons : la demande d'achat d'une table de tennis de table, la propreté des rues, la divagation des chiens et ses fâcheuses conséquences. À ces sujets malheureusement récurrents est venu s'en ajouter un autre plutôt original. Il s'agit des nuisances provoquées par un coq du voisinage dont la voix particulièrement retentissante trouble chaque matin le repos des résidents. Après discussion, carte blanche a été donnée à l'énergique madame Pluch pour régler au mieux ce petit problème.

Il lit l'article deux fois ; il est catastrophé. Tout le village va reconnaître Troumpéto, on va l'aborder dans la rue, lui demander des explications. Il n'apprécie pas du tout cette publicité intempestive d'autant plus qu'il connaît bien les Massanais : les commères vont s'en donner à cœur joie, on va exagérer, inventer, prendre parti. Lui qui ne désire que la tranquillité va se retrouver au centre d'une querelle qui risque de s'envenimer.

Il ne s'est pas trompé : dès qu'il pénètre dans la boulangerie, les clients lui demandent s'il s'agit bien de son coq. Comme il acquiesce, certains s'en prennent aussitôt aux étrangers du Soleil qui n'ont qu'à rester chez eux, d'autres se contentent d'un petit sourire que Marcel interprète comme une approbation de l'attaque contre Troumpéto. Il sort rapidement sans prendre part à la discussion.

Dulup apparaît dans la Grangette comme d'habitude au moment où Marcel se met à peler quatre pommes de terre qu'il mangera à midi avec de la mayonnaise et un bout de jambon.

Après l'échange des politesses d'usage et l'achat des œufs, le Lyonnais demande à Marcel s'il a lu la publication et ce qu'il en pense. Cette visite et ces questions n'embarrassent pas le vieil homme, au contraire. Dulup lui a paru plutôt sympathique dès le début de leur relation, et, à présent, il est devenu un atout important dans son jeu – son combat – contre madame Pluch. Il lui permet non seulement de connaître les réactions des gens du Soleil mais surtout leurs intentions à son égard.

Il répond donc de bonne grâce ce qu'il a déjà dit aux Sénateurs : l'article le dérange parce qu'il aurait préféré que cette affaire reste confidentielle. Le professeur, lui, estime que Marec n'a pas travaillé comme un vrai journaliste et il déplore son manque d'exactitude et d'objectivité. Il explique, comme il l'avait déclaré lors de sa dernière visite, que Pluch n'avait pas carte blanche pour régler l'affaire mais simplement l'accord du conseil syndical pour qu'elle vienne lui rendre visite et lui parler du coq.

Il poursuit en déclarant que ce compte-rendu laisse à penser que tous les habitants du Soleil sont importunés par Troumpéto, ce qui n'est pas le cas, loin s'en faut, puisque la plupart des résidents ne sont pas ou peu concernés. Il ajoute que même ceux qui le sont ont des avis divergents à son sujet. Pour terminer, il s'indigne violemment contre l'adjectif « énergique » qu'a attribué Marec à madame Pluch.

— Énergique ? Cette femme est folle ou, tout au moins, excitée au possible ! Ses voisins disent qu'ils l'ont vue poursuivre son mari en brandissant une poêle. Moi aussi, je me suis fait agresser mardi dernier.

Il marque une courte pause, reprend :

— Figurez-vous que j'étais sorti avec Texto, mon caniche nain, et nous nous promenions dans le lotissement. Comme il était un peu plus de midi, il y avait très peu de circulation donc je n'ai pas estimé nécessaire de le tenir en laisse.

Il s'arrête à nouveau sans doute pour se remémorer la scène. Il secoue vivement l'avant-bras et s'exclame :

— Elle a jailli de sa maison comme une furie et s'est mise à hurler que les rues étaient pleines d'excréments à cause de gens comme moi, que je n'avais pas le droit de laisser vagabonder mon chien ainsi et qu'elle signalerait ma conduite au gardien en déplorant qu'il ne puisse me dresser un procès-verbal.

— Et qu'est-ce que vous lui avez répondu ?

— Rien. D'une part, c'est vrai, j'étais en tort, mais surtout elle se trouvait dans un tel état d'excitation que la querelle aurait pu très vite dégénérer. J'ai pris Texto sous le bras et je me suis esquivé. Je tournais au coin de la rue qu'elle continuait à s'époumoner.

Il réfléchit un instant puis ajoute, pensif :

— Je me demande si elle ne boit pas… Elle était bien rouge cette fois-là, presque écarlate !

— La femme qui est venue faire le ménage a travaillé une quinzaine de jours chez elle et elle m'a raconté des choses incroyables sur son compte. Vous avez raison, peut-être qu'elle se soûle.

Ils se remettent à parler de l'article, Marcel en profite pour insister sur le fait qu'à présent tous les gens du lotissement et tous ceux du village sont au courant et qu'il a déjà entendu beaucoup de réflexions désobligeantes au sujet des habitants du Soleil. Il conclut en affirmant que si cette histoire s'éternise, elle va durablement distendre les liens déjà rares et ténus entre les deux populations.

Dulup approuve :

— Vous savez monsieur Montségur, désinformation, mensonges et méconnaissance des autres ont été, de tout temps, à la source de la plupart des conflits sur la planète.

— Il ne faut pas exagérer quand même, ce n'est qu'une affaire de coq.

— En l'occurrence oui, mais les ressorts ne changent pas quels que soient les acteurs et les situations. Parmi les ingrédients nécessaires, j'ai oublié de mentionner un leader hystérique et, évidemment, convaincu d'avoir toujours raison.

— Vous m'aviez dit que vous en parleriez aux gens du Soleil, est-ce que vous leur en avez touché un mot ?

— Non, pas encore, je n'en ai pas eu l'occasion. Je le ferai, soyez-en sûr, certainement lors du prochain conseil syndical. Je vous l'ai promis et je tiens toujours mes promesses.

— Pourquoi ? Vous pensez qu'elle va demander une nouvelle réunion ?

— J'en suis convaincu : vous avez osé lui résister, elle ne vous le pardonnera pas. Je vous le répète, c'est une enragée !

— Vous ne me remontez pas le moral ! Heureusement que mon fils et sa fiancée arrivent ce vendredi, ça me changera les idées.

— C'est magnifique, j'espère que vous allez bien profiter de leur présence. Oubliez le coq, Pluch et les élections. La famille, c'est le plus important !

— C'est vrai.

Marcel raccompagne Dulup jusqu'au portail et se remet à la préparation de son repas. Va-t-il aller au Sénat aujourd'hui ? Oui, ce ne sont pas ces bêtises qui vont l'empêcher de vivre comme il en a l'habitude.

Évidemment, dès qu'il s'assied sur l'un des bancs de la place, il est interpellé par Vincent :

— Dis Marcel, tu as lu l'article dans *L'Indépendant* ce matin ?

— Oui.

— C'est ce Marec, celui qui habite dans le lotissement qui a dû l'écrire, il rôde souvent dans le village avec son museau de fouine.

— Je ne le connais pas alors…

— Moi je vais vous dire, ce type du Soleil, il est con comme la lune ! s'exclame Jules en secouant la tête. Ces paroles sont ponctuées par un énorme éclat de rire interrompu par Vincent toujours autant en colère.

— Il parle de l'énergique madame Pluch. Énergique ? C'est un chameau oui !

— Ce qui m'ennuie, soupire Marcel, c'est que

maintenant, tout le village va être au courant de cette histoire.

— Tu sais, lui dit Émile en lui tapotant le bras, ça ne change pas grand-chose. Beaucoup l'étaient déjà ; les Sénateurs sont des gens bavards !

Tous baissent la tête, ils essaient de se souvenir à qui et combien de fois ils ont parlé de ce fait divers qui sort de l'ordinaire. Il est bien plus intéressant à raconter que les varices de Josette ou la convalescence d'Octave.

— C'est vrai, concède Marcel, mais dans le journal vous vous rendez compte ? C'est tout le canton qui va le savoir.

— Bah, il n'y a plus personne qui le lit alors…

— Quoi qu'il en soit, reprend Émile, ce n'est pas toi qui es en tort et tu n'as rien à te reprocher. Les gens qui le liront vont penser comme nous : ceux du Soleil, ils sont venus vivre à la campagne, il faut qu'ils en acceptent toutes les conséquences, les bonnes, les moins bonnes et les mauvaises.

— Ce Marec, si vous connaissez dans quelle maison il habite, je pourrai aller lui faire un petit trou dans le mur, propose courtoisement José que cette affaire de coq a replongé dans les années de sa gloire, lorsqu'on l'appelait Boumboum.

— Tu ne vas pas recommencer avec tes explosifs ! le réprimande sur un ton à la fois affectueux et empli de lassitude l'ancien directeur d'école.

— Moi, je dis ça, c'est une idée pour calmer

un peu ces gens qui nous empoisonnent la vie. Ce n'est pas juste de mettre tous les habitants du lotissement dans le même panier. Il y en a dans le nombre qui doivent être corrects. C'est les casse-pieds qu'il faut frapper, pas tout le monde.

Silence. Quoique presque tous désapprouvent l'usage des explosifs, beaucoup sont d'accord avec les dernières paroles de José.

— C'est vrai, on ne peut pas se fâcher avec tout le monde à cause de deux imbéciles.

— Deux imbéciles ? s'interroge Vincent dont les yeux brillent de colère. Qui sait ? Peut-être dix, vingt ou trente ! On ne sait pas combien ils sont contre ton coq.

Il se tourne vers Marcel :

— Tu es sûr que ce bonhomme de Lyon te dit la vérité ? Comment peux-tu savoir s'il ne te raconte pas des histoires ?

— Je crois que c'est un homme bien, il m'inspire confiance… Après, je ne suis pas allé compter dans le lotissement…

— Il doit y avoir sans doute d'autres moyens de les calmer comme dit José.

Louis interpelle Émile :

— Toi qui écris bien, tu pourrais répondre à cet article. Je sais pas moi, dire qu'il y a toujours eu des coqs à la Grangette, qu'on est à la campagne, qu'il fait partie du paysage…

— D'abord, je ne sais pas si le journal passera

mon article. Ensuite, l'autre là, le Marec va sûrement répliquer à son tour. Au lieu d'apaiser les esprits, ça risque au contraire de les échauffer et si ça dure longtemps, on va vraiment devenir la risée de tout le canton.

— Tu as raison ! approuve vivement Marcel, il y a assez de bruit comme ça. Cette histoire va finir par me rendre malade ; moins on en parlera, mieux je me porterai.

Le passage gracieux de Susy Delga, chemisier largement déboutonné et pantalon similicuir très très moulant, interrompt dans un premier temps la discussion puis la fait dévier, sous l'impulsion de Jules, déchaîné, vers des sujets certes grivois mais, il faut le reconnaître, nettement plus vivifiants et joyeux.

Ils sont en train de se lever pour rejoindre leur domicile lorsque Vincent annonce avec humeur qu'il ne pourra pas venir au boulodrome cet après-midi parce qu'il doit emmener son petit-fils à l'entraînement du Racing. Il peste contre cette obligation qui, selon ses dires, lui gâche la journée. En vérité, tous savent que le Sénateur feint la colère mais qu'en réalité, il est très fier de parler de son petit-fils.

D'après les dires des uns et des autres, Luc Coufignal est déjà à quinze ans un bon joueur et toute la famille rêve de le voir un jour porter le maillot orange et noir du Racing Club Narbonne Méditerranée comme son père durant deux saisons avant qu'une mauvaise blessure au genou gauche ne brise sa carrière sportive. Vincent lui aussi était un seconde ligne rugueux de l'une des premières équipes du Rugby Club Massanais, ce qui fait dire à Louis :

— Ce petit, s'il est aussi *gnarut* (méchant) que toi, il pourra tapisser sa chambre avec les cartons rouges qu'il va prendre !

— Toi, tu n'as jamais rien compris au rugby alors ! D'ailleurs, je me demande pourquoi je t'écoute ! répond Vincent en haussant les épaules.

Il n'est pourtant pas mécontent qu'on rappelle en public qu'il était un joueur rude et batailleur dont on se méfiait sur tous les terrains du Languedoc.

Pommes de terre, jambon et bout de fromage mangés, couvert nettoyé et rangé, Marcel appelle Grimace qui ne se manifeste pas et monte tout seul dans sa chambre pour sa traditionnelle sieste digestive.

Il pense à Vincent, à la chance qu'il a de pouvoir être fier de son petit-fils comme il l'a été de son fils les années où il jouait au Racing. Lui ne se fait aucune illusion : si, un jour, il a un petit-fils, ses parents vivront si loin de Massan qu'il le verra tout au plus deux ou trois fois par an. Il réfléchit un instant, hoche la tête : finalement, il n'a guère eu l'occasion d'être fier de Stéphane...

Il se reprend aussitôt : pourquoi pense-t-il cela ?

Ce n'est pas juste, ce n'est pas vrai... Même au rugby, son petit lui a procuré du plaisir. Une fois, il lui a vraiment donné l'envie de s'exclamer :

« Vous avez vu cet essai ? Eh bé, c'est mon fils qui l'a marqué, oui, mon fils, Stéphane Montségur ! »

C'était à Coursan, au stade de la gare. L'école de rugby de Massan y disputait un tournoi réservé aux minimes. D'ordinaire, Stéphane était un joueur plutôt timoré qui se contentait de donner le ballon à un partenaire dès qu'il le recevait. C'est certainement pour cette raison que Barul, l'entraîneur, ne le faisait pas trop jouer ; il remplaçait un ailier durant quelques minutes à la fin de la partie et, ma foi, il semblait se contenter de ce statut d'éternel remplaçant contrairement à son père qui piaffait d'impatience derrière la barrière.

Lorsqu'il n'en pouvait plus de voir son fils frigorifié claquer des dents au bord du terrain, il l'appelait et lui disait :

— Stéphane, va voir Barul, dis-lui qu'il te fasse jouer, tu te gèles là !

— Non, non papa, je suis bien comme ça, répondait son enfant et Marcel n'a jamais su si ces paroles étaient sincères ou bien seulement destinées à le calmer.

Ce samedi-là, on était en hiver, le vent du Nord faisait danser la tête des cyprès et il avait gelé pendant la nuit. Marcel s'en souvient car Madeleine ne voulait pas que le petit aille jouer, elle craignait qu'il prenne froid. Il avait dû insister pour qu'elle cède mais il avait dû promettre de veiller à ce que Stéphane garde son cache-nez durant toute l'après-midi. Marcel avait promis, juste pour la rassurer.

Ce jour-là donc, à cause du mauvais temps, l'effectif se trouvait réduit au strict minimum et Stéphane, pour cette raison, faisait partie de l'équipe. Est-ce parce qu'il avait froid ou bien voulait-il honorer comme il se doit sa titularisation ? Le petit était sorti de sa réserve coutumière et avait pleinement participé au match, courant, plaquant comme jamais il ne l'avait fait. Il avait marqué un bel essai après une course d'une vingtaine de mètres et Marcel qui désespérait de voir son fils devenir un vrai joueur de rugby en avait éprouvé une fierté et un bonheur immenses.

À la fin du match, Barul lui avait déclaré, tout étonné :

— Eh bé, aujourd'hui, ton petit, il s'est bien défendu. Il a mangé du cheval ou du lion ?

— Peut-être que s'il jouait plus souvent, il serait meilleur ! avait répondu Marcel qui était persuadé que l'entraîneur favorisait toujours les enfants de ses amis.

Par la suite, Stéphane avait abandonné le ballon ovale et tous les autres sports d'ailleurs mais, pour son père, l'honneur était sauf, Stéphane avait accompli un grand match donc il pouvait, s'il le voulait, devenir un bon joueur de rugby.

Il sourit ; il se revoit en train de courir au bord de la touche encourageant de toutes ses forces son fils qui filait vers la ligne d'essai.

Ce n'est pas son seul souvenir heureux, certes non. Il y en a eu bien d'autres... Il cherche, cherche... son visage s'éclaire ; en voilà un !

Chaque année, l'école primaire organisait avant les grandes vacances une belle fête et les instituteurs en profitaient pour exposer les travaux effectués par les enfants, notamment en art plastique. L'œuvre jugée la meilleure était utilisée comme support de l'affiche annonçant la manifestation. Aussi, un matin, en allant chercher le pain, Madeleine avait découvert sur la vitrine de la boulangerie un superbe dessin représentant une maison tout ondulée comme dans les contes de fées avec dessous, écrit en lettres capitales d'imprimerie, le nom de l'artiste : STEPHANE MONTSEGUR.

Elle n'avait même pas pris le temps d'acheter le pain. Elle était revenue presque en courant jusqu'à la Grangette pour annoncer à Marcel la grande nouvelle avant qu'il ne parte travailler.

Il la revoit encore, tournant dans la cuisine, lui décrivant une nouvelle fois son étonnement puis son bonheur en lisant le nom de leur fils sur l'affiche. Elle parlait et elle riait tout à la fois, posait son cabas, le reprenait :

« Boudiou Marcel, je suis toute dévariée (égarée) ! »

… et lui était autant heureux de la voir si radieuse que de la réussite de Stéphane.

Ensuite, elle avait parcouru tout le village pour vérifier si chaque commerçant - à l'époque, ils étaient nombreux - avait bien exposé l'affiche signée par son fils.

Après la fête, elle en avait récupéré plusieurs qu'elle avait punaisées dans la chambre de leur enfant…

Quoi d'autre ? Oui, la première la seule fois que Marcel a vu Stéphane en costume. Ils avaient été invités au mariage d'un cousin dont la famille était l'une des plus riches du village. Plus de deux cents invités, un traiteur renommé, un orchestre, les Montségur devaient se montrer à la hauteur de l'événement.

La récolte avait été bonne et le vin se vendait correctement, ils pouvaient espérer gagner un peu plus d'argent que les années précédentes. Dans ces conditions, il n'était pas question de participer à la noce habillés comme des loqueteux. Tous les trois étaient donc partis à Narbonne pour acheter de vrais habits non pas de cérémonie, mais de fête.

Stéphane qui devait avoir une quinzaine d'années avait eu droit à son costume. Ils étaient allés chez Labau, un magasin de confection situé sur la place de l'Hôtel de Ville. Au moment où son fils était sorti de la cabine d'essayage, encostumé, raide comme un adjudant, ne sachant plus comment marcher mais éclatant de fierté et de plaisir, Marcel en avait eu le souffle coupé.

Son enfant soudain s'était transformé en homme et il en éprouvait un étrange sentiment fait à la fois de bonheur, Stéphane était très beau, mais aussi de tristesse ; le temps, patient, inexorable, indifférent, lui avait jour après jour dérobé son fils sans qu'il s'en aperçoive.

Il s'était retourné vers Madeleine et l'avait vue en train d'essuyer furtivement une larme. Leurs regards s'étaient croisés, ils s'étaient compris sans mot dire : elle avait ressenti le même choc que lui et en avait tiré les mêmes conséquences à la fois joyeuses et tristes même si, sur le moment, le sentiment de bonheur l'avait emporté : leur fils était superbe, une magnifique réussite.

Marcel cherche encore : la dernière fois que Stéphane leur avait procuré une grande joie, c'était lorsqu'il leur avait appris qu'il sortait avec Christine.

Ils ne se faisaient pas trop de soucis pour lui mais, parfois, ils s'interrogeaient sur son absence de fréquentations amoureuses. Un jour, alors que justement, ils parlaient de l'avenir de leur enfant, Madeleine un peu gênée avait déclaré à Marcel :

— Tu sais, le petit… eh bé… même s'il n'était pas comme les autres, je l'aimerais pareil ; je ne le laisserai jamais.

— Qu'est-ce que tu veux dire ? avait demandé Marcel qui avait tout de même pressenti le sens des paroles de sa femme.

— Eh bé, je sais pas moi… que s'il n'aimait pas les filles…

— Qu'est-ce que tu racontes ? C'est des bêtises tout ça. Au Sénat, Louis m'a raconté qu'il l'avait vu embrasser la petite Portil derrière un platane sur la place.

— C'est vrai ?

— Si je te le dis. Ne t'en fais pas, un de ces quatre, il va trouver chaussure à son pied, crois-moi.

— Oui, c'est sûr et puis, il est tellement beau et gentil, il ne doit pas savoir laquelle prendre !

… mais le temps passait et ils désespéraient de connaître l'heureuse élue. Ce n'était pas parce qu'ils avaient hâte de le voir abandonner la maison, au contraire, mais c'était la vie, la rivière qui coulait toujours de l'amont vers l'aval, de l'enfance vers l'âge adulte. Les jeunes s'amusaient à jouer les amoureux, s'embrassaient par-ci par-là, puis ils s'aimaient vraiment, se mariaient et quittaient la famille pour bâtir leur propre nid.

Alors, le jour où Stéphane, les yeux brillants, s'était mis à leur parler avec passion de la magnifique, de la superbe, de l'extraordinaire Christine Sanchez, Madeleine et lui avaient connu, en même temps qu'un vrai soulagement, un grand moment de félicité.

C'est vrai, elle était, sans contestation, la plus belle fille du village. Tous les jeunes hommes du canton lui tournaient autour et c'était son fils qu'elle avait choisi, preuve, s'il en fallait une, que lui aussi était un bel homme. Dès que Stéphane avait quitté la table, Madeleine avait murmuré à Marcel :

« Quel beau couple ! Ils vont faire des enfants magnifiques ! »

Et les larmes qui perlaient au bord de ses yeux étaient brillantes de bonheur.

C'est sûr, il y a eu d'autres moments comme ceux-là, et beaucoup d'autres encore mais Marcel ne s'en souvient plus. Oui, Stéphane leur a donné de nombreuses satisfactions, peut-être qu'ils n'ont pas su en profiter... C'est difficile d'attraper le bonheur, de l'attraper et de le retenir, il est comme de l'eau qui coule dans la main ; on a beau serrer les doigts, elle finit toujours par s'échapper. Ensuite, il ne reste que la sensation de fraîcheur... et les souvenirs.

Marcel ouvre les yeux. Il se dit que, peut-être, certainement même, que le plus beau est à venir ; son fils arrive vendredi et, il en a la certitude, Stéphane est devenu un homme.

11

Cette semaine, le vent marin a pris ses aises en Languedoc et a amené dans ses nuages, toute sa suite grise faite de fraîcheur, d'humidité, de violentes averses, de bruines languissantes, de matins brumeux et de jours sombres. Les malheureux Massanais, fils du soleil et du ciel bleu ne sont pas habitués à ce temps triste et pesant. La plupart des Sénateurs ne sortent pas. Ils restent chez eux, à moitié endormis sur leur fauteuil devant le téléviseur.

Vendredi. Marcel craint la pluie, il aurait tant aimé le grand ciel bleu pour le retour de son fils. Désolé, il passe son temps à regarder par la fenêtre le défilé des gros nuages, des camions de coton gris qui roulent en silence dans le ciel. Il a mal dormi cette nuit, il n'a pas fait la sieste cet après-midi, il attend.

L'ombre a envahi toute la cour lorsqu'un coup de klaxon retentit devant le portail. Il se précipite, allume la lampe extérieure et ouvre les deux battants en grand. La première à sortir de la voiture est une grande femme ossue qui lui adresse un beau sourire de tout le visage. Marcel ressent aussitôt toute l'énergie et la vivacité qui se dégagent d'elle. Elle n'est peut-être pas jolie comme les mannequins des magazines mais, sur le champ, il la trouve superbe.

Il aime ses cheveux châtain mi-longs et bouclés, son front dégagé, ses sourcils fins, ses yeux sombres, ses narines un peu écrasées et sa grande bouche qui lui donnent une touche de force brutale, de sauvagerie naturelle. On la sent tout de suite prête à happer la vie et les gens.

Elle s'avance vers lui, l'embrasse trois fois :

— Bonjour monsieur Montségur !

— Bonjour mademoiselle Claire, je suis ravi de vous voir.

Elle le regarde, éclate de rire :

— Non ! Non ! Pas de mademoiselle ! Je vous appellerai Marcel si vous me tutoyez et m'appelez Claire. Elle se recule, ouvre le coffre de l'automobile.

— Bonjour papa !

Marcel relève la tête. L'homme qui se tient devant lui ressemble à peine au Stéphane qu'il a entraperçu lors de l'enterrement de Madeleine. Il a grossi ou, plutôt, il a forci. Ses cheveux coupés ras accentuent la rondeur de sa tête. Les sourcils épais, les yeux clairs, les lèvres minces donnent à la fois une impression de dureté et de calme, de maîtrise de soi.

Marcel regarde ce fils qu'il a du mal à reconnaître quand soudain, celui-ci lui sourit et, dans cet éclair de tendresse, Marcel retrouve toute l'humanité, la douceur de sa mère. Bouleversé, il étreint Stéphane, l'embrasse, essuie ses larmes, bredouille quatre ou cinq mots inintelligibles et s'écarte.

— Tu vas bien papa ?

— Oui, ça va. Et toi… Et vous ?

— Super, mais le voyage est long, on est un peu fatigués.

— Entrez ! Je vous ai installés dans ta chambre, c'est la mieux exposée et la plus grande, vous y serez à l'aise. Vous voulez manger quelque chose ?

— Non, plus tard, répond Claire. D'abord, nous allons ranger nos affaires.

Pendant que le couple prend possession de la chambre, Màrcel va refermer le portail en donnant deux tours de la grosse clé puis dresse la table : nappe et serviettes blanches, couverts d'argent des jours de fêtes. Il a préparé une belle salade et une grosse assiette de charcuterie. Il a acheté une tarte pour dessert et sorti une bonne bouteille de Minervois pour arroser le tout.

Il n'ose pas allumer le téléviseur, il se glisse sur son fauteuil et attend. C'est étrange, il s'est tout de suite senti plus proche de Claire que de son fils. Il a gardé le souvenir d'un adolescent mince et capricieux, il se retrouve face à un homme large d'épaules et calme qui inspire le respect. Il lui faudra un peu de temps pour renouer les liens qui se sont brisés…

Stéphane aussi a paru un peu embarrassé ; c'est sûr, ce départ précipité, cet interminable silence, cette longue absence les ont bien plus éloignés l'un de l'autre que ce que Marcel pensait. Claire par contre lui semble directe, volontaire, peut-être pas facile à vivre mais dynamique et sans faux-semblant. Quoi qu'il en soit, il fera tout ce qui est en son pouvoir pour que leur séjour se passe bien. Peut-être que cela leur donnera envie de revenir…

Ils descendent de la chambre vers vingt heures, Claire s'est douchée, elle a revêtu un pyjama et déclare en souriant :

— Je me suis mise à l'aise !

— Vous avez bien fait. Pardon, tu as bien fait, tu es ici chez toi !

— Merci Marcel. Qu'est-ce que vous nous avez préparé ?

— Oh, pas grand-chose, une salade et un peu de charcuterie. Il y a aussi une tarte aux pommes en dessert. J'ai oublié d'acheter un bout de fromage… J'espère que ce sera suffisant, moi, vous comprenez, le soir je ne mange jamais beaucoup.

— Ne t'inquiète pas papa, on n'a pas trop faim, on est surtout fatigués.

Le début du repas est calme. Marcel observe son fils dont le regard tourne autour de la pièce. Il cherche des repères sans doute, des détails dont il a gardé le souvenir. Il soupire, remarque à voix haute que peu de choses ont changé. Marcel se retient pour ne pas lui dire qu'il manque l'essentiel, l'âme de la maison, Madeleine ; il ne veut pas qu'une touche de tristesse vienne assombrir ce premier repas. Peu à peu cependant, certainement égayés par le Minervois qui chante dans leur verre et dans leur tête, ils se mettent à discuter sans gêne.

Stéphane fait l'inventaire des sites de la région qu'il veut faire découvrir à Claire. Marcel lui en indique d'autres qui lui paraissent très beaux. Claire qui a pris Grimace sur ses genoux, les écoute avec un air amusé, puis s'exclame :

— Moi, je veux voir votre pays tel qu'il est vraiment, pas celui des estivants : les nouveaux ports, les parcs d'attraction, les centres commerciaux ne m'intéressent pas, ils sont partout identiques dans toutes les villes d'Europe. Je veux du vrai, du naturel, du sauvage, du typique !

Elle a haussé le ton en prononçant le dernier mot et les deux hommes sourient.

— Tu entends papa ? demande Stéphane en lui touchant le bras. Écoute bien parce que lorsqu'elle dit je veux, elle n'en démord plus.

Ils se mettent à parler de la forêt et de l'abbaye de Fontfroide, de la cathédrale Saint-Just, des sites de la Clape, des étangs de l'Ayrolles et de Bages, de l'île de la Nadière, des plages vierges de la Vieille-Nouvelle et de Gruissan, du canal du Midi, de la Cité de Carcassonne…

— D'abord, je veux visiter la Grangette et le village. Après mon chéri, tu m'emmèneras où tu voudras.

Tous les trois débarrassent la table puis le couple monte se coucher. Marcel n'a pas sommeil, il est excité et heureux, il a retrouvé son fils : sa main lourde sur son bras pendant le repas les a reliés plus fort que mille phrases et il ne s'est pas trompé au sujet de Claire. Elle est adorable ; la preuve ? Grimace aussi a été séduite…

Ira-t-il faire ses courses à Massan demain matin ? Il ne le sait pas, il se pliera aux désirs de ses hôtes. Rejoindra-t-il le Sénat ? Certainement pas, il aura le repas à préparer. Bah, en ce moment, rater une ou plusieurs séances n'est pas important car peu de Sénateurs doivent y participer. Lui ne s'y est pas rendu à deux reprises dans la semaine.

Émile dit souvent en parlant d'eux-mêmes :

« Nous, maintenant, on est comme le chocolat Meunier, on craint la chaleur et l'humidité ! »

Après tout, se dit Marcel, le Sénat n'est qu'un lieu de rencontres pour vieux solitaires. En ce moment, il n'est pas seul donc il n'ira pas. Il aura bien le temps ensuite de le fréquenter avec assiduité.

Samedi matin, silence puis, soudain, premier chant de Troumpéto. Marcel est catastrophé, il va réveiller ses hôtes. Que faire ? Il ne va pas descendre dans la cour pour attraper et enfermer le coq. Pense-t-il se ranger du côté des gens du lotissement ?

Il sourit ; Claire aime le vrai, le naturel, le sauvage, elle va apprécier le concert. Il ouvre sans bruit les volets, le ciel qui s'éclaire à peine est vide de nuages, le vent est tombé. Bien qu'il fasse un peu froid pour le moment, Marcel est persuadé que la journée sera belle.

Il descend sur la pointe des pieds, tourne en rond dans la cuisine. Il fera sa toilette plus tard. Il décide d'aller nourrir les poules, peut-être que le repas interrompra le tour de chant de Troumpéto. Il endosse son pardessus, remplit l'assiette creuse de grains et sort en appelant :

« Petit, petit, petit ! »

Il s'arrête net. Faut-il qu'il perde la tête ! Il fait taire son coq et s'égosille sous les fenêtres de la chambre de Stéphane. Aucune lumière n'apparaît entre les volets entrebâillés. Heureusement pense-t-il, ils sont jeunes, leur sommeil est profond. Il passe à côté de la voiture pour aller récupérer son journal, il s'agit d'une Peugeot 308 noire, achetée neuve sans doute, une belle voiture qui doit coûter cher, preuve de la réussite de son fils. Il en sourit d'aise et rentre sans bruit. Va-t-il les attendre pour déjeuner ou bien fait-il comme d'habitude ?

Il hésite. Un pas lourd dans l'escalier le fige, c'est Stéphane qui apparaît :

— Bonjour papa !

— Bonjour. Tu as bien dormi ? C'est le coq qui t'a réveillé ?

— J'ai fermé les yeux sitôt couché. J'étais déjà réveillé au moment où il s'est mis à chanter. J'avais oublié qu'il y avait des coqs à la Grangette. En l'entendant, je me suis retrouvé adolescent ici. Pendant un instant, je ne savais plus où j'étais.

Marcel lui raconte les problèmes que l'animal lui cause avec les habitants du Soleil d'Occitanie tout en insistant sur ce qui lui paraît le plus important : il l'a choisi avec Madeleine. Son fils se contente de dire qu'il a remarqué les constructions en arrivant hier soir. Son père est à demi satisfait : il ne s'est pas moqué de lui, mais il n'a pas pris son parti.

Ils parlent ensuite du petit-déjeuner.

— Papa, ne t'occupe pas de nous, ne change en rien tes façons de faire. Nous, on se débrouillera toujours. Ce matin, on va faire des courses à Narbonne, puis je ferai visiter la Grangette à Claire puisqu'elle veut commencer par ici.

Elle va surtout voir de la poussière et des toiles d'araignées !

— Ce n'est pas grave. Je ne sais pas si je te l'ai dit mais elle veut travailler dans le tourisme, elle est passionnée par l'écotourisme.

— C'est quoi ?

— C'est un tourisme intelligent qui respecte l'environnement.

— Exactement ! Dix sur dix mon chéri ! s'exclame Claire qui est arrivée dans la pièce sans qu'ils s'en aperçoivent.

Elle embrasse Marcel, poursuit :

— Et l'environnement, ce n'est pas que les paysages, la faune et la flore, c'est d'abord et avant tout les gens qui vivent dans la région et toute leur culture.

Elle se tourne vers Stéphane et demande :

— Mon chéri, est-ce que tu as dit à ton père que nous déjeunerons très peu souvent avec lui, que nous nous retrouverons seulement le soir au moment du dîner ?

— À déjeuner ? À dîner ?

— Le déjeuner papa, c'est à midi et le dîner, le repas du soir, le souper comme on l'appelle ici.

— Ah bon !

— De cette façon, nous serons plus libres et nous vous dérangerons moins, ajoute Claire.

— Comme vous voudrez, mais vous ne me dérangez pas, au contraire, j'ai beaucoup de plaisir de revoir la maison vivante. J'y pense, qu'est-ce que vous voulez manger ce soir ?

— Une bonne soupe de légumes !

— Tu veux qu'on te ramène quelque chose de Narbonne papa ?

— Non, je me sers à l'épicerie, ça me suffit.

Le petit déjeuner terminé, le couple remonte à l'étage. Marcel nettoie, sèche et range le couvert puis se met à lire le journal. Lecture terminée, il décide de partir faire ses courses habituelles. Il prévoit aussi d'aller voir Irène, la belle-fille du Sénateur Vincent, pour qu'elle lui prépare la soupe.

Avant de sortir, il crie dans la cage d'escalier :

— Stéphane, tu as le double de toutes les clés de la Grangette sur la table, n'oublie pas de fermer en partant, je m'en vais au village !

— D'accord papa, à ce soir !

Tout en se dirigeant vers Massan, Marcel s'interroge : c'est étrange qu'ils ne veuillent pas dîner avec lui, ils vont dépenser des fortunes au restaurant pour rien. Ils ont peur de mal manger ? C'est vrai qu'ils seront plus libres de leurs mouvements… et lui aussi d'ailleurs. Par exemple, il pourra aller au Sénat aussi souvent qu'il le voudra et faire sa petite sieste après le repas.

Il n'aura pas à se préoccuper du repas de midi. Pour aujourd'hui, par exemple, une poignée de pâtes et un bout de saucisse lui suffiront. Tout compte fait, les enfants ont sans doute raison…

Stéphane et Claire viennent de partir. Dulup apparaît au moment où Marcel commence à faire cuire ses nouilles, il éteint le feu.

Poignée de main cordiale, sourires, achat des œufs, puis le Lyonnais rapporte les derniers échos du lotissement. Il se réjouit car Pluch, il l'appelle tantôt la sorcière, tantôt la folle, selon son humeur, Pluch donc, est enragée.

Ses voisins ont encore une fois vu son mari quitter précipitamment la maison, accompagné par une bordée d'injures à faire rougir un matelot. C'est sûr, elle ne s'attendait certainement pas à ce que Marcel, un paysan, lui oppose de la résistance et pire encore la mette à la porte.

Elle doit se sentir offensée et elle contre-attaque vigoureusement en faisant le tour des pavillons du lotissement afin de gagner le maximum de personnes à sa cause. Dulup, tout heureux, s'exclame :

— J'aurais bien aimé qu'elle vienne chez moi pour avoir le plaisir de l'éconduire mais elle s'en est abstenue !

— Elle va provoquer une autre réunion ?

— Oui, c'est certain, je vous l'ai d'ailleurs dit l'autre jour. Je pense que d'ici là, elle usera de toute sa force de persuasion pour rallier les trois ou quatre indécis du conseil à sa cause.

— Oh là là ! s'exclame Marcel d'une voix inquiète.

— Ne vous faites pas de soucis, je vous l'ai déjà expliqué : il faut d'abord que le conseil syndical se réunisse et que la majorité soit d'accord pour demander la convocation d'une assemblée générale des copropriétaires dans laquelle votre coq sera mis à l'ordre du jour.

En ancien professeur, il lève le doigt afin d'attirer l'attention de Marcel sur un point qui lui paraît capital :

— Attention, celle-ci ne peut avoir lieu au plus tôt que dans un délai d'un mois suivant cette demande. Là, il y aura un nouveau vote auquel tous les présents pourront participer. Si une décision est prise, elle sera communiquée au syndic pour qu'il la mette en œuvre.

— Pour quatre cocoricos ! C'est bien malheureux !

— Vous savez, beaucoup de résidents ne les entendent pas donc il n'est pas du tout sûr que le syndic considère que ce problème relève de sa compétence.

— Et alors ? Qu'est-ce que cela change ?

— Tout simplement, il peut dire à Pluch qu'il s'agit d'une affaire privée et que, de ce fait, c'est à elle de se débrouiller toute seule.

— Comment ça ?

— Personne ne peut l'empêcher de porter plainte contre vous. Elle peut vous attaquer à titre individuel, mais je ne pense pas qu'elle tienne à se lancer seule dans un procès qui n'est pas gagné d'avance. Elle semble très près de ses sous et il y a tout de même des risques.

— Ce que vous dites me rassure un peu mais elle m'a paru tellement mauvaise et dure qu'elle est capable de vouloir me faire du tort à n'importe quel prix. Vous dites que le procès n'est pas perdu d'avance pour moi ?

— Non ! Votre affaire m'intéresse et j'ai un peu de temps. J'ai recherché sur internet des litiges semblables au vôtre. Presque trois fois sur quatre, le coq a gagné.

— Ah bon et pourquoi ?

— Ben, parce que le plaignant doit apporter la preuve que l'animal chante bien plus que le ferait un coq normal, ce qui, d'après les jugements rendus, correspond à plusieurs cocoricos au lever du soleil et six ou sept autres durant la journée.

— Oh ! Alors je ne risque rien, c'est ce qu'il se passe avec Troumpéto ; il est plutôt raisonnable.

— Tant mieux. Ce sont des procédures longues et coûteuses car il faut qu'un huissier vienne constater l'intensité, la fréquence et la durée des chants... S'il reste toute la journée, ça doit coûter une fortune.

— C'est sûr ! Vous m'apportez là de bonnes nouvelles monsieur Dulup. Vous voulez boire un peu de grenache ? Je l'achète à un ami, il est excellent.

— Maintenant ? Oui, pourquoi pas ? Mais très peu.

Ils trinquent ensemble et Marcel voyant le Lyonnais se lécher les lèvres après avoir vidé son verre lui propose une goutte supplémentaire que celui-ci accepte sans hésiter. Il s'apprête à prendre congé lorsque le vieil homme l'interpelle :

— À propos, j'allais oublier de vous le demander ! Est-ce que vous savez si des gens du lotissement se présentent aux municipales ?

— Oui, c'est possible. J'en ai entendu vaguement parler. Il ne m'étonnerait pas que Marec le correspondant du journal en fasse partie : c'est un homme qui s'ennuie et, de plus, un ambitieux. Il aime se mettre en avant. Il y en a peut-être d'autres mais je ne suis pas au courant. Dans tous les cas, personne n'est venu me voir…

Quand l'ancien professeur quitte la Grangette, Marcel le regarde partir et il se dit qu'ils sont presque amis. Presque, évidemment, car un ami c'est une personne rare pour qui on n'a aucun secret, ce qui n'est pas le cas avec Dulup.

Il n'en a eu qu'un dans sa vie, c'est Jean Martinez. Il n'empêche que, peu à peu, le Lyonnais devient plus qu'un camarade : certes, ils se vouvoient, ne se tapent pas sur l'épaule, ne se racontent pas des histoires égrillardes ou carrément obscènes, ne se font pas de confidences mais ils s'entendent bien et ses visites lui font toujours passer un agréable moment. C'est malgré tout la seule personne qui vient le voir régulièrement à la Grangette.

Il sourit ; si on lui avait dit qu'il se lierait de camaraderie avec un bonhomme du Soleil, un professeur qui plus est… il ne l'aurait jamais cru.

Le grenache et les paroles du Lyonnais somme

toute rassurantes l'ont mis de bonne humeur, il sifflote en rentrant chez lui, saisit Grimace par la peau du cou et la juche sur son épaule. La chatte qui n'a plus le vertige se met à lui lécher l'oreille avec application. Elle aussi aime bien Claire, ce matin elle se frottait contre son mollet, les yeux mi-clos de plaisir.

Il rallume le feu sous ses pâtes en se demandant si elles seront mangeables. Il pourrait en faire cuire d'autres mais il est pressé ; il ne veut pas arriver trop tard au Sénat. Aujourd'hui, le soleil brille, il y aura certainement du monde. Quoique les Sénateurs aient réagi mollement au moment où il a annoncé la venue de Stéphane et de sa future belle-fille, il va à nouveau leur en parler ; c'est tellement important pour lui ! Racontera-t-il aussi la visite de Dulup ? Peut-être… Il n'a aucune raison de cacher leur relation et puis, il est libre de ses paroles et de ses actes non ?

Comme prévu, les Sénateurs sont nombreux mais la séance n'est pas vraiment commencée au moment où Marcel s'installe sur le second banc. Depuis une semaine, les débats sont calmes : aucune discussion enflammée, aucune nouvelle étonnante, aucun évènement important comme si les nuages avaient aussi emmitouflé dans leur coussin de ouate grise la vie du village, étouffé ses cris et ses humeurs, endormi ses habitants. L'approche des élections municipales apaise les débats et mouchette les langues d'ordinaire très acérées des Sénateurs.

Pourtant, les présents s'amusent beaucoup en observant les agissements de Delpech. Il se tient sur le perron de la mairie et se précipite sur chaque passant afin de lui serrer vigoureusement la main avec un grand sourire, comme un naufragé sur son île déserte accueillant les sauveteurs qu'il espérait depuis des mois.

Jeannot Tessier déclare sobrement :

« Qu'un cinéma ! »

Personne ne répond : dans la mesure où son fils postule à la place de premier magistrat de la commune, toute discussion avec lui devient sinon impossible du moins risquée.

Après l'intermède du maire, apparaît un sujet bien plus important : Suzy Delga a un fiancé, un homme de la ville selon René, avec longs cheveux bouclés mais propres, costume sombre, souliers noirs pointus et une grosse voiture étrangère de type Audi ou Mercedes.

D'après cette description, Jules en conclut aussitôt que l'homme est, à coup sûr, un proxénète et déclare qu'on verra bientôt Suzy au bord de la route, ce qui soulève, comme il se doit, une vague de protestations indignées.

Elle appartient au patrimoine massanais comme Troumpéto. Il est déjà difficile et douloureux à accepter de la savoir amoureuse d'un étranger mais de là à ce qu'elle se prostitue, il y a un pas que nul n'ose envisager, sinon Jules. Il n'insiste pas mais garde sur son visage un petit sourire entendu qui montre bien que les dénégations de tous ne l'ont pas convaincu.

L'arrivée de Jeannot Tessier, le visage grave, interrompt la discussion. Il a quelque chose sur le cœur, quelque chose qu'il va dire et tous attendent avec d'autant plus d'impatience que le vieil homme a l'air bouleversé. Il hésite, regarde tous ces visages connus tournés vers lui, soupire, puis se lance enfin :

— Moi, je ne fais pas de politique mais enfin, il y a des choses qui me dépassent ! Quand je pense que Delpech dirige la commune depuis douze ans, ça me donne envie de déménager.

— Qu'est-ce qu'il t'a fait ? demande Émile.

— À moi rien, mais... c'est un drôle de loustic... Vous savez que mon fils monte une liste contre lui. Ils sont allés rencontrer des gens du lotissement pour que tout le village soit représenté.

— Oui, et alors ?

— Ils ont contacté Marec, le correspondant local, qui a donné tout de suite son accord. Eh bé, le lendemain, Delpech est allé le voir à son tour et lui a proposé un poste d'adjoint.

— Et qu'est-ce qu'il a décidé ce Marec ?

— Il part avec le maire pardi !

— C'est une girouette cet homme !

— C’est sûr, il n’a pas les idées bien arrêtées.

— Eh bé moi, je ne voterai pas pour lui.

— Moi non plus.

— Attention ! s’exclame Émile, cette fois, comme il y a plus de mille habitants à Massan, on est obligé de voter liste entière. On ne peut ni barrer, ni remplacer, ni ajouter un nom !

Des murmures de mécontentement accueillent cette information ; c’était le plaisir du vote, rayer celui-ci, le remplacer par celui-là, inscrire le nom de l’idiot du village à la place du futur maire…

Avant de rejoindre les isoloirs, bien à l’abri des regards dans la cuisine, on posait les listes sur la table et on jouait avec son stylo : on se vengeait d’un tel qui laissait aboyer son chien toute la journée, d’une telle qui n’était pas gracieuse « Celle-là elle te marcherait dessus qu’elle te dirait pas bonjour ! », du voisin qui se garait n’importe comment, du maire sortant qui avait refusé un permis de construire ou un poste d’employé municipal au fils…

Petites vengeances, vengeances mesquines, sordides diront certains mais pourtant plaisantes à accomplir, et ce, d’autant plus que parfaitement anonymes. On pouvait ensuite, après le dépouillement, s’attrister avec discrétion sur le sort des vaincus avant de s’afficher grand sourire aux lèvres avec les vainqueurs…

Un silence songeur s’installe, chacun réfléchit

à la nouvelle situation et à ses nombreuses conséquences. C'est Vincent qui résume certainement l'avis général en soupirant :

— Eh bé, ça va être compliqué ! Moi, il y a des gens que, que… ils ont beau être sur la liste qui me plaît, je ne pourrai jamais voter pour eux. Alors comment je fais ?

— Tu votes pour les autres ou tu restes chez toi !

— C'est nul !

Arrivée soudaine de Delpech, sourire aux lèvres, qui touche la main de tous les présents et repart aussitôt. Marcel a très envie de parler de son fils mais, déjà, certains Sénateurs se lèvent ; l'heure du déjeuner approche. Il pense soudain à Dulup, prend Jeannot Tessier par le bras, l'écarte des autres et lui chuchote :

— Tu devrais dire à ton fils d'aller voir un certain Dulup dans le lotissement. J'en ai déjà parlé ici, je le connais un peu puisqu'il vient chaque semaine m'acheter des œufs. C'est un homme bien, honnête et réfléchi, un ancien professeur de français dans un collège de Lyon.

Tessier le remercie, affirme qu'il fera la commission et ils se séparent en se souhaitant bon appétit.

La 308 n'est pas dans la cour, il est surpris de se sentir soulagé. Est-il déjà lassé de son fils et de sa compagne ? Non, mais face à leur modernité, leur jeunesse, leur beauté, il ne sait pas trop comment se comporter : il veut veiller à leur bien-être sans pour autant se montrer envahissant. Il se dit, pour se rassurer, que leur relation va devenir de plus en plus facile avec le temps et il se prépare à déjeuner.

Comme il le craignait, les pâtes cuites et recuites sont immangeables. Elles forment de gros paquets mous et sans saveur qui s'écrasent dans la bouche et se collent aux dents. Grimace, après les avoir flairées, s'en éloigne avec dédain. Heureusement, le bout de saucisse est consistant et Marcel aidé par sa chatte le mange tout entier en se jurant pour se donner bonne conscience que ce soir il ne prendra qu'une louche de la soupe d'Irène.

Il repense à Dulup. A-t-il bien agi en donnant son nom à Tessier ? Oui, sans doute. Il n'aime pas Delpech, ses façons tapageuses, ses grandes poignées de mains, ses sourires, ses tapes sur l'épaule, ses manigances. Il n'oublie pas non plus qu'il s'est démené comme un diable pour faire construire ce maudit lotissement qui, à présent, empoisonne sa vie. De plus, il a pris Marec avec lui, ce correspondant malhonnête qui trouve madame Pluch énergique. Il ne votera pas pour eux, c'est certain. Par contre, ce serait bien que le professeur soit candidat sur la liste de Tessier. Il lui tarde de revoir le Lyonnais pour savoir ce qu'il en est.

12

Il est sept heures du soir lorsque le mari d'Irène apporte la soupe de légumes.

— Ma femme te conseille de la faire réchauffer à feu doux en la remuant de temps en temps, enfin, assez souvent. Ne la laisse pas s'accrocher au fond de la casserole... Elle demande si tu veux quelque chose pour demain.

— Je ne sais pas, ils ne sont pas encore rentrés. Dis-lui que je l'appellerai après souper. De toute façon, ce sera toujours pour le soir. Elle t'a dit combien je lui devais ?

— Non, elle tiendra les comptes et vous vous arrangerez à la fin.

— D'accord. Tu veux un coup de grenache ?

— Non merci, je file. Bon appétit !

Marcel dresse la table puis allume le téléviseur. Stéphane et Claire arrivent à sept heures et demie. Ils entrent en se tenant par la main, heureux comme de jeunes amoureux et cette image touche Marcel, lui rappelle une autre main qui venait se nicher dans la sienne, il y a longtemps... si longtemps, presque dans une autre vie.

— Vous avez passé une belle journée ?

— Oui, superbe. Hum, votre soupe sent drôlement bon ! s'exclame la jeune femme.

— Ce n'est pas moi qui l'ai faite, je l'ai commandée à une amie. Moi, je n'ai jamais été un grand cuisinier, c'était Madeleine qui préparait tous les repas. Maintenant il faut la faire réchauffer.

— Je m'en occupe.

Pendant le dîner, Stéphane et Claire racontent le déroulement de leur journée en commençant par les courses du matin.

— On t'a rempli le réfrigérateur papa, il était presque vide !

— Tu sais, à mon âge, on n'a pas besoin de grand-chose et puis à quoi bon faire des provisions, je vais au village tous les jours alors... Tu lui as fait visiter la Grangette ?

— Oui.

— Tous les bâtiments, tous les étages ?

— Bien sûr !

Marcel se tourne vers Claire en riant :

— Il y a des pièces que je n'ai pas ouvertes depuis une bonne dizaine d'années. Vous avez surtout dû voir des araignées, des cafards ou même des scorpions.

— Quelques-uns, mais pas assez pour me dégoûter. J'ai trouvé votre domaine vraiment superbe.

— C'est vrai ? demande le vieil homme tout étonné. Il est vieux et fatigué comme moi, poussiéreux, peu ou pas entretenu et il vous plaît ?

— Oui. Stéphane vous en a déjà parlé, j'ai fait mes études dans le tourisme, j'ai regardé votre domaine du point de vue de mon futur métier.

— Elle n'en a pas l'air, plaisante Stéphane, mais elle possède une licence pour la valorisation des territoires ruraux.

— C'est pour quoi faire ?

— Je peux créer des filières de qualité comme des labels ou des appellations, promouvoir des projets liés au territoire, mettre en valeur la culture ou l'environnement d'une région toujours en rapport avec le tourisme.

Marcel ne peut s'empêcher de faire la moue en entendant cette énumération. Claire qui l'a remarqué s'exclame :

— N'ayez pas peur, ce que je veux organiser n'a rien à voir avec les ruées sur les plages en été ou les pistes en hiver. Moi, j'ai envie de mettre en place un tourisme intelligent autant respectueux des gens que de l'environnement et qui, de plus, se doit d'être bénéfique pour les habitants.

— Eh bé, ça c'est bien parce que les touristes ici, ils n'apportent pas grand-chose de bon, au contraire. Rien qu'avec mon coq, ils me font des histoires à n'en pas finir… soupire Marcel.

— Papa ce ne sont pas des touristes ! rectifie Stéphane.

Il se tourne vers Claire et lui explique les difficultés de son père.

— Quoi qu'il en soit, mes hôtes ne feront jamais des choses comme ça, je vous le certifie. Ils seront discrets et respectueux des usages locaux… Après un instant de silence, elle poursuit :

— Je trouve votre propriété superbe parce qu'elle est restée dans l'état originel. Elle n'a pas été défigurée par des aménagements réalisés n'importe comment. Elle est vieille mais elle me semble en bon état. D'un point de vue professionnel, elle a des potentialités intéressantes, ajoute-t-elle en se tournant vers Stéphane.

— Tant mieux ! déclare Marcel qui n'a pas tout compris des paroles de sa future bru ; elle lui rappelle Dulup qui s'obstine à trouver ses œufs excellents… Au fait, mon coq ne vous a pas réveillé ce matin ?

— Non, je ne l'ai pas entendu.

— Elle a un sommeil de plomb ! assure Stéphane en posant sa main sur le bras de Claire.

— C'est une grande chance ! apprécie Marcel.

Au moment du dessert, elle apporte un plateau de fromages.

— On l'a acheté au marché. Tu comprends bien papa qu'on ne pouvait pas aller à Narbonne sans passer par les halles.

— C'est un très beau lieu, vivant, coloré, cosmopolite. On s'y sent tout de suite à l'aise et prêt à discuter avec n'importe qui. Nous y reviendrons au moins une autre fois avant notre départ, affirme Claire.

— Boudiou, ça doit faire une bonne dizaine d'années que je n'y ai pas mis les pieds. Déjà, à l'époque, c'était compliqué pour se garer alors…

— Maintenant, il y a un parking souterrain.

— Ah bon ! Bah, la ville ça n'a jamais été pour moi. Qu'est-ce que vous voulez manger demain soir ?

— Je ferai une grillade, déclare Stéphane. On achètera des côtes d'agneau et je les ferai griller dans la cheminée. Tu as des souches ?

— Il n'en manque pas et elles sont bien sèches.

Ils rangent ensemble les couverts, Claire insiste pour faire la vaisselle puis les deux amoureux sortent dans la cour pour fumer une cigarette. Marcel s'assied sur son fauteuil. Il est fatigué pourtant lorsqu'il repense à sa journée, il se dit qu'il ne s'est pas plus activé que d'habitude. C'est le changement pense-t-il, cette animation à laquelle il n'est plus habitué. Il sourit ; il va s'ennuyer lorsqu'ils partiront.

Le lendemain soir, alors qu'il regarde Slam sur France 3, Marcel entend le portail s'ouvrir ; il pense que ce sont les enfants qui rentrent et ne se dérange pas.

— Tu es là Marcel ? C'est moi Paul, le fils de Jeannot, je viens avec des amis te parler de nos projets pour le village.

— Entrez !

Ils sont six. Tessier les présente. Parmi eux,

Marcel reconnaît Gastounet, la Poudre et Morsol. Pour le reste, ce sont de vieux noms de Massan portés par des adultes qu'il croyait encore sur les bancs de l'école… Plus on vieillit, moins on se rend compte que le temps court aussi chez les autres. Il les fait asseoir dans le salon et, en bon Languedocien, demande s'ils désirent boire l'apéritif. Refus poli de tous que le candidat maire justifie :

— Tu comprends, on va visiter tout le lotissement ce soir, on n'a pas trop de temps et si on boit un pastis dans chaque maison, on n'ira pas bien loin. Bon, tu sais pourquoi on est là, vous avez dû en parler au Sénat. On est en train de monter une liste pour les municipales. Dans le village, il y en a beaucoup qui en ont assez de Delpech et de ses magouilles, alors on se fait connaître.

— C'est bien.

— Dis-moi, tu as parlé à mon père d'un certain Dulup…

— Oui, je pense qu'il ferait un bon conseiller municipal. Il est intelligent et réfléchi ; en plus, il me soutient dans cette affaire du coq.

— Quelle bêtise !

— Peut-être mais je risque de me retrouver avec un procès sur le dos et je n'ai pas les moyens de me payer un avocat moi.

— J'espère que ça s'arrangera avant. Tu sais, ce qui t'arrive, c'est parce que ce lotissement a été conçu n'importe comment. Un lotissement privé dans un village ! Comment veux-tu que les gens s'entendent bien ? Ils ne se connaissent pas.

— Et qu'est-ce que vous comptez faire pour arranger les choses ?

— On se débrouillera pour que tout le monde se rencontre ; on organisera des fêtes, des repas, on entrera en contact avec les responsables des copropriétaires, on fera tout pour faire bouger les lignes, crois-moi.

Tessier s'arrête un instant de parler puis lui demande :

— Et à part cette histoire de coq, est-ce qu'il y a autre chose dans le village que tu aimerais voir changée ou améliorée ?

— Non ! Vous savez, moi, maintenant, à mon âge, je n'ai pas beaucoup de besoins. Je veux surtout être tranquille. Le plus important, c'est qu'on ne m'embête plus avec Troumpéto !

En voyant la mine étonnée de la femme qui caresse Grimace juchée sur ses genoux, il se croit obligé de préciser :

— C'est mon coq, je l'ai choisi avec Madeleine, ma femme, c'est comme un souvenir… vivant. Soyez tranquilles, je voterai pour vous surtout si vous prenez Dulup avec vous. Delpech s'est trop foutu de nous avec ce lotissement, on ne peut pas lui faire confiance.

— C'est vrai ! Tu es au courant n'est-ce pas ? Maintenant, il faut voter pour une liste entière sans barrer ni panacher.

— Oui, Émile l'a expliqué au Sénat. Tu sais Paul, quand tu dis que tous les gens doivent se rencontrer, se parler, se connaître... Eh bé, il me semble entendre Dulup, il pense comme toi.

— Tant mieux ! Ne t'inquiète pas, on ira le voir. On a toujours besoin de gens intelligents. Bien, on va te laisser souper. Bon appétit et bonne soirée.

Tous saluent, touchent la main de Marcel et sortent. Il les raccompagne jusqu'au portail. Il est content que leur visite n'ait pas duré longtemps, il n'aurait pas aimé que Stéphane et Claire arrivent alors qu'ils étaient là, il veut garder ses enfants pour lui tout seul...

Il se hâte de ranger le salon et de dresser la table puis il va chercher des petites souches sous le hangar et prépare le feu. Il se dit que si, à sept heures, ils ne sont pas arrivés, il l'allumera.

Finalement, Tessier ne lui a rien dévoilé de ses projets pour Massan. Bah, les projets maintenant, ce n'est pas le plus important pour lui. Par contre, s'ils peuvent l'aider contre Pluch, ce sera bien.

Il faudra qu'il se renseigne sur les deux femmes présentes ce soir : savoir où elles habitent, depuis combien de temps elles vivent à Massan. Celle qui caressait Grimace a l'air gentille. Il pense à Jules ; c'est sûr, lui aurait préféré l'autre, sa poitrine est bien plus généreuse.

Bruit du portail éclat des phares, les voilà.

— Bonjour papa. Tu as préparé le feu ? Impeccable, je vais l'allumer.

Claire monte se doucher et les deux hommes restent ensemble à regarder les flammes.

— Qu'est-ce que tu lui as montré aujourd'hui ?

— Oh, on a commencé par visiter le village puis on est partis à la mer. Je ne savais pas qu'ils avaient fermé la plage de la vieille Nouvelle !

— Bah c'est une lubie des écologistes. Comme dit Émile, c'est plus facile d'enquiquiner les petites gens que de s'attaquer aux multinationales.

— Oui sans doute. On y est allé malgré tout et Claire a beaucoup aimé ; on était seul, on avait toute la plage pour nous. On a marché jusqu'au grau de l'Ayrolles.

— Eh bé, quelle promenade ! Après, que vous soyez seuls, ce n'est pas étonnant en ce moment.

— Oui ! Tu sais, je pense qu'elle est en train de tomber amoureuse de la région. Elle n'arrête pas de dire que c'est beau, que c'est super…

— Même Massan ?

— Oui ! Elle trouve que c'est un bel exemple de village languedocien bâti en circulade.

— En quoi ?

— En rond autour de l'église.

— Ah bon ! Et ça s'appelle circulade ?

— Oui. Si elle le dit, c'est vrai, on peut la croire sur parole ! On a eu du mal à trouver des côtes d'agneau mais on va se régaler. On a acheté des chips pour les accompagner.

— Je crois que tu as rencontré l'oiseau rare Stéphane. Ta fiancée me plaît beaucoup, c'est une belle femme et surtout elle est souriante, gentille et intelligente.

— Oui, j'ai eu beaucoup de chance. Je l'aime comme un fou.

— Vous formez un beau couple.

Il se retient pour ne pas ajouter comme Madeleine et moi. Peut-être son fils a-t-il senti l'émotion de son père. Il se tourne vers le foyer, attise les flammes.

— Bon... Je vais faire brûler le gril puis j'étalerai les braises. J'espère que ma chérie descendra bientôt.

Pendant le repas, Claire parle avec enthousiasme de tout ce qu'elle a vu durant la journée. Elle ajoute, songeuse :

— Il m'est difficile d'exprimer tout ce que je ressens ; il y a dans l'air une espèce de nonchalance, de désinvolture qui rendent l'existence plus facile. Si j'habitais ici, il me semblerait être en vacances tout au long de l'année.

Stéphane lance un clin d'œil à son père qui répond à sa bru :

— Tu sais, Claire, ne te fie pas aux apparences ! La vie est difficile ici aussi : les gens sont pauvres, il y a beaucoup de chômage. Le vent souffle presque tous les jours et, en hiver, il peut faire très froid.

— Sans doute mais cette lumière ! Vous n'y faites plus attention mais elle est extraordinaire. Je n'ai jamais vu un ciel aussi bleu !

Pendant qu'ils rangent les couverts, Marcel suggère à son fils :

— Je ne sais pas ce que vous avez prévu pour demain. Je crois qu'il va encore faire beau. Tu pourrais l'emmener dans la pinède cueillir des asperges sauvages. Si vous en ramassez assez, on fera une bonne omelette pour souper, enfin pour dîner comme vous dîtes.

— Il y en a déjà ?

— Oui, elles commencent à sortir.

— C'est une excellente idée, je vais lui en parler.

Les vieux corps sont des mécaniques rouillées, il faut s'en servir avec précaution et surtout ne pas trop modifier leur rythme d'utilisation. Comme le repas était excellent, Marcel a mangé un peu plus que d'habitude et, par conséquent, il a du mal à s'endormir.

Pourquoi se met-il à penser à Jean Martinez ? Il ne le sait pas exactement ; peut-être que Paul Tessier lui ressemble un peu, oui, peut-être, mais il paraît plus impétueux ; le sang fort de son père roule dans ses veines. Jean, lui, restait toujours calme et réfléchi. Il n'imposait jamais ses décisions, on le suivait parce qu'on savait qu'il avait raison.

Marcel ferme les yeux, il va passer un moment avec son ami.

13

Martinez prend très vite l'habitude de venir le voir une fois par semaine pour savoir où il en est de son apprentissage et de son travail. Il arrive aux environs de six heures et demie du soir, lui touche la main, tire une chaise dans la cuisine, pose sa canadienne sur le dossier et s'installe en soupirant d'aise, les coudes sur la table, comme s'il venait dîner. Lors des premières visites, Marcel puis Madeleine l'ont invité à s'asseoir sur le meilleur fauteuil du salon mais l'homme a refusé :

« Je ne viens pas pour bavarder, je viens pour savoir où tu en es ! »

Ils commencent toujours par discuter des problèmes administratifs avant de s'attarder sur le travail des vignes. Marcel décrit ses journées une à une, détaille ses prochains travaux, demande conseils et directives, énumère les difficultés rencontrées, parle d'une rangée ou d'une pièce qui l'inquiète…

Jean écoute, tranche, rassure ou bien, au contraire, met en garde et demande des efforts supplémentaires. Toutes ces discussions techniques sont ponctuées de considérations sociales, politiques, parfois sportives ou météorologiques, auxquelles Marcel, qui découvre un monde qu'il n'a fait qu'effleurer dans sa jeunesse, souscrit sans réserve. Madeleine n'intervient jamais dans leur discussion ; elle s'active dans la cuisine ou bien dans une chambre à l'étage.

Un soir de janvier, dans les années 70, Jean arrive bouleversé, presque au bord des larmes. À peine assis, il s'exclame :

— Il faut que ça pète ! On peut pas continuer comme ça ! C'est pas possible ! Hier, à Roufian, dans le Minervois, il y a encore un vieux qui s'est tué dans sa cave.

— Tué ?

— Oui, il s'est pendu. Sur la table de la cuisine, on a trouvé la lettre de l'huissier qui annonçait sa venue pour une saisie. Tu te rends compte ? Un type de soixante-dix ans qui continuait à travailler parce qu'il avait une retraite de misère, un type qui toute sa vie s'était levé en regardant le ciel, avait fait le tour de ses vignes, les avait choyées et aimées plus que tout au monde. Il fabriquait son vin avec passion, il le faisait goûter à ses amis, il en était fier, c'était son œuvre.

Il se frotte les yeux, poursuit :

— Eh bé ce vin, il restait dans ses cuves, personne n'en voulait. Peut-être, avec un peu de chance, on pourrait lui en prendre une partie pour le distiller. Le distiller comme une vulgaire piquette, tu te rends compte ? Ce vin, son sang, le sang rouge et puissant du Minervois, l'aboutissement d'une année de travail, le distiller !

Sa voix se brise, il essaie de se calmer sans y parvenir :

— Et on allait le saisir, ça voulait dire qu'il était pas capable de gagner sa vie, de faire vivre les siens, qu'il avait tout raté ! On saisit les voleurs, les trafiquants ou les escrocs ! C'est la honte suprême. Putain, c'était trop dur, il pouvait pas supporter ça, il s'est pendu.

Il s'arrête, passe sa main sur son front, laisse son cœur se calmer, puis, d'une voix soudain lasse continue :

— Depuis la fin des vendanges, c'est le troisième qui se suicide ; toujours des vieux, des petits, des vignerons depuis des lustres, des types qui ne comprennent pas pourquoi ils n'y arrivent plus, des prêts qu'ils ne peuvent plus rembourser, des menaces de saisie, des lettres recommandées…

Il soupire, ses yeux se tournent vers la fenêtre.

— Moi aussi tu sais, quand je regarde mes comptes, des fois, je me dis que je m'en sortirai jamais, qu'il vaudrait mieux que je foute le camp comme beaucoup, devenir gendarme, éboueur, ouvrier dans une grande ville, n'importe où au nord.

Il se retourne vers Marcel, le fixe longuement comme s'il le bravait:

— Rassure-toi, ça ne dure pas longtemps. Je veux rester ici, vivre ici, c'est mon pays, mon métier, le seul que je sais faire et que je veuille faire. Personne n'a le droit de me foutre dehors ! Je suis chez moi comme toi, comme tous ces gens dans la misère et le désespoir. On est chez nous et on va y rester !

Il relève la tête, il n'y a plus une seule trace de larmes dans ses yeux. À présent, ils brillent de colère.

— On va se battre ! À Paris, ils veulent notre peau ? Eh bé, ils vont devoir la payer et crois-moi, elle leur coûtera cher !

Marcel écoute sans dire un mot. C'est vrai, il travaille dur, bien plus qu'au dépôt de la SNCF et il n'est pas payé. De temps en temps, il reçoit un acompte de la coopérative mais si petit, si ridicule qu'on dirait une aumône. Comment font ceux qui ont des enfants à élever, une vraie famille sur les bras ? A-t-il vraiment effectué le bon choix en s'installant à Massan ? Oui, oui ! Sa vie est ici avec Madeleine, avec Jean et tous les autres, dans ses vignes.

Son ami reprend :

— Dans une semaine, jeudi, on organise deux

manifestations : l'une à Carcassonne pour l'Aude et les Pyrénées-Orientales, l'autre à Montpellier pour l'Hérault et le Gard. Il faut qu'il y ait le maximum de gens pour bien montrer qu'on est tous dans la panade et que c'est tous ensemble qu'on s'en sortira. Nous, les Audois, on ira à celle de Carcassonne. On se donne tous rendez-vous sur la place à une heure et demie. J'espère que tu viendras.

— Oui, Jean, j'y serai. Il faut amener quelque chose ?

— Non, pour le moment rien. Après, on verra... Habille-toi bien, l'après-midi risque d'être longue.

Comme s'il voulait se convaincre lui-même de leur bon droit à manifester, il se lance dans l'énumération des tentatives effectuées par les responsables viticoles pour faire prendre conscience au pouvoir parisien de la gravité de la situation des viticulteurs languedociens et catalans.

Il cite les demandes d'audience sans réponses, les rendez-vous reportés ou carrément annulés, les visites prévues et ajournées sans motif, les promesses lancées et jamais tenues...

Il souligne ensuite les efforts de tous les viticulteurs occitans pour améliorer la qualité de leur vin en diminuant les rendements et pour finir, il parle des dérogations douanières dont bénéficient les vins d'Algérie en échange de concessions pétrolières ainsi que des subventions européennes allouées aux gros propriétaires italiens sous prétexte que la lire est une monnaie faible.

« Mon pauvre Marcel, ce marché commun a été fabriqué par les financiers pour les financiers… Si on ne se fait pas entendre, on est foutu ! »

Celui-ci écoute à peine ce discours qu'il a déjà entendu à plusieurs reprises. Il n'interrompt pas son ami parce qu'il sent que Jean a besoin de se délivrer de toute sa colère, de ses sentiments d'injustice et de frustration qui le hantent et qui menacent de l'étouffer, de sa peur de l'avenir aussi comme il l'a avouée tout à l'heure. Il a deux enfants qui, selon ses dires, sont des élèves brillants. Où trouvera-t-il les ressources pour payer leurs études ?

Marcel comprend que les viticulteurs du midi sont victimes d'une terrible logique d'État – une machination – qui les tue à petit feu bien qu'il ne parvienne pas à trouver quelles motivations peuvent pousser un gouvernement à ruiner l'une de ses régions.

Pourtant, il s'agit bien de cela. Sans son vignoble, le Midi va mourir. Remplacer les vignes par des villas pour touristes qui viendront les occuper quinze jours par an, ce n'est pas possible. Ou Jean exagère, ou les décideurs parisiens sont devenus fous à moins qu'ils ignorent totalement la situation du Languedoc.

Il se souvient du mépris de tous ces gens là-bas, pour ceux du Sud. Après tout, peut-être qu'ils connaissent leur détresse et qu'ils s'en moquent. C'est le moment de leur montrer qu'ils ne sont pas des fainéants qui passent leur temps à dormir à l'ombre. S'ils doivent se battre, lui aussi se battra.

Depuis quand Jean s'est-il arrêté de parler ? Il l'ignore. Leurs regards se croisent. Son ami reprend la parole :

— Pour les vignes, d'après ce que tu me dis, tu as bien avancé mais ne traîne pas. Il te reste en gros un mois et demi pour finir de tailler.

— Oui, j'ai compté. En principe, je devrais avoir terminé fin mars.

— C'est bien. Bon, je te laisse. Si on ne se revoit pas avant, n'oublie pas : rendez-vous jeudi à une heure et demie sur la place !

— À jeudi, merci.

Ce soir-là, Marcel ne propose pas l'apéritif et Jean ne le demande pas comme il lui arrive parfois de le faire. C'est peut-être parce que l'ombre du pendu de Roufian se balance au-dessus de leur tête, et aussi parce qu'ils sentent que le temps n'est plus ni à la fête, ni même à boire un peu de grenache avec quelqu'un qu'on aime.

Le jeudi, il quitte la vigne plus tôt que d'habitude, afin de se doucher et se changer avant de déjeuner. Ils ont rendez-vous sur la place très tôt, il n'a pas le temps de flâner.

Il arrive avec un bon quart d'heure d'avance et il est tout étonné de trouver déjà rassemblés une bonne vingtaine de viticulteurs comme lui qui discutent par petits groupes. Il aperçoit d'abord Jeannot Tessier, Vincent Roques le râleur, le gros Louis Arsal et José Garcia. Il rejoint Jean après avoir salué tous les présents.

L'ambiance est amicale, joyeuse. Tous sont heureux de se retrouver. Ils discutent de chasse, de rugby, de vigne. Chacun suppute le nombre des manifestants tout en regrettant d'être obligé de perdre des journées de travail pour se faire entendre.

Des exclamations saluent chaque nouvel arrivant. Lorsque Jean, après avoir ostensiblement regardé sa montre, déclare qu'il est temps de partir, les voitures aussitôt se remplissent. Marcel en compte dix qui se mettent en marche derrière eux. Lui est monté avec son ami et les Ramirez, deux frères, fils d'émigrés espagnols qui, à force de travail et de privations, ont réussi à s'approprier une vingtaine d'hectares de vignes.

— Je ne pensais pas qu'on serait aussi nombreux! s'étonne Marcel.

— Tant mieux, c'est bon signe. Plus on sera, mieux ça ira. Peut-être qu'ils comprendront qu'on est décidés à se défendre.

— Oui.

Le silence s'installe dans l'habitacle. De temps en temps, derrière eux, les deux frères discutent brièvement. Lorsqu'ils arrivent à Carcassonne,

Jean décide d'aller se garer sur le parking du stade Albert Domec. Toutes les voitures de Massan le suivent.

— On va voir un match ? interroge quelqu'un en plaisantant.

— La prochaine fois, répond Jean. On a rendez-vous devant la caserne Laperrine, ça va nous faire marcher un peu mais on sera tranquille pour rentrer ce soir !

Certains sortent des coffres de leur voiture des drapeaux et des pancartes. Jean en montre une à Marcel sur laquelle est écrit : Les vignerons de Massan.

« Tu vois celle-là ? Elle a été fabriquée pour les manifestations de 1907 et elle nous suit partout juste pour montrer qu'on n'abandonne pas. »

Le Cers glacial qui souffle en violentes rafales les surprend sur le pont au-dessus de l'Aude, tous remontent le col de leur canadienne, enfoncent sur leur tête leur béret ou leur casquette, mettent les mains dans les poches, ne s'attardent guère à contempler les hautes murailles de la Cité qui se dresse sur leur gauche comme une vieille sentinelle.

Au fur et à mesure qu'ils approchent du centre-ville, ils rencontrent d'autres groupes avec d'autres drapeaux et d'autres pancartes. Appels, salutations joyeuses, accolades. Marcel regarde tous ces hommes robustes, au teint basané, aux mains rugueuses, aux cheveux coupés courts, ce sont ses frères quoiqu'il ne soit pas encore entièrement sûr d'appartenir à leur famille.

Des cars de CRS les dépassent, des sifflets et des cris fusent :

« Fainéants ! »

Le cœur de la ville est interdit à la circulation, toutes les rues sont bloquées par des cordons de gardes mobiles. Marcel, impressionné par leur nombre, demande à Jean s'il y en a toujours autant. Celui-ci lui répond qu'en effet aujourd'hui il trouve qu'il y en a beaucoup. C'est sûrement, lui explique-t-il, parce qu'il y a quatre ans, ici, une grosse manifestation des viticulteurs a dégénéré en combats de rues avec de nombreux blessés de part et d'autre et beaucoup de dégâts matériels. Il conclut en déclarant que cette fois, les pouvoirs publics ont pris leurs précautions.

Ils atteignent la place de Gaulle où patiente déjà une foule immense et bavarde.

— Les pancartes, dit Jean en les montrant du doigt, ça sert aussi à se repérer. Si tu te perds, tu cherches les nôtres.

— Ne te fais pas de soucis, je reste avec vous !

Marcel se dresse sur la pointe des pieds ; aussi loin qu'il peut voir, il est entouré de visages. Coincé au milieu de cette masse innombrable d'où émergent des pancartes, des banderoles et des drapeaux occitans, il éprouve un extraordinaire sentiment de force, de sécurité et aussi de solidarité.

Il se sent totalement partie prenante de cette multitude dont les mouvements le poussent, le bousculent, résonnent aussi fort dans son corps que dans son cœur. Il n'est plus un petit viticulteur isolé de l'Aude, il appartient à une armée innombrable et résolue, prête à combattre pour assurer son existence et sauver son pays.

Peu à peu l'atmosphère change. Marcel ressent à présent l'impatience, l'énervement, l'anxiété de tous ces gens qui se pressent les uns contre les autres, de tous ces cœurs remplis de rage et d'espoir. C'est à la fois extraordinaire et difficile pour ces solitaires de se retrouver étreints, écrasés, malaxés dans cette masse gigantesque, mouvante et tumultueuse. Lui aussi attend, lui aussi est excité.

Qu'attend-il au juste ? Il ne le sait pas trop ; des discours, oui sans doute, de l'espoir, quelque nouvelle qui leur prouvera qu'ils ne sont pas venus pour rien, de l'action peut-être.

Il a conscience de leur force, presque de leur invincibilité et cette force, comme une bête sauvage, s'agite en lui, grogne, montre ses crocs ; elle a besoin de s'employer. Il essaie de parler à Jean mais il faut hurler pour communiquer et comme tout le monde discute avec tout le monde, personne ne s'entend.

Soudain le silence se pose sur la place. Des hommes que Marcel ne connaît pas s'installent à la tribune. Jean les lui présente :

— Tu vois, le bonhomme devant avec l'écharpe tricolore, c'est Gayraud le maire de Carcassonne. Derrière lui, tu as Guille et Vals, les députés, puis Courrière et Souquet, les sénateurs. Eux, ils sont toujours avec nous. Celui qui va parler, c'est Frances du Comité d'action Viticole. À côté, il y a Cases. Lui, il ne paie pas de mine mais, crois-moi, c'est un bon. Il y a aussi Benet, Verdale, Vialade et plein d'autres que je connais de vue…

Il se tait car les discours commencent. Marcel entend à nouveau tout ce que lui a dit Jean la semaine dernière. Tous se plaignent de la duplicité des gouvernants, tous les accusent de complicité avec les fraudeurs, les spéculateurs et les grands trusts commerciaux. Tous soulignent leur immobilisme alors que trois cent mille hectolitres de vin d'Algérie et d'Italie sont importés chaque mois et que le revenu des viticulteurs méridionaux a baissé de trente pour cent en deux ans.

Tous déclarent qu'ils ne sont en aucun cas des émeutiers, mais que devant l'inutilité du dialogue, il ne reste plus que l'action d'où la nécessité de rester mobilisés.

Enfin, tous affirment qu'ils sont prêts à se battre autant qu'il le faudra pour que le droit à la vie des viticulteurs et de tout le Midi soit reconnu.

La foule réagit comme un serpent charmé par le son de la flûte. Elle rugit lorsqu'on parle de Bruxelles, du ministre de l'Agriculture ou des négociants véreux. Elle hurle et trépigne dès qu'elle entend que l'État souhaite le remplacement des petites propriétés par de grosses unités de production.

Elle se tait, tête basse, au moment où on décrit les conditions de vie de la plupart d'entre eux. Tous souffrent, tous sont au bord de la ruine mais ils sont fiers, ils font comme si… Ils espèrent bien sûr, parce que sans espoir on agit comme ce pauvre homme de Roufian : on se pend dans sa cave.

Au fur et à mesure que les orateurs parlent, la colère grandit ; ce n'est plus eux que l'on veut éliminer, c'est la région tout entière, le pays qu'on assassine, c'est pour elle, pour lui qu'il faut être solidaire et courageux. L'un déclare même le Languedoc en état de légitime défense.

Marcel éprouve les sentiments qu'il a déjà ressentis lorsqu'il a écouté la chanson de Marti : colère et amour de sa terre. Autour de lui, les visages sont tendus, les yeux brillent, les poings sont serrés comme les siens.

Les discours se succèdent, le soleil a été mangé par les nuages, le vent redouble de force, le froid pénètre les habits trop souvent portés. Les gens piétinent sur place, les derniers orateurs sont peu écoutés. Enfin vient le moment de bouger. Les manifestants doivent se diriger dans le calme vers le monument aux morts situé place Davilla pour rendre hommage aux paysans languedociens morts au champ d'honneur. Le cortège avance lentement, presque en silence.

Marcel n'aperçoit même pas la stèle, il n'entend pas non plus les mots prononcés, par contre il s'associe à la Marseillaise hurlée par des centaines de voix. Tout en chantant, il pense à tous ces jeunes gens qui partaient, fiers et joyeux, défendre un pays que la plupart ne connaissaient pas et dont ils parlaient à peine la langue.

À nouveau, la chanson de Marti revient rôder dans son esprit :

Tu que voliàs pas morir
Entre flors desconeigudas,
T'an enterrat dins un linçol
De freda tèrra del Nord

(Toi qui ne voulais pas mourir parmi des fleurs inconnues, ils t'ont enterré dans un linceul de froide terre du Nord.)

Jean s'approche de lui :

— Bon, on s'en va, la manifestation est finie, les responsables viennent de nous demander de nous disperser et de rentrer chez nous. Il y a une délégation qui va rencontrer le préfet. On aura le compte-rendu dans le journal demain. Ce n'est pas la peine de rester maintenant, on va se battre et ça ne servira à rien.

— On va se battre ?

— C'est sûr, il y a des gendarmes partout et

chez nous, il y en a quelques-uns qui ont amené du matériel !

Marcel ne demande aucune précision sur ce matériel ; son exaltation est retombée. Il est fatigué, il a froid, cette agitation et ce bruit lui ont donné mal à la tête. Jean a raison, il est temps de partir.

C'est donc ça manifester ? se demande-t-il à la fois étonné et un peu déçu. Se déplacer, attendre, écouter les discours, faire un tour de ville, porter des fleurs au monument aux morts, chanter la Marseillaise et repartir ? Il n'est pas convaincu de l'utilité de ce rassemblement.

Devant lui, le Cers agite la pancarte de 1907 portée par Louis. Oui, c'est sûr, ils étaient très nombreux mais leur seule présence peut-elle débloquer une situation qui perdure depuis des dizaines d'années ? Il en doute.

Ils sont en train de retraverser le pont sur l'Aude lorsqu'ils entendent éclater les premières grenades lacrymogènes.

« Voilà, s'exclame Jean, ça commence ! »

Tous les Massanais ont quitté la manifestation. Ils s'engouffrent dans les voitures en soupirant d'aise. Ils sortent de la ville sans aucun problème. Sur le chemin du retour, Jean interpelle Marcel :

— Tu ne dis rien ? Qu'est-ce que tu penses de tout ça ?

— Je ne sais pas, je me demande si ça sert à quelque chose.

— Mais bien sûr que ça sert. Ne te fais pas de soucis, on a été compté et recompté. On devait être au moins dans les cinq mille, peut-être six. Déjà, les responsables à Paris sont au courant. Ils savent que c'est tout le Midi qui est en colère. Ce qui est certain, c'est que si on ne bouge pas, on est mort !

Derrière eux, l'un des frères Ramirez renchérit :

— Oui, tu as raison, c'est bien de se montrer mais on n'est pas assez méchant. Nos parents aussi en Espagne, ils n'ont pas été assez méchants avec les fascistes ; quand ils se sont réveillés, c'était déjà trop tard.

— Croyez-moi, répond Jean, si vous voulez de la bagarre, je pense qu'il y en aura bientôt. Aujourd'hui, ça n'était pas prévu. On voulait simplement se compter et montrer nos muscles. Aller asticoter les CRS au moment de la dispersion, ça ne sert à rien. Au contraire, toute la presse va dire ensuite qu'on est des émeutiers et des casseurs. Plus tard, s'il faut frapper, on frappera, soyez-en sûrs…

Marcel pense : légitime défense, légitime défense. Oui, c'est tout à fait ça. Quoique l'attaque menée contre eux soit sournoise et dissimulée sous un amoncellement de belles promesses et de mensonges répandus par une campagne de presse partiale et calomnieuse, elle est violente et déterminée. Jean a raison, s'ils ne font rien, eux disparaîtront en premier, la région suivra.

14

La lune lumineuse et froide éclaire la chambre de Marcel ; il allume sa lampe de chevet, regarde l'heure : presque minuit. Il n'ose pas bouger car il a peur de déranger Grimace qui dort profondément contre son épaule et surtout de réveiller son fils et sa bru. Il repense à cette manifestation, sourit ; Jean avait raison, de la bagarre, il y en a eu beaucoup par la suite.

Les journées à la Grangette semblent à nouveau se plier à un programme précis qui évite les heurts et les incertitudes : petit-déjeuner en commun pendant lequel le couple prépare ses sorties du jour puis départ. Marcel peut vaquer à ses occupations habituelles. Retour des hôtes vers sept heures du soir, dîner, discussion, commentaires sur les sites visités.

L'intérêt de Claire pour la région ne faiblit pas, au contraire : chaque journée semble lui apporter une raison supplémentaire de s'enthousiasmer et parfois, elle tient des propos qui laissent à penser qu'elle a envie de s'établir dans la Grangette. Marcel ne les relève pas, il craint de les avoir mal compris ou bien de prendre ses rêves pour la réalité. Stéphane non plus ne réagit pas.

À dix heures et demie, Dulup vient lui rendre visite. Marcel n'est pas étonné, il l'attendait un peu. Le Lyonnais le salue et ajoute en souriant :

— Je vous remercie pour votre confiance !

— Ma confiance ? Pourquoi ?

— N'est-ce pas vous qui avez dit à monsieur Tessier que je pourrais être un bon conseiller municipal ?

— Oui et je le pense vraiment.

— N'est-ce pas parce que vous croyez que je suis un honnête homme ?

— C'est sûr.

— Eh bien merci.

— Ils sont déjà venus vous voir ? Ils n'ont pas perdu de temps ! Qu'est-ce que vous leur avez répondu ?

— Que j'allais réfléchir, on en parle avec ma femme. Vous savez, ce n'est pas un engagement que l'on peut prendre à la légère. En cas d'élection, il s'agit d'un mandat de six ans avec de vraies responsabilités. Si j'accepte la proposition qui m'a été faite, je veux être en mesure d'effectuer ma tâche sérieusement, ça va me prendre beaucoup de temps…

— Du temps ? Vous en avez non ?

— Oui, j'en ai… un peu mais je ne vis pas seul. Vous connaissez ce Tessier ? Il m'a l'air de savoir ce qu'il veut et il a de bonnes idées.

— Lui, non pas trop, il est jeune. Il vient d'une vieille famille de Massan. Ses parents ont longtemps été des communistes purs et durs. Après, ils ont mis de l'eau dans leur vin. Lui, franchement, je ne sais pas.

— Moi j'ai été militant socialiste à Lyon pendant une bonne dizaine d'années mais, par la suite, le parti a soutenu des lois et des réformes qui ne m'ont pas plu, alors j'ai pris du recul. Je reste malgré tout un homme de gauche.

— Bah ! soupire Marcel en levant les épaules, les partis… dans un petit village comme Massan, ça ne compte pas beaucoup. Pourvu que les gens soient honnêtes…

— Ce n'est pas assez à mon goût. Ne vous y trompez pas, la sensibilité politique des élus reste essentielle même dans une petite communauté comme la nôtre car c'est elle qui détermine l'action. On favorise les initiatives ou on veut tout contrôler ? On vote une subvention supplémentaire pour l'école ou pour le club de foot ? On améliore les locaux pour les associations ou on rénove la mairie ? On essaie de créer un lotissement public ou bien on laisse aux sociétés privées le soin d'aménager le territoire ?

— Oui, peut-être… je ne le voyais pas comme ça, répond Marcel qui n'a pas envie d'entrer dans ce débat.

— Dans tous les cas, je ne veux pas me renier. Si je n'ai pas refusé tout de suite, c'est parce que j'ai senti à travers les idées et les projets de monsieur Tessier une âme de gauche.

— Oui, ça ne m'étonne pas.

— Et Delpech, le maire actuel, comment le situez-vous ?

— Delpech ? reprend Marcel en souriant, je le place du côté du vent … et de ses intérêts.

— C'est ce qu'on m'a dit.

— Au fait, vous avez des nouvelles au sujet de Troumpéto?

— Oui. Un nouveau conseil syndical est prévu vendredi soir. La Pluch doit avoir convaincu assez d'indécis pour avoir la majorité car le problème posé par votre coq apparaît en premier dans l'ordre du jour.

— Elle a vraiment de la suite dans les idées cette sorcière.

— Oui. Enfin vous vous y attendiez non ? Je vous avais averti, ce n'est pas une surprise.

— Non mais ça m'embête.

— Je le comprends. Je vous paie les œufs et je m'en vais, Marianne doit m'attendre. D'ailleurs, il faudra un jour que vous fassiez connaissance, c'est une fille de la campagne. Elle aussi est née dans une ferme. Elle sera contente de visiter la Grangette.

— Oh, il n'y a plus grand-chose à voir, elle risque d'être déçue.

— Je ne le crois pas. J'y pense, nous allons faire quelques courses à Narbonne. Voulez-vous que nous vous rapportions quelques provisions ?

— Non, merci, c'est gentil. Vous savez, je n'ai pas beaucoup de besoins. Les commerces du village me suffisent et puis, en ce moment, mon fils peut m'apporter tout ce qui me manque.

— C'est vrai, je n'y pensais plus. Bien, à bientôt.

Le Sénat est en ébullition comme d'ailleurs une grande partie du village : les visites des deux listes sont décrites dans le détail et comparées. Les uns ont vu arriver Tessier, les autres Delpech. Une dispute éclate à propos de leur nom respectif. En fin de compte, les Sénateurs ne savent plus qui fait partie de *Tous unis pour Massan* ou bien de *Ensemble pour Massan*.

— Mais c'est pareil ! s'exclame Louis.

— Oui, lui répond Émile. C'est certainement parce que les deux listes se rendent compte que le village est partagé en deux.

— Le lotissement, c'est l'œuvre de Delpech, il serait temps qu'il s'en occupe !

— Exact, mais si les gens qui arrivent, ils veulent pas venir au village, comment on fait ? On va les chercher avec le fusil ?

— Faut essayer de trouver des choses qui les intéressent…

— Non, c'est eux les nouveaux, c'est à eux de

faire des efforts pour participer à la vie de Massan.

— Tu as raison Vincent, déclare Émile. Ce qui est ennuyeux c'est qu'ils n'ont pas la même culture que nous et donc certainement qu'ils ne sont pas attirés par tout ce que nous aimons. Pas un n'a pris le permis de chasse, ni la carte d'abonné au rugby club, ni la licence à la pétanque.

— Ils ne viennent pas non plus emprunter des livres à la bibliothèque. Je suis bien placé pour le savoir puisque c'est ma femme qui s'en occupe. Elle est assez déçue comme ça, la pauvrette, elle espérait beaucoup de nouveaux lecteurs.

— Ils ne viennent pas non plus à la marche à pied !

— Finalement ils ne font rien. Ils sont ici pour bronzer et dormir.

— Peut-être qu'ils ne sont pas encore acclimatés comme l'assure le maire.

— C'est possible mais en tout cas rien de ce qui se passe ici n'a l'air de les intéresser.

— Il faudrait faire venir une vedette comme celles que l'on voit à la télé !

— Avec tes sous ? Non, rien ni personne. Ils ne sont pas comme nous, un point c'est tout !

— Sûr qu'ils ne sont pas comme nous ! renchérit Marcel. Regardez les histoires qu'ils font avec mon coq.

— C'est vrai. Où en est ton affaire ?

— Bah, ils vont réunir les copropriétaires pour

savoir ce qu'ils vont entreprendre. Ce qui me rassure, c'est que Dulup m'a assuré que le coq avait gagné très souvent dans ce type de procès !

— Tu sais, si je leur faisais sauter le portail, tu ne crois pas que ça les calmerait un peu ? demande avec un gentil sourire José Garcia.

Il ajoute pour montrer qu'il est prêt à l'action :

— Je vous l'ai dit non ? J'ai vérifié les mèches, elles sont encore bonnes.

— C'est la pire des choses à faire ! s'exclame Émile, à moins que tu veuilles que ce soit vraiment la guerre entre nous et eux.

— Oui poursuit Jeannot Tessier parce qu'il ne faut pas tous les considérer comme des imbéciles ou des démons. L'autre jour, j'ai rencontré les grands-parents de Nadine, la fiancée de mon petit-fils. Ce sont de braves gens, croyez-moi.

Il sourit, ajoute :

— C'est rigolo, Alain et Nadine sont nés à trois jours d'intervalle. D'ailleurs on mange tous ensemble chez mon fils à la fin du mois pour fêter leur anniversaire. Les fiancés veulent faire une fête avec leurs amis pour rassembler tous les jeunes du village, même ceux qui viennent du lotissement. Je trouve que c'est une bonne idée pour se connaître, non ?

— Il y a des jeunes au Soleil ?

— Oui, quelques-uns, mais ils sont tous lycéens ou étudiants, c'est pour ça qu'on ne les voit pas.

— C'est vrai que Dulup, celui qui vient m'acheter des œufs, il est bien lui aussi.

Lorsqu'ils se séparent, Tessier prend Marcel à part et lui dit :

— Tu as eu raison de me parler de ce bonhomme du lotissement. Il a fait bonne impression à mon fils. Il espère qu'il partira avec eux.

— Tant mieux. On s'est vus ce matin, ton petit aussi lui a plu. Il m'a dit qu'il réfléchissait mais je pense qu'il s'y mettra.

Il n'est pas encore sept heures lorsqu'un coup de klaxon retentit, Stéphane et Claire arrivent. Elle entre en premier en arborant avec fierté, comme un bouquet, une grosse poignée d'asperges.

— Regardez Marcel, ce que nous avons ramassé. J'espère qu'il y en a assez pour faire une bonne omelette !

— Oui, oui, on va se régaler.

Elle se met à raconter leur recherche dans la pinède. Elle parle avec ravissement du parfum des pins, de la lumière tamisée et criblée par la dentelle des feuillages, du silence et de la sensation de retour à une nature primitive, inchangée depuis des siècles. Stéphane l'écoute à la fois ravi et amusé. Il lance :

— Je crois que je vais repartir tout seul papa, elle va s'installer ici avec toi.

— La place ne manque pas, elle peut rester.

— Non non, je plaisante, j'ai trop besoin d'elle,

je l'obligerai à me suivre.

— Tu es bête, dit-elle en l'enlaçant.

Marcel se glisse dans la cuisine pendant qu'ils s'embrassent.

Pendant qu'elle monte se doucher, Stéphane déclare à son père :

— Tu sais papa, tout à l'heure je plaisantais mais je crois bien qu'elle est en train de faire des projets sur la Grangette et les environs.

— Boudiou, que veux-tu qu'elle fasse ici ? Il n'y a rien.

— Ne te fais pas de soucis, elle a de la suite dans les idées. Tu ne serais pas content de voir revivre la campagne ?

— Bien sûr que si mais je me demande bien comment elle pourrait faire…

Lorsqu'elle descend en pyjama selon son habitude, Marcel lui explique comment il prépare l'omelette.

— Tu vois Claire, je ne garde que la pointe des asperges, la partie la plus tendre. Je les fais à peine revenir dans la poêle, j'en connais certains qui ne les font pas cuire, et ensuite je les mélange avec les œufs. Je sale, je poivre et c'est tout. Il n'y a rien de plus facile à réussir.

L'omelette est délicieuse. Stéphane et Claire se resservent copieusement. Marcel résiste à la tentation, la nuit agitée qu'il a passée avant hier l'incite à la retenue.

Les paroles de son fils concernant les projets de Claire le troublent. Ce n'est pas une rêveuse, c'est une femme qui a les pieds sur terre et, qui plus est, une diplômée : elle ne va pas se lancer dans n'importe quelle folle aventure. Oui, c'est une bonne nouvelle, cela impliquerait qu'ils viennent vivre ici avec lui, ce serait magnifique, inespéré. Marcel ne veut pas se mettre à rêver, il a peur d'être déçu. Il se calme et se dit qu'il faudra bien qu'elle lui en parle. Il a malgré tout son mot à dire… tant qu'il est vivant.

Delpech accompagné par une petite partie de son équipe vient lui rendre visite le lendemain. Le maire qui est malin a emmené avec lui de vieux habitants de Massan que Marcel connaît bien.

Tous acceptent l'apéritif proposé et tout en buvant le grenache et en grignotant les cacahuètes, ils se mettent à discuter de tout et de rien. Delpech prend ensuite la parole et se lance dans le bilan de son mandat.

Il énumère comme il l'avait fait devant le Sénat la liste de ses réalisations : l'arrosage automatique du terrain de rugby, l'aire de jeu pour les enfants, la rénovation de la mairie. Il insiste sur les spectacles au foyer du troisième âge qui ont attiré tout le village, et surtout le magnifique repas de Noël pour les anciens !

Il poursuit avec un grand sourire :

— Il ne manquait aucun d'entre vous et quelle ambiance ! Pas vrai que vous vous êtes régalés ?

— Oui, reconnaît Marcel, c'était bien.

Le maire prend un air grave, sa voix devient solennelle :

— Tu me connais depuis longtemps. Je peux te le dire en toute confiance. Crois-moi, je voulais arrêter. Chaque jour qui passe, je me fais engueuler par Gilberte à qui j'avais promis d'abandonner la mairie.

Il soupire, prend un air fataliste :

— Mais que veux-tu, on ne se refait pas, j'ai l'amour du village dans le sang, c'est plus fort que moi. Et puis, il reste encore tant de choses à faire ! Je connais ceux qui veulent prendre ma place, ces gens-là me font peur. Ils n'ont aucune expérience des affaires publiques, ils vont démolir tout ce que j'ai construit. Ils risquent de ruiner Massan et ça, je ne peux pas le laisser faire, tu comprends ?

Marcel acquiesce d'un signe de tête.

Delpech boit un peu de grenache, prend une cacahuète, puis poursuit en lui demandant s'il y a des choses particulières qui lui tiennent à cœur. Évidemment, Marcel parle de son coq en évoquant une nouvelle fois son refus de tuer Troumpeto, le souvenir vivant de Madeleine, et sa peur d'un procès dont il est incapable d'assumer les frais.

Le maire sourit, affirme que ce sera une affaire vite et bien réglée. Sur le ton de la confidence, il lui explique que le correspondant local, Louis Marec, qui a rejoint son équipe, est une personne très influente dans le lotissement. Il aura tôt fait de résoudre ce petit problème. Sur ces paroles optimistes, il finit son verre et se lève. Ses colistiers l'imitent. Poignées de mains, sourires, accolade du maire qui lui glisse avant de partir :

— Montségur, tu es un des vieux du village sur lequel je compte le plus. Tu me connais, tu sais que tu peux avoir confiance en moi. N'écoute pas ceux qui s'agitent mais qui n'ont jamais levé le petit doigt pour Massan.

Portail fermé, verres nettoyés, essuyés et rangés, Marcel dresse la table en hochant la tête : il est fort ce Delpech ; c'est le vieux Tessier qui le dit :

« Il vendrait des frigos à des esquimaux ! »

Ils étaient venus en voiture. Lorsqu'il les a raccompagnés jusqu'au portail, il a attendu pour savoir s'ils entraient dans le lotissement. Ils ne se sont pas arrêtés, ont poursuivi leur route. Ce soir, Delpech a dû effectuer le circuit des anciens de Massan : c'est pour cela qu'il n'y avait avec lui que des gens du village… Oui, il est vraiment malin mais douze ans, ça suffit. Il est temps qu'il laisse sa place.

Il aurait bien aimé que le journaliste soit avec eux pour voir la tête de ce fameux Marec, celui qui trouve madame Pluch énergique et qui va régler le problème du coq à la satisfaction de tous…

Quoi qu'il en soit, il s'est engagé avec Tessier

le jeune, il ne changera plus d'avis. Il espère simplement que Dulup acceptera de faire partie de sa liste.

Il va s'installer sur son fauteuil pour attendre les enfants lorsque le téléphone sonne. C'est justement Stéphane qui lui explique qu'ils sont encore à Carcassonne et qu'ils dîneront là-bas. Il s'excuse et lui dit de manger sans les attendre.

Marcel n'est pas déçu, il est plutôt soulagé ; il n'avait rien commandé à Irène, le repas allait être léger.

Le lendemain, au Sénat, on ne parle que de la visite du maire. Vincent raconte qu'ils sont arrivés chez lui au moment du film et que la femme de Derieu qui était rouge comme une pivoine s'endormait sur sa chaise. Par recoupements, ils se rendent compte en plaisantant que les candidats de *Ensemble pour Massan* ont bu l'apéritif dans toutes les maisons où ils ont été reçus. Tessier qui n'a rien dit jusque là hoche tristement la tête avant de déclarer :

« C'est pas sérieux ! »

Ses paroles n'endiguent en rien le torrent de quolibets qui traverse allègrement le Sénat. Le fou rire gagne tous les participants au moment où Vincent tout excité aperçoit Chichoumé qui sort du café à pas incertains. Il le montre du doigt et s'exclame :

— Té ! Voilà le premier adjoint de Delpech !

Ils rient encore au moment où ils lèvent la séance et les rares passants les regardent d'un air amusé et curieux. La chaleur du rire, quel bonheur ! Ce moment fabuleux où l'on se sent, où l'on est exactement, dans les mêmes pensées que l'autre, où l'on se dissout dans le groupe, où l'on s'oublie… enfin.

Marcel essuie les larmes qui perlent au bord de ses yeux et se dirige d'un bon pas vers la Grangette. Grimace qui l'attend devant la porte miaule sur un ton de reproche en le voyant arriver ; elle a faim.

Il fait réchauffer sa casserole de petits pois et son morceau de saucisse. Il est tout étonné de constater que la chatte adore les petits pois : il en verse deux cuillères dans l'assiette à dessert qu'il met à sa disposition à côté de sa chaise pendant chaque repas. Il essaie de manger modérément car ce soir, à dîner, ils vont déguster le cassoulet d'Irène.

Stéphane s'est interrogé :

— Un cassoulet, le soir ? Ce n'est pas un peu lourd ?

— Bah, une fois en passant… lui a répondu Marcel qui en avait très envie.

C'est à nouveau le mari qui apporte le plat :

— Quelle odeur ! J'en ai l'eau à la bouche. Si tu m'invites, je reste ! Tu vas voir, Irène, c'est la reine du cassoulet, vous allez vous régaler. D'ailleurs, je vais lui demander de nous en préparer un dimanche prochain. Elle a dit que tu le mettes dans le four pour le garder chaud et qu'il finisse de gratiner.

Le plat est effectivement délicieux et, malgré ses bonnes résolutions, Marcel se ressert tout comme Claire et Stéphane.

Ils sont en train de manger le fromage quand la jeune femme s'adresse à Marcel.

— Vraiment et je ne dis pas ça pour vous faire plaisir, j'adore votre région et je suis persuadée qu'ici, à la Grangette, on peut créer un ensemble touristique intéressant et rentable.

— Ici ? Mais c'est vieux, il n'y a rien de moderne. Presque tout est à refaire ! Il y en a pour une fortune !

— C'est vrai mais j'ai de l'argent. Je suis fille unique et mes parents étaient de petits industriels prospères du Lyonnais. Ils ont largement les moyens de m'aider.

— Papa, elle ne te parle pas d'un projet qui va se réaliser dans les mois qui viennent. J'ai signé il y a six ans un contrat d'engagement pour dix années supplémentaires.

— Oui, nous avons le temps, environ quatre ans pour préparer et lancer l'affaire. Mon but c'est de faire de votre campagne un centre d'écotourisme. Je vous en ai parlé l'autre soir, Marcel, je veux attirer ici des gens qui ne viendront ni pour bronzer, ni pour aller en boîte mais pour faire connaissance avec une région et ses habitants…

— Boudiou et qu'est-ce que vous voulez que je fasse ?

— Rien papa. Nous voulons savoir si tu es d'accord.

— Et vous viendriez vivre ici ?

— Bien sûr Marcel ! Peut-être qu'à ce moment-là, nous serons trois, ajoute Claire en se tournant tout sourire vers Stéphane.

— Oui, sans doute.

— Vous comprenez, il exerce un métier trop dangereux pour avoir un enfant maintenant. On fera notre petit lorsqu'il sera redevenu un simple civil.

— Oui c'est bien. Et moi ?

— Toi, bien sûr, tu garderas ta maison. Tu sais papa, tu n'es pas obligé de répondre maintenant, tu y réfléchis tranquillement et puis tu te décides. Il nous reste trois jours à passer ici. Ce serait bien que tu nous donnes ta réponse avant que nous partions.

— Je vois déjà ce qu'on peut faire ! rêve à voix haute Claire enthousiaste. On garde une partie de la cave pour faire de l'évènementiel d'affaires ou de culture et on agence une quinzaine de petits appartements tout autour pour le séjour. Ce sera super, ça doit marcher, j'en suis convaincue ! Le pays est tellement beau !

Après avoir nettoyé et rangé les couverts, le

couple sort dans la cour comme chaque soir pour fumer une cigarette assis sur le perron. Machinalement, Marcel allume le poste de télévision. Antenne 2 diffuse pour la énième fois *La Grande Vadrouille*. Il connaît le film bien sûr, mais rire lui fera du bien, il va le revoir avec plaisir

Dés qu'il est couché, il repense à la proposition des enfants. Des touristes ! Elle veut faire venir des touristes à la Grangette ! Le pauvre Martinez a dû se retourner dans sa tombe en entendant ça. Pourtant, n'est-ce pas la seule solution pour sauver la campagne de la ruine et de la vente à quelque promoteur ? Il ne possède plus un seul pied de vigne. Replanter maintenant ? Il n'en est pas question alors ?

Ses enfants ne seront pas les premiers de Massan à vivre du tourisme. Certains ont déjà ouvert des chambres ou des tables d'hôtes, des gîtes, beaucoup louent des meublés en été. Il va accepter, pourquoi refuserait-il ? Oui, il a lutté il y a longtemps pour vivre et travailler au pays mais il ne se battait pas contre les estivants...

Ils étaient des milliers, ils avaient l'impression d'être ils étaient les porte-parole de toute une région. Maintenant l'Occitanie parle pointu et lui se retrouve tout seul avec Grimace, alors si les touristes permettent aujourd'hui à Stéphane de revenir à Massan et d'y installer sa famille, qu'ils soient les bienvenus. De plus, bien qu'il n'y croie pas trop, les paroles de Claire décrivant une clientèle respectueuse du pays et des gens le séduisent, il pense à sa relation avec Dulup.

L'espoir de voir à nouveau la vie ruisseler et courir dans la Grangette éclaire son visage. Peut-être même qu'il pourra s'occuper de son petit-fils comme le fait Vincent avec beaucoup d'ostentation et une fierté qu'il ne parvient jamais à dissimuler totalement.

À quoi bon les faire attendre ? Demain, pendant le petit déjeuner, il leur dira qu'il est d'accord. Il s'endort en souriant à des jours heureux.

Au matin, Stéphane et Claire accueillent la décision de Marcel plutôt calmement ; ils étaient certains qu'il accepterait, pense le vieil homme et ce constat ne le contrarie pas. Au contraire, cela prouve que ces enfants sont déterminés et réfléchis, ils peuvent réussir.

À dix heures, alors que les amoureux sont partis, Dulup vient lui rendre visite pour lui annoncer deux nouvelles. La première réjouit Marcel : il s'engage dans la liste conduite par Tessier le jeune en tant que troisième adjoint. Il sera chargé des relations entre le lotissement et le vieux village.

La seconde est moins agréable : comme prévu, lors du conseil syndical qui a eu lieu hier soir, cinq conseillers sur sept ont voté pour que le problème causé par Troumpéto soit inscrit à l'ordre du jour de la prochaine assemblée générale du lotissement.

Madame Pluch a déclaré qu'elle allait faire passer le compte-rendu de la réunion au syndic aujourd'hui afin qu'il convoque les copropriétaires dans les plus brefs délais.

Marcel, à son tour, lui raconte la visite de Delpech et lui relate presque mot à mot sa réponse à propos du coq. Dulup s'indigne :

— Marec ? Faire quelque chose pour vous ? Cela m'étonnerait beaucoup : pendant la réunion, il a été tout autant virulent que Pluch.

— Bah, je connais le maire et je sais bien qu'il n'est pas à un mensonge près…

— Ah j'oubliais, encore une chose qui va vous faire apprécier davantage cette charmante femme. Ses voisins m'ont raconté qu'hier matin, elle a jeté une nouvelle fois son mari dehors en l'invectivant. Il est parti en voiture une valise à la main et, pour le moment, il n'est pas encore revenu. Ce pauvre homme a peut-être enfin compris à qui il avait affaire.

— C'est sûr que vivre avec ce dragon, ça ne doit pas être facile !

— En effet, mais il ne tient qu'à lui de ne plus revenir ! Bien, je vous laisse monsieur Montségur. À bientôt !

15

Le lendemain, à la suite d'une demande de Stéphane, Marcel passe une heure à chercher un plan de la Grangette. Il en découvre un dans un tiroir d'une commode où s'entassent de vieux papiers un peu gris écrits pour la plupart à la main. Il profite du départ du couple pour lire enfin le journal et, aussitôt, le titre d'un article attire son attention : *Un camion de vin espagnol vidé par les militants du CAV.*

Il lit le reportage, hoche tristement la tête. On dirait que rien n'a changé depuis quarante ans : toujours des importations massives de vin étranger, à présent espagnol, toujours des prix d'achat à la baisse, toujours les mêmes disparités de coût de production en Europe et, au-dessus de toutes ces contingences, planant comme un rapace terrible, imparable, la sacro-sainte loi du marché, faite de courbes harmonieuses, de graphiques acérés, de chiffres célestes mais aussi de basses tromperies et de sombres mensonges terriblement humains.

À l'époque, la mobilisation était rapide et efficace car les viticulteurs étaient nombreux. Mais maintenant ? Il pense aussitôt à Jean Martinez, son énergie et son courage. Il se souvient qu'un soir, lorsqu'il était venu le voir, son ami était las et désabusé. Il était resté un long moment sans rien dire, accoudé à la table, regard dans le vide puis, en soupirant, il lui avait déclaré :

— Tu vois Marcel, il n'y a pas plus républicain que moi et je suis obligé de me battre contre le service d'ordre de la république. Il n'y a pas plus respectueux de la propriété que moi et je me vois dans l'obligation de barrer des routes, de vider des cuves, de saccager des caves et de brûler des camions. Et tout ça pourquoi ? Simplement parce que des gens qui ne connaissent rien ni de mon existence ni de mon pays ne veulent plus que je vive chez moi en travaillant.

Il avait relevé la tête, demandé un peu de grenache puis continué :

— Ces gens-là ne parlent que de rentabilité et de bénéfice, ils ne pensent qu'à l'argent, ils ne savent que compter. C'est pour ça qu'ils ne peuvent pas comprendre que nous résistions à toutes leurs magouilles. Ils ne voient pas que nous défendons notre culture et que nous luttons dos au mur. Nous n'abdiquerons jamais.

Jean Martinez est mort, des milliers d'hectares de vigne ont été arrachés, ils ne sont plus qu'une poignée à faire du vin à Massan mais ils n'ont pas abandonné, ils continuent à se battre.

Marcel se hâte de préparer son repas car il veut sortir de la Grangette, ne pas se retrouver avec des souvenirs douloureux. Il va aller au Sénat, parler de tout et de rien, rire peut-être et, pourquoi pas ? Oublier.

Ils sont déjà six Sénateurs installés sur la place et ils profitent de l'absence de Tessier pour parler librement des élections. Les avis sont évidemment partagés ; tous connaissent la roublardise de Delpech mais certains craignent l'inexpérience de Tessier le jeune. Les listes qui sont à présent complètes sont scrutées et analysées avec attention. Celle du maire sortant ne compte qu'un seul habitant du lotissement, Marec, le correspondant local, et la plupart des personnes qui la composent ont plus de cinquante ans.

La liste Tessier, elle, est bien plus jeune puisqu'elle ne compte que trois quinquagénaires. Par contre, deux habitants du lotissement en font partie dont Dulup, ce qui fait dire à Vincent :

— Faudrait pas que ce soit les nouveaux qui décident pour nous. Qu'est-ce qu'ils y connaissent à nos affaires ?

Émile se joint au groupe et, comme il n'a pas entendu le sujet de la conversation, il se met à parler du camion espagnol vidé. Tous se mettent à discuter des difficultés de la viticulture.

Ils sont pessimistes, comment pourrait-il en être autrement ? Rien n'a évolué depuis des dizaines d'années ; les viticulteurs subissent toujours les lois du marché et de l'Europe. Quels que soient leurs efforts, leur vin ne correspond jamais au désir des négociants…

La plupart des Sénateurs présents aujourd'hui ont été obligés d'arracher leurs vignes parce qu'ils n'ont trouvé aucun jeune pour les leur reprendre. Chaque fois qu'ils passent devant leurs pièces à présent transformées en friches, ils hâtent le pas et détournent les yeux. Ils ont trop peur de voir encore et encore les souches renversées agoniser sur la terre déchirée, trop peur d'entendre encore et encore, le grondement lourd de l'énorme tracteur saccageant leur terre.

José Garcia apprécie moyennement l'action du Comité d'Action Viticole :

— Bah, ils ne se sont pas fatigués, le camion était garé sur un parking. Nous, on les arrêtait au milieu de la route !

— Oui, répond Émile songeur, c'est comme ça qu'un vigneron a été tué sur un barrage à Barbaira.

— N'empêche, insiste José, c'était du sport ! Tu te souviens de l'Italien à la réserve africaine, Marcel ?

Celui-ci ne répond pas, se contente de lever le bras comme pour jeter ce souvenir par-dessus son épaule. La conversation languit, il est presque midi, la séance est levée.

Marcel rejoint la Grangette à pas lents ; il est catastrophé. Il a fallu qu'Émile reparle du camion et que ce fou furieux de José lui rappelle l'histoire de l'Italien ; cette après-midi, il ne fera pas la sieste, il va encore une fois jouer dans sa tête ce mauvais film dont il a été le héros.

En ce début de mois d'avril frileux, Marcel n'est pas bien. Comme tous les viticulteurs méridionaux, il a de plus en plus de difficultés à vivre de son travail. Il n'en peut plus de devoir rogner sur toutes les dépenses, de voir Madeleine user jusqu'à la corde les mêmes chaussures, porter les mêmes vêtements, se couper elle-même les cheveux, et devoir faire quelques ménages ici et là pour acheter le nécessaire.

Parfois, la rage le submerge, il a envie de se battre contre les courtiers, les négociants, tout ce beau monde en costume qui les étrangle en faisant semblant de les plaindre. Seul au milieu de ses vignes, il hurle au soleil, il insulte le vent.

Il a une autre raison toute personnelle de ne pas se sentir bien au début du mois d'avril. Voilà exactement cinq ans que ses parents ont été tués sur la route de Narbonne par un camion transportant du vin italien.

Il pense à eux, à sa mère, pleine de pudeur, qui lui caressait furtivement la joue chaque fois qu'elle en avait l'occasion, à son père qui manifestait parce qu'il ne pouvait pas admettre que son fils soit obligé de quitter son pays pour vivre. Il pense à eux et il sent toujours se former dans son cœur une énorme boule de dégoût et de haine.

Si rien n'est proposé et mis en place pour améliorer leur situation, lui aussi sera obligé de laisser partir son enfant si un jour il en a un.

Alors, ils manifestent. Depuis le début de l'année, ils ont défilé dans toutes les grandes villes du Languedoc.

Ils sont devenus les hérauts d'une région qui ne veut pas mourir. *Volem viure al pais !* (On veut vivre au pays !), oui, c'est sûr. Les notables, les fonctionnaires, les commerçants, les pêcheurs, tout le monde est avec eux, mais le Languedoc est loin de Paris et encore plus de Bruxelles. Là-bas, on ne les entend pas, on ne les voit pas, ou bien, pire encore, on les juge sans importance ; leur vie ne compte pas.

Alors, ils se sont retrouvés des milliers à Montpellier à Béziers, à Carcassonne, à Narbonne, à Sète. Oui, c'étaient de belles manifestations avec des foules énormes, de grands et beaux discours, des centaines de drapeaux occitans portés haut comme des poings levés mais, pour le moment, elles n'ont servi à rien.

La première semaine d'avril 1975 donc, Jean vient le voir un soir. Comme à son habitude, Madeleine s'esquive dans la cuisine. Elle ne veut ni gêner la discussion, ni paraître indiscrète.

Le syndicaliste est tendu, nerveux. Il court de réunions en réunions. Il n'a pas le temps de s'occuper de sa propriété comme il le voudrait pourtant, chez Marcel, il se force à sourire. Il prend un ton léger pour demander :

— Tu es libre demain ?

— Ma foi, tu le sais. S'il le faut, je viens.

— Oui, on a besoin de toi. On va jouer à cache-cache sur la nationale.

Jouer à cache-cache, Marcel sait ce que cela signifie : il s'agit de mettre en place des barrages filtrants sur la route puis de les retirer dès que les CRS arrivent et aller les poser plus loin.

Dans la plupart des cas, l'action se déroule sans agressivité. Les viticulteurs parviennent souvent à discuter avec les automobilistes qu'ils retardent. Parfois, ils arrêtent un camion transportant du vin, demandent les papiers qui indiquent l'origine du produit et vident le contenu s'il n'est pas français. Il leur arrive aussi, de temps en temps, d'avoir des problèmes avec des chauffeurs qui ne veulent pas s'arrêter, mais les incidents sont rares car les viticulteurs soucieux de leur image veillent à ce que les voitures ne soient pas bloquées trop longtemps.

Jean a employé cette image pour ne pas effrayer Madeleine qui, à ce moment-là, leur apportait les deux verres de grenache. Il y a déjà longtemps qu'il n'y a plus de pastis chez Marcel car, déclare-t-il, il le supporte mal. Petit mensonge pudique pour cacher leur dénuement. Martinez n'a pas fait de commentaire ; chez lui aussi, on boit du vin doux en guise d'apéritif.

— Rendez-vous sur la place après midi, on partira à deux heures.

— Bien, à demain.

Jean sort après avoir salué Madeleine. Marcel s'adresse à sa femme :

— Tu as entendu ?

— Oui. Quand c'est que vous n'aurez plus besoin de faire tout ça ?

— Quand le vin se vendra à un prix qui nous permettra de vivre comme tout le monde, ma chérie. Tu sais, on en a déjà parlé. Je ne suis pas sûr que ça serve à quelque chose mais, si on reste chez nous, on est mort alors…

— Tu as raison mais prends garde à toi !

Il fait beau : un jour de printemps lumineux, bleu, clair, léger, calme, sans un souffle de vent, avec un ciel ponctué de goélands et des taillis ourlés de gazouillis. Marcel a abandonné ses vignes plus tôt que d'habitude pour pouvoir se doucher et se changer avant le repas. Il faut être propre et correctement vêtu pour tenir un barrage. La presse nationale les désigne comme des voyous et des casseurs, ils se doivent de montrer que cette description est totalement fausse.

Sur la place, ils se retrouvent une cinquantaine. Plusieurs vignerons des villages voisins sont là. Salutations, discussions. Martinez compte ses troupes, téléphone, s'agite. Il manque Alexandre et son fourgon dans lequel sont entassés les pneus et quelques poutres.

Avant de partir, Jean rappelle les consignes : pas d'insultes, pas de comportement agressif, on ne répond pas aux provocations, on évite tout contact avec les CRS. Il ajoute qu'un autre groupe venant des Corbières les rejoindra sur place.

Le premier barrage est mis en place sur la nationale 9 à la sortie de Narbonne en face du parking de l'hypermarché Carbasse. La route est droite, le ralentissement est remarqué de loin, ce qui limite les risques d'accident.

Très vite, une longue file de véhicules roule lentement passant entre les chicanes formées par les pneus. Il y a évidemment quelques coups de klaxon impatients mais les chauffeurs, pour la plupart de la région, ne protestent pas trop. Au bout d'une quarantaine de minutes, apparaissent quatre cars de CRS qui s'arrêtent à une cinquantaine de mètres du barrage. Jean donne aussitôt l'ordre de repli. En un instant, les poutres et les pneus sont rangés dans le fourgon et tous partent en direction de Perpignan.

Le barrage suivant est établi à l'embranchement de la réserve africaine de Sigean. Marcel participe à l'édification des chicanes mais ne dit rien ; il ne se sent pas bien. Il est fatigué de ses actions qu'il n'apprécie pas. Il préférerait mille fois être dans ses vignes, entre ciel et terre, avec les oiseaux et le vent pour seuls compagnons.

À côté de lui, on plaisante, on rit, on discute, parfois on tente d'expliquer encore et encore pourquoi on est là à bloquer la circulation plutôt que dans les vignes à effectuer les premiers traitements.

Marcel écoute les gens qui protestent, toujours les mêmes remarques acerbes, la même interrogation amère :

« Et vous croyez que c'est en faisant perdre leur temps aux pauvres types qui travaillent que vous vendrez mieux votre vin ? »

Cette question, lui aussi se l'est souvent posée. Il n'a pas envie de discuter, il se recule et se retrouve au niveau de la dernière chicane. Chemin faisant, il a ramassé une barre de fer qui a dû tomber du fourgon d'Alexandre.

Soudain, il entend des cris, le rugissement d'un moteur. Il voit deux viticulteurs devant lui se jeter dans le fossé. Une automobile arrive sur lui à toute vitesse. Il fait un pas de côté et lance la barre. Le pare-brise vole en éclat, la voiture zigzague et s'arrête une trentaine de mètres plus loin.

Le conducteur qui en sort montre le poing et se met à hurler en italien. Un Italien ! Un de ceux qui ont tué ses parents !

D'un seul coup, la haine et le dégoût qui le hantent souvent en ce moment, explosent en lui et il est submergé par le désir incontrôlable de tuer, de terrasser une fois pour toutes le monstre qui les étouffe comme ce chauffard italien qui a voulu les écraser.

Il ramasse la barre et court vers l'homme. Celui-ci, en le voyant arriver, remonte précipitamment dans sa voiture, s'affole, tente de démarrer mais n'y parvient pas. Marcel est là, tout près, il entend les cris de Jean derrière lui, il voit les deux cercueils glisser dans la tombe, il va tout casser, tout massacrer.

Au moment où il lève la barre pour frapper, il aperçoit, blottie sur la banquette arrière, une petite fille en pleurs qui le regarde, épouvantée, en serrant contre elle pour le protéger un ourson en peluche noir et blanc. Elle est blonde avec un petit nœud rouge dans les cheveux, on dirait un ange... Il baisse le bras. Jean, haletant, le saisit, l'oblige à reculer :

— Marcel ! Marcel ! Arrête putain, arrête !

— C'est lui Jean, c'est lui qui a tué mes parents !

— Non, non, calme-toi !

— Lâche-moi ! Laisse-moi partir. J'en peux plus tu comprends ? J'en peux plus !

— Tu as raison, il te faut rentrer. Je vais appeler Lucien et lui demander de te ramener chez toi.

Pendant tout le trajet du retour, Marcel ne dit rien. Il est sidéré par la violence qui était tapie au fond de lui et qui a jailli comme un geyser. Jamais, même pendant les pires bagarres générales au cours des matches de sa jeunesse, il n'a ressenti avec autant de force cette envie de faire mal. Aussitôt, il revoit le visage terrifié de la petite fille, ses grands yeux affolés, son petit nœud rouge et son ourson ; il a honte, il s'est comporté comme une bête sauvage.

En le voyant se laisser tomber sur une chaise dans la cuisine, pâle, défait et prostré, Madeleine s'empresse autour de lui, demande s'il est malade, s'il a été blessé, s'il a soif. Enfin, Marcel raconte le pare-brise brisé, sa course vers l'Italien, la petite fille en pleurs. Il essaie d'exprimer avec beaucoup de difficulté ce qu'il a ressenti, cette vague de fureur et de haine qui l'a totalement privé de raison.

Il se lève soudain, tourne autour de la table :

— J'en ai assez ! J'en ai plus que marre de faire ça ! Je veux être tranquille moi, travailler mes vignes et puis c'est tout. Je suis pas capable de gagner de quoi nous faire vivre normalement alors ! À quoi ça sert bon Dieu ! À quoi ça sert tout ça ! Ils ont même tué mes parents, tu te rends compte ?

Madeleine ne dit rien. Elle a posé ses bras sur les épaules de son mari et, doucement, elle le tire vers elle, vers sa poitrine, l'enveloppe de douceur, l'apaise. Il se tait, reste un long moment appuyé contre sa femme puis soupire :

— Ma pauvre, je ne sais pas jusqu'où ça va aller mais, tu comprends, je ne peux pas les laisser maintenant.

— Oui, tu as raison mais, en ce moment, tu es fatigué. Tu repartiras avec eux dès que tu iras mieux.

Le soir, Jean vient le voir. Ils discutent tous les

deux. Marcel est inquiet, il demande s'il n'y a pas eu de blessés dans la voiture puis s'interroge sur le prix du pare-brise qu'il a fracassé. Son ami sourit et le rassure : personne n'a été blessé et les dégâts seront certainement remboursés par l'assurance du chauffeur.

— Tu m'as fait une de ces peurs ! J'ai bien cru que tu allais le tuer !

— Moi aussi Jean, moi aussi. J'étais comme fou. Heureusement, il y avait une petite fille derrière avec un ourson dans les bras, elle était jolie comme un ange. C'est elle qui m'a arrêté.

— C'est bien. Ne te fais pas de soucis. Pour le pare-brise, il l'a bien cherché. Malgré tout il a failli écraser les frères Richou de Moussan.

Il lui tape sur l'épaule :

— Là, pendant quelques jours, tu vas rester tranquille. Il n'y a pas grand-chose de prévu, je n'ai pas besoin de toi. Quand tu voudras revenir avec nous, tu me le diras.

— Je sais pas ce qui m'a pris.

— C'est rien, ça arrive à tout le monde. Moi aussi, tu vois, je fais le fort, je commande, j'organise, je cours à droite à gauche mais quand je me retrouve seul dans mes vignes ou chez moi, si tu savais combien de fois j'ai envie de tout laisser tomber !

— C'est vrai ?

— Oui Marcel, c'est vrai. Allez, j'y vais, la famille m'attend, ils ne me voient pas trop en ce moment.

Bonsoir Madeleine, soigne-le bien !

C'est lorsque la porte se referme sur son ami que Marcel se rend compte qu'il a oublié de lui proposer l'apéritif. Il s'arrête soudain au milieu de la pièce, il voit comme il ne les a jamais vus, les deux cercueils de ses parents descendre dans la même tombe, il entend les raclements du bois contre la terre, la grêle des petits cailloux sur les couvercles. Il se met à pleurer, essuie ses larmes du revers de sa manche, s'assied. Oui, il est fatigué.

À nouveau, Madeleine vient vers lui, passe tendrement sa main dans ses cheveux sans parler. Il ferme les yeux, se laisse emporter par la douceur de la caresse, elle est sa femme et sa mère. Il a de la chance, elle est avec lui et ils s'aiment comme au premier jour. Avec elle, il ne risque rien, elle sera toujours à ses côtés.

Un volet qui claque contre le mur le réveille. Il s'étire, se lève avec peine en s'appuyant des deux mains sur le bord du lit, s'asperge longuement la figure au-dessus du lavabo de la salle de bains. Son regard accroche le reflet de son visage dans la glace. Il est vieux, seul, Madeleine n'est plus là pour le cajoler. Il a un sourire amer : lui qui, il y a une quarantaine d'années, défendait sa culture et son pays, se retrouve réduit à se demander s'il pourra garder son coq…

Que reste-t-il de ses luttes ? De ses espoirs ? Peu

de choses. Bien sûr, la région a survécu mais elle ne ressemble plus à celle qu'il voulait préserver. À quoi rêvait-il ? Certainement à un Languedoc uni et capable de nourrir tous ses enfants, vivant de ses vignes, fier de son histoire, de sa culture et de sa vieille langue occitane, un Languedoc sans touristes, ni télévision, un Languedoc pur sans doute.

C'était trop beau, trop grand… Pourtant, ce rêve a été partagé par des milliers, des millions de gens.

Mais ce n'était qu'un rêve…

Toutes ces personnes qui les méprisaient et les raillaient, qui leur refusaient même le droit de gagner leur vie en travaillant chez eux, ont envahi son pays parce que, justement, la vie y était douce.

Elles viennent même le persécuter jusque dans la Grangette !

Soudain, la colère le submerge.

C'est sûr, tous ces nouveaux habitants n'ont aucune envie de se mêler aux gens du village, ils veulent seulement profiter de la beauté de la région et de son climat. Ils sont si nombreux qu'ils n'ont pas besoin de faire des efforts pour s'intégrer, c'est la culture et le savoir-vivre méditerranéens qui, peu à peu, disparaissent.

Ces gens du Soleil s'installent avec leurs idées bien arrêtées, leurs mœurs, leur argent aussi. Ils représentent le monde nouveau, l'énorme paquebot international we speak english ! fonçant vers un avenir d'apocalypse. Il va bousculer et envoyer par le fond, sans seulement s'en apercevoir, l'antique et fragile embarcation languedocienne.

Le remplacement massif et ininterrompu de la population et la télévision intarissable qui fait la mode, la pluie et le beau temps, l'actualité, le bien et le mal, les opinions et les présidents ont déjà changé tout le pays, ses relations sociales, ses mentalités et bien sûr son mode de vie.

Même l'accent, ce bel accent rugueux qui roulait jadis dans toute l'Occitanie et qui disait avec fierté nos origines et notre identité, se trouve à présent anachronique, se fait discret, devient peu à peu imperceptible ; il a honte d'exister encore un peu. Marcel a l'impression qu'à l'exception des Sénateurs tout le monde parle pointu à Massan.

L'été, les étrangers sont encore plus nombreux, ils boivent bien plus de bière que de vin, parcourent les rues à moitié nus, discutent à voix haute en pleine nuit et se moquent des papés assis au soleil qui respirent à peine comme des lézards en été.

C'est l'époque du touriste roi. Moyennant finance, on lui sert à volonté, des sourires, des Cathares à toutes les sauces, des grillades, des spectacles de cabaret, du pastis et du vin rosé et même des démonstrations de danse country.

On loue toutes les pièces du logis disponibles, on organise toutes sortes d'animations : fêtes, festivals, dégustations, promenades, on se met en quatre pour eux. Chaque indigène s'efforce de paraître plus gentil, plus accueillant que ses voisins.

Cette année au concours de pétanque du 14 juillet, Marcel a vu les frères Maret, de bons joueurs de boules, faire exprès de perdre la partie pour complaire à un couple de Belges qui ne savaient pas à quel moment ils devaient tirer ou pointer. Quelle honte !

Dire que, lors des rassemblements, il y a quarante ans à peine, il suffisait qu'un orateur évoque la possibilité que le Languedoc devienne le bronze-cul de l'Europe pour qu'aussitôt, tous les manifestants hurlent de fureur et de rage. Voilà, c'est fait, sans une larme, sans un cri de révolte. Ce n'est pas de gaieté de cœur sans doute, mais ici, il n'y a plus rien : pas d'usines, la moitié des vignes arrachées, le vin qui se vend toujours aussi mal... Que faire ? Comment survivre en restant au pays ?

N'a-t-il pas lu l'autre jour dans le journal que l'Aude et les Pyrénées-Orientales figuraient parmi les départements les plus pauvres de France ? Alors ? On baisse la tête, on ravale sa fierté et on essaie de profiter de tous ces gens qui arrivent avec, on l'espère, un peu d'argent à dépenser.

Il y a aussi qu'il reste dans le cœur des Languedociens la vieille tradition d'hospitalité méditerranéenne, celle qui obligeait jadis à bien recevoir le voyageur et surtout un amour démesuré de leur pays, amour qu'ils veulent à toute force faire partager à tous ceux qui viennent. Finalement, ils sont comme le père qui, pour que tous jugent de la beauté de sa fille, en dévoile impudemment les charmes les plus secrets.

Pourquoi se met-il en colère ? Lui aussi ne se comporte-t-il pas comme tous ceux qu'il critique ? Ne fait-il pas tout son possible pour aider les étrangers lorsqu'ils lui demandent un renseignement. Ne vend-il pas ses œufs à Dulup ? Ne vient-il pas d'accepter le projet de Claire ?

Il n'a pas hésité longtemps ; en vérité, il n'a pas hésité du tout. La Grangette va devenir un centre de tourisme. Bon, d'après les dires de sa bru ce seront des touristes gentils, mais quand même ! Plus d'un siècle d'efforts, de travail et de privations vont être effacés en deux ou trois années.

Que peut-il faire d'autre ? Que peuvent-ils faire d'autre ?

Rien, c'est comme ça ! Il éprouve à l'instant ces terribles sentiments d'impuissance et de rage qu'il ressentait autrefois en lisant les articles de la presse nationale, en suivant le journal télévisé ou en écoutant les comptes-rendus des négociations avec le pouvoir.

En quarante ans, tout a tellement changé que lorsqu'il se retourne vers le passé, il a l'impression d'avoir vécu plus d'un siècle. À présent, il en est à se demander s'il pourra garder son coq. Bientôt, des gens qu'il ne connaît pas et qui ne le connaissent pas vont parler de lui, se mêler de ses affaires, dire si oui ou non Troumpéto a le droit de chanter… et de vivre.

Ces résidents du lotissement, derrière leurs murailles, sont-ils plus durs, plus retors que les Massanais de souche ? Non, ils sont différents. Ils ont vécu trop longtemps en ville, ils sont fatigués des gens, ils veulent vieillir dans le calme et la solitude. Ils ne viennent pas à la rencontre d'un pays et de ses habitants, ils désirent seulement se retrouver eux.

Pour cela, ils ont abandonné leur cité, leurs parents, leurs amis, leurs relations. On leur a vendu, cher, un rêve de soleil et d'éternel été avec en prime la sérénité de la campagne, le concert des cigales, les siestes à l'ombre des pins ou des oliviers et la cordialité rustaude des gens du Sud.

On ne leur a parlé ni du Cers glacial de l'hiver, ni des moustiques de l'automne et du printemps, ni de l'indifférence goguenarde des indigènes, ni de Troumpéto, coq officiel de la Grangette. Alors, ils sont mécontents et s'estiment bernés sans guère de recours. Il ne leur reste qu'à protester contre un pauvre animal et son vieux propriétaire.

Bientôt Dulup viendra lui rapporter les dernières nouvelles de cette triste affaire. Il soupire, enfile sa veste et sort ; il a vraiment besoin de voir des gens, de changer d'idée, de discuter de choses sans importance.

16

Pendant le repas du soir, Stéphane donne à son pèrc la liste des sites qu'ils ont déjà visités et lui demande s'il pense qu'ils en ont oublié. Marcel sourit ; en une semaine, ils ont parcouru plus de kilomètres que lui en un an. Claire veut rapporter du vin à sa famille et à ses amis. Il a du mal à la conseiller : pour lui, le vin est le compagnon de chaque repas, ce n'est pas un produit exceptionnel, encore moins un luxe. Aucun d'entre eux ne reparle du projet de la jeune femme, c'est un fait acquis, maintenant il doit mûrir.

Le lendemain, en lisant la rubrique consacréc à Massan, Marcel découvre un nouvel article intitulé : *Les échos du Soleil d'Occitanie.*

Tout de suite, il pense à celui écrit précédemment et il ne peut empêcher ses mains de trembler un peu : Marec va-t-il encore parler de Troumpéto ?

Le Conseil Syndical de notre lotissement s'est à nouveau réuni ce jeudi à 18 h 30 dans la salle commune. Parmi les différents sujets discutés, il en est deux qui restent jusqu'à présent sans solution.

Le premier concerne la propreté des rues. Il s'agit d'un problème récurrent lié au manque de civisme et de sens social de quelques colocataires qui laissent vagabonder leur chien à longueur de journée.

Le deuxième est relatif aux chants intempestifs et matinaux du coq voisin. Malgré sa bonne volonté, madame Pluch n'a pu parvenir à un accord raisonnable avec le propriétaire.

La question sera donc délibérée au cours de l'Assemblée Générale du 27 avril prochain afin de donner pouvoir à monsieur Gérard, notre syndic, de la régler dans les meilleurs délais.

Marcel lit trois fois l'article. Décidément, ce Marec ne raconte que des mensonges : il ose parler de la bonne volonté de la Pluch alors qu'elle ne l'a pas salué et qu'elle lui a posé un ultimatum !

Et la dernière ligne, quel culot ! *Régler dans les meilleurs délais.* Il reprend l'ultimatum de Pluch qui lui avait donné une semaine. Au moins, lui, il a choisi son camp. Il n'en a rien à faire de la Grangette et de son propriétaire. Il ne lui laisse pas le choix ; il doit se plier à la volonté des habitants du Soleil et puis c'est tout. Il sourit tristement en pensant au maire lui assurant que Monsieur Marec allait tout arranger…

Tu parles, quel menteur !

Comme il s'y attendait Dulup arrive vers dix heures. Il a oublié de prendre son panier, il ne vient pas acheter des œufs. Sitôt entré, il demande tout de suite ;

— Alors, monsieur Montségur, vous avez pris connaissance de l'article ?

— Oui, c'est une honte ! Ce n'est pas du tout la vérité.

— Marec pense aux élections. Il s'imagine qu'en se montrant ardent défenseur des colocataires, il va gagner leur estime et surtout leur voix.

— Vous croyez que c'est à cause des élections qu'il a écrit ça ?

— Oui, j'en suis persuadé, mais il se trompe. Personne au lotissement n'apprécie madame Pluch. Je vous l'ai dit, elle a jeté son mari dehors et il n'est pas encore revenu. Nous sommes plusieurs à penser qu'elle boit ; c'est la Poison !

— Elle fabrique du poison ? demande Marcel alarmé.

— Non, non c'est le surnom d'une femme qui ressemble à une sorcière dans un film de Sacha Guitry.

— Ah bon, vous m'avez fait peur. Dans tous les cas, ce Marec a l'air bien sûr de lui. L'autre jour vous m'avez dit que je ne risquais presque rien, vous en êtes vraiment certain ?

— Certain... non. Il n'y a que les imbéciles qui pensent tout savoir. Dans l'ordre du jour, Rouvier a demandé que soit inscrite sa demande de prêt de la salle commune du lotissement pour fêter l'anniversaire de sa petite-fille et de son amoureux.

— Qui c'est ? Je n'en ai jamais entendu parler.

— Mais si, c'est la fiancée du fils de monsieur Tessier. Ils ont demandé le foyer de Massan afin de pouvoir réunir tous les jeunes du village. Delpech le leur a refusé sous prétexte qu'il allait engager des travaux après les élections et qu'il attendait les devis des artisans pour déterminer la date de l'ouverture du chantier.

— Des travaux dans le foyer ? Je n'en ai jamais entendu parler, il faudra que je me renseigne, s'étonne Marcel.

— Vous pouvez vous renseigner tant que vous voulez, personne n'est au courant. Rien n'est prévu, c'est un pur mensonge. Simplement, il ne le prête pas au fils parce que le père se présente contre lui.

— Ce Delpech... Quel loustic !

— C'est pour cela que le grand-père de Nadine demande la salle du Soleil. Je ferai tout pour qu'on la leur prête, ce serait la preuve que les gens du lotissement ne sont pas autant repliés sur eux que vous le pensez.

— Ben, on ne vous voit pas trop dans le village...

— C'est vrai, mais que voulez-vous, presque tous les résidents sont d'anciens citadins, ils ont l'habitude des zones commerciales, des hypermarchés. Vous savez, moi le premier, dans une petite épicerie, je ne suis pas à l'aise : j'ai toujours l'impression que les produits ne sont pas frais ou bien qu'ils vont me coûter excessivement chers.

— Là-dessus, vous n'avez pas tort. Yolande, elle a un peu tendance à appuyer sur les prix. Remarquez, c'est normal. Elle ne vend pas beaucoup, il lui faut bien vivre non ? Après, son magasin est propre, je vous le garantis.

— C'est le principal.

— Alors, vous pensez que Marec a écrit ça juste pour gagner des voix…

— Oui.

— La politique, quelle saleté !

— Pas toujours monsieur Montségur, pas toujours. Vous pensez que je viens vous voir pour que vous votiez pour ma liste ?

— Non, vous ce n'est pas pareil.

— Voyez ! Il ne faut jamais se hâter de généraliser. Bien je vous laisse. J'ai oublié mon panier et mon porte-monnaie, mais si vous avez une boîte à me prêter je prendrai volontiers six œufs que je vous paierai la prochaine fois.

— Prenez-les, je vous en fais cadeau.

— Merci. À bientôt.

Marcel pensait bien que le sujet du jour au Sénat serait l'article de Marec. Ce n'est pas le cas et, étrangement, il en est à la fois rassuré et déçu. Le vieux Tessier qui est arrivé avant lui est furieux. Il n'accepte pas que Delpech ait osé refuser le foyer communal à son petit-fils.

Il dit que c'est indigne d'un maire de se venger d'un père sur son fils, déclare que le foyer a été bâti avec l'argent de tous les Massanais et que, par conséquent, il leur appartient. Les Sénateurs l'écoutent. De temps en temps, ils opinent.

L'un d'entre eux finit par demander :

— Mais pourquoi il veut la salle ton petit ?

— Eh bé, je vous l'ai déjà dit, pour fêter son anniversaire et celui de sa fiancée. Ils veulent inviter tous les jeunes du village, même ceux du lotissement pour faire la fête. C'est bien non ?

Quelques oui peu enthousiastes lui répondent. La plupart des présents ne connaissent pas les habitants du Soleil. Ils ne sont pas intéressants, ce sont des étrangers, des touristes à perpétuité.

Tessier poursuit en affirmant que c'est la meilleure façon de faire se rencontrer les gens et éviter ensuite des problèmes.

Certains esquissent des petits sourires ou affichent des mines franchement dubitatives en entendant ses mots. Ils ne s'expriment pas car tous connaissent Jeannot depuis longtemps… Ils le savent coléreux, emporté, parfois violent.

En ces temps d'élection, la prudence s'impose. Ils laissent donc éclater l'orage au-dessus de leur tête sans mot dire. Quelques-uns sans doute ne sont pas mécontents de voir le vieil homme contrarié. Les faibles apprécient toujours qu'un obstacle encombre le chemin des puissants…

Marcel qui est au courant du refus partage l'indignation du grand-père. À ce moment-là, Vincent Roques lance perfidement :

— En tous cas, s'il y en a un qui ne fait rien pour le rapprochement, c'est bien ton coq Marcel. Vous avez lu ce qu'ils en disent sur le journal ?

Comme certains Sénateurs n'ont pas lu l'article, il s'empresse de le résumer de manière succincte et brutale :

— Le coq les embête et ils veulent que Marcel s'en débarrasse.

Bien que l'intéressé ne soit pas entièrement d'accord avec cette analyse, il n'intervient pas. Il risquerait de passer pour un défenseur de ses ennemis d'autant plus que les paroles de Vincent soulèvent des exclamations de colère. José Garcia reprend son idée de faire sauter le portail du lotissement ou bien le mur du jardin de la Bluche.

— Pluch ! précise Marcel dans le brouhaha.

En riant, Émile s'exclame :

— On va refaire le C A V mais cette fois ce sera le Comité d'Action des Vieux.

— Et pourquoi pas ? répond Vincent un peu vexé. Si tu ne gueules pas, tu n'as rien... On est quand même bien placé pour le savoir avec tout ce qu'on a fait à l'époque.

Au fur et à mesure qu'il parle, il hausse le ton. À présent, visage congestionné et yeux brillants, il hurle :

— Ces gens du Soleil, ils écrivent des articles, ils se réunissent, cette femme la Pluche ou la Cruche, elle vient engueuler Marcel chez lui et nous, qu'est-ce qu'on fait ? Rien. Si on continue comme ça, ils vont finir par croire qu'on s'en fout du coq ou, pire encore, que plus rien ne nous intéresse, qu'on va les laisser imposer leur loi et se plier à leurs quatre volontés.

— Tu as raison Vincent, répond Émile redevenu sérieux, mais il ne faut pas agir n'importe comment.

Ces paroles sont suivies par un moment de silence ; chacun cherche une riposte raisonnable à l'attaque du Soleil. Seul, José Garcia ne paraît nullement dans l'embarras : il est en train de calculer la quantité d'explosif nécessaire et suffisante pour apporter une réponse satisfaisante à leur problème.

Un peu par hasard, la conversation change de sujet et les sénateurs se séparent à midi moins le quart sans avoir pris de décision.

Le lendemain matin, Marcel est surpris par Paul, le distributeur de journaux, qui secoue son portail.

— Eh bé qu'est-ce qu'il se passe ? Tu vas réveiller mon fils et sa fiancée. Tu ne trouves pas la boîte ?

— Si, mais va voir du côté du lotissement, tu comprendras pourquoi je t'ai appelé.

Le bruit a réveillé Troumpéto qui lance son premier cocorico.

Marcel met sa canadienne et sort. C'est le moment où le jour hésite encore à éveiller la nuit tandis que les dernières étoiles s'éteignent une à une. Il fait frais. Dans sa hâte, Marcel a gardé ses pantoufles. Il est plutôt curieux, pas du tout inquiet. Il ne s'agit ni d'un accident, ni d'un incendie, ni surtout pas d'une explosion, il n'a entendu ni déflagration, ni sirène des pompiers.

Pour se réchauffer, il marche vite et s'arrête devant le portail du Soleil d'Occitanie. Tout est calme, silencieux. Il en vient à se demander si Paul ne lui a pas joué un tour. Il est malgré tout étonné, ce n'est ni dans le caractère, ni dans les habitudes de l'homme. Il effectue quelques pas de plus et lit, écrit en grosses lettres noires sur le mur d'enceinte : « *Vive le coq !* »

Il entend une automobile arriver. Il s'écarte aussitôt comme pour montrer qu'aucun rapprochement n'est possible entre lui et l'inscription. Le portail automatique s'ouvre, la voiture file, la conductrice n'a rien regardé, rien vu.

Marcel, soulagé, se presse de revenir chez lui. Il est content : ces trois mots sont avant tout une belle preuve de solidarité et même d'amitié. En même temps, il ne peut s'empêcher de s'interroger : comment cette déclaration sera-t-elle reçue ? Va-t-elle entraîner une riposte de la part des gens du lotissement ?

Attaque, contre-attaque… le voici, bien malgré

lui, la cause et l'objet d'une guerre sur le point de se déclencher. Comment peut-il l'arrêter ? Il ne le sait pas… enfin…si, il pourrait tuer son coq mais ce ne serait pas juste. Il ne peut pas faire ça, d'abord parce que c'est le coq de Madeleine, ensuite parce qu'il n'est pas question de donner satisfaction à Pluch.

Il se souvient de la discussion qu'ils ont eue hier au Sénat ; quelqu'un a trouvé cette idée et l'a mise en application. Il essaie de deviner qui, parmi les Sénateurs, est assez courageux et motivé pour sortir en pleine nuit, au risque d'être vu ou de prendre froid, pour écrire sur le mur du Soleil.

Dulup viendra très certainement le voir ce matin, son jugement est toujours plein de bon sens. Que va-t-il dire de tout ça ? Lui parlera-t-il à nouveau des élections ?

Il prend son journal, aperçoit un papier dans la boîte à lettres, le saisit : il s'agit d'un tract de la liste du maire *Ensemble pour Massan.*

Pas de beaux discours, pas de grandes promesses mais de l'expérience, du sérieux, des réalisations.

Votez pour Ensemble pour Massan, une liste dynamique soucieuse du village et de ses habitants conduite par un homme intègre qui a fait ses preuves, Jacques Delpech, maire sortant.

Réunion publique au foyer communal le vendredi 21 avril à 18 h 30.

Marcel pose la feuille sur la table et prépare le petit-déjeuner. Il sourit : un homme intègre qui a fait ses preuves… Delpech ne manque pas de culot. Il ira à sa réunion, il lui reposera sa question à propos du coq. Même si sa décision est prise, il écoutera la réponse avec intérêt.

Cette inscription sur le mur du lotissement a bouleversé son programme quotidien. Il ouvre le journal, cherche avec inquiétude la rubrique de Massan mais ne la trouve pas. Évidemment, c'est trop tôt, la riposte viendra plus tard. Il en soupire d'aise comme s'il venait d'échapper à un grave danger.

Ce graffiti lui rappelle ceux qu'ils écrivaient sur les camions de vin vidés, les cuves ouvertes des négociants malhonnêtes ou les perceptions. Au début c'était CAV pour Comité d'Action Viticole, plus tard s'épanouissait un peu partout VVAP pour *Volèm viure al país*.

Le sigle du Comité d'Action Viticole, il l'a écrit dans l'Ain, il y a bien longtemps…

Va-t-il parler de cette inscription à Stéphane et à Claire ? Non, pas ce matin, il ne veut pas les ennuyer avec cette affaire un peu… ridicule. Peut-être ce soir, leur en touchera-t-il un mot… il verra.

Comme prévu, Dulup arrive au milieu de la matinée. Il n'est pas en colère, plutôt contrarié par *« Vive le coq »*. Marcel lui explique qu'il s'agit d'une réponse à l'article provocateur de Marec. Le Lyonnais affirme qu'il ne faut pas donner trop d'importance aux déclarations du correspondant local parce que, répète-t-il, elles sont loin de représenter l'opinion de la majorité des résidents.

Autant pour lui que pour rassurer Marcel, il effectue à voix haute une estimation des colocataires qu'il estime indifférents ou favorables aux chants du coq. Selon lui, la moitié des habitants du lotissement n'entend pas Troumpéto et parmi ceux qui l'entendent, une bonne partie des intéressés déclare qu'ils ne sont pas gênés par ses cocoricos. Il conclut triomphant que les mécontents susceptibles de vouloir porter plainte ne représentent guère plus qu'un quart des résidents…

Marcel acquiesce à demi soulagé et lui montre le tract de *Ensemble pour Massan.* Dulup le lit deux fois et le repose sur la table.

— Qu'est-ce que vous en pensez ?

— Bah, c'est classique, répond le Lyonnais. Le maire sortant se targue toujours de son expérience. En ce qui concerne Delpech, c'est son seul atout avec les voix de ceux qu'il a aidés et pistonnés. Pour le reste, nous n'avons écrit aucune promesse puisque nous n'avons pas validé définitivement notre programme. Bien sûr, il s'est gardé la meilleure date pour sa réunion.

— Vous en ferez une vous aussi ?

— Oui, ce sera le vendredi précédent, le 14 avril. On n'a pas trop eu le choix, il nous a dit que c'était le seul jour disponible. Ce soir-là, à 19 h 30, à Narbonne, il y a un match de rugby important pour le club, un derby contre Béziers, je crois.

— Boudu, vous n'aurez personne ! Ce Delpech, il pense à tout. Il est plus rusé qu'un renard ! s'exclame Marcel avec une pointe d'admiration.

— Oui, mais les renards sont souvent bien meilleurs pour manigancer des combines douteuses à leur profit que pour gérer honnêtement les intérêts de tous.

— C'est vrai. Vous voulez des œufs ?

— Une douzaine si possible.

Dulup repart son panier à la main, salué par un retentissant cocorico de Troumpéto. Il se retourne en souriant.

— Il commence à vous reconnaître, s'exclame Marcel, c'est sa façon à lui de vous dire au revoir !

Le Sénat discute du tract. Comme Marcel, beaucoup ironisent sur l'expression : un homme intègre qui a fait ses preuves.

— Il a surtout montré qu'il était roublard ! grogne Tessier.

— Oui ! répond René mais tu ne peux pas nier qu'il a de l'expérience et qu'il connaît tout le monde dans le village. D'après ce que je sais, il n'y a qu'un bonhomme du lotissement dans sa liste. Ces étrangers, ils vont pas faire la loi chez nous non ? Combien il y en a sur la liste de ton fils ?

— Deux, un homme et une femme. Ils sont plus de cent habitants là-bas, c'est normal qu'ils soient représentés.

— Tu ne parlais pas comme ça il y deux mois...

Les yeux de Tessier s'allument, il va répondre durement mais il n'en a pas le temps car Vincent qui arrive s'exclame en prenant place sur un banc.

— Eh bé, ils vont être contents ceux du lotissement !

— Pourquoi tu dis ça ?

— Vous n'êtes pas au courant ? Tu ne leur as rien dit Marcel ?

— Non, je viens à peine de m'asseoir moi aussi.

— Mais enfin qu'est-ce qu'il y a ?

— Sur le mur du Soleil, à côté du portail, quelqu'un a écrit : « *Vive le coq* ! »

En disant quelqu'un, il se tourne vers Marcel avec un sourire amusé.

— Pourquoi tu me regardes comme ça ? Ce n'est pas moi, c'est Paul qui m'a averti ce matin en me portant le journal.

— Dans tous les cas, je félicite celui qui a fait ça ! Peut-être que là-bas, ils vont se rendre compte qu'ils commencent à nous casser les pieds avec cette histoire de cocoricos.

Murmures d'approbation. En même temps chacun scrute chaque visage autour de lui afin de deviner qui est l'auteur de ce coup d'éclat. Émile s'installe à son tour, toujours calme et souriant.

— Tu es au courant pour le mur ? lui demande Marcel.

— Oui, on me l'a dit. C'est bien non ? Si ce n'est pas toi qui l'as écrit, ça prouve que tu n'es pas tout seul.

— C'est ce que je me suis dit. Après, je me demande comment ils vont réagir !

— Que veux-tu qu'ils fassent ? Ils effaceront l'inscription et ils organiseront une réunion pour en parler ou peut-être qu'ils commenceront par la réunion…

— Oui, tu as raison.

Plusieurs Sénateurs se promettent d'aller voir le mur après-midi. Quelques gouttes écourtent la séance. Marcel est déjà sur le chemin du retour quand Émile le saisit par le bras et lui souffle en lui faisant un clin d'œil réjoui :

— Ne te fais pas de soucis pour les gens du Soleil, j'ai pris de la peinture à l'eau, ils n'auront pas besoin de beaucoup gratter pour la faire disparaître.

L'ancien directeur s'éloigne aussitôt sans que Marcel, tout étonné, n'ait le temps de lui demander des précisions.

Émile, c'est Émile qui a fait ça ! Cette révélation le remplit de joie et de fierté. Surtout, elle le conforte dans sa lutte. Qu'un homme comme l'ancien directeur, posé et instruit, aille écrire en pleine nuit « *Vive le coq !* » sur le mur du lotissement prouve bien que sa cause est juste.

Pendant le dîner, comme il l'avait prévu, Marcel demande à Claire et à Stéphane s'ils ont aperçu l'inscription sur le mur du Soleil. Ceux-ci disent n'avoir rien vu. La jeune femme soupire :

— Cette affaire est à la fois ridicule et terrible. Vous voyez Marcel, cela représente tout ce que je déteste : la méconnaissance et donc l'incompréhension puis la haine entre deux communautés sans aucun lien. Croyez-moi, mes touristes seront bien plus accommodants que ces gens du lotissement.

— Je l'espère bien !

La conversation sur le coq s'épuise vite parce que Marcel ne tient pas à la poursuivre. D'ailleurs, il s'en veut de l'avoir commencée. Il se sent ridicule ; Troumpéto n'a d'importance que pour lui. Claire semble rejoindre son camp, mais n'est-ce pas par politesse ou empathie ? Stéphane, lui, ne participe guère à la discussion, cette histoire ne l'intéresse pas. Il profite d'ailleurs d'un silence un peu prolongé pour lui annoncer que demain soir, dernière soirée à la Grangette, ils iront tous les trois dîner dans un restaurant en ville.

— Au restaurant ! s'exclame son père horrifié. Mais ça va vous coûter une fortune !

— Mais non ! assure Claire en souriant. Ce sera notre façon de bien terminer le séjour et de vous remercier pour votre accueil.

— Ne t'inquiète pas papa, on peut le faire.

— Quoi qu'il en soit, on ne vous demande pas

votre avis. S'il le faut, on vous emmènera de force.

Ses paroles sont lancées sur un ton si sérieux et si déterminé que les deux hommes éclatent de rire.

— Je te l'ai déjà dit papa qu'elle était difficile à arrêter lorsqu'elle a une idée en tête !

Pendant qu'ils rangent, Marcel pense que ces deux semaines sont passées bien vite. A-t-il profité de leur présence autant qu'il l'aurait voulu ? Non, certainement pas puisqu'ils ne se voyaient qu'un peu le matin puis pendant le repas du soir. Ils n'ont pas voulu trop perturber sa façon de vivre. Peut-être ont-ils bien agi…

Ils sont jeunes, amoureux, avec toute une existence à dessiner à deux. Il est seul avec un petit avenir. Ils ne peuvent pas cheminer ensemble… Il met fin à ces pensées moroses en se disant que, le plus important, c'est qu'ils reviendront vivre à la Grangette et qu'ils accompagneront sa vieillesse.

La riposte à l'inscription sur le mur apparaît le lendemain dans les lignes de la rubrique : *Les échos du Soleil.*

Marec a écrit un article violent dans lequel il parle de vandalisme et de voyous qui ne respectent pas la propriété privée. Il conclut en affirmant qu'une suite judiciaire sera sans doute donnée à cette lamentable dégradation.

Malgré tout, Marcel est soulagé, le correspondant ne cite pas l'inscription donc les lecteurs non

Massanais ne pourront pas deviner qu'il existe une relation entre les événements relatés et son coq.

Il est tout de même choqué par les termes employés ; vandalisme, voyou, lamentable lui semblent des vocables bien trop forts, bien trop agressifs pour trois petits mots tracés à la peinture à l'eau, trois mots qui, après tout, n'expriment qu'un point de vue.

Toute la séance du Sénat est consacrée à cet article. Comme Marcel, plusieurs sont indignés par la brutalité des termes employés. Jeannot Tessier s'exclame en secouant sa main :

— Qu'est-ce qu'il aurait écrit s'il avait vécu ici dans les années 70. Il aurait sûrement parlé de guerre civile.

Après un moment de réflexion, il ajoute :

— C'est vrai que des fois, on en était pas loin.

— Vous vous rappelez de la nuit où on avait peint tous les panneaux ? Comment ça s'appelait déjà... Terre Noire, Terre Vide ...

— C'était l'opération Terre Perdue ! assure Vincent.

Tous l'approuvent.

Après quelques chamailleries qui constituent l'ordinaire des séances, les Sénateurs se mettent d'accord sur l'année, 1975. Vincent s'en souvient car il dit qu'il était allé manifester dans la haute vallée de l'Aude contre la fermeture d'une usine, il a oublié son nom. En ce qui concerne le mois et le quantième, c'est beaucoup plus simple, c'était le 31 juillet, jour des départs et retours de vacances d'été, moment où des cohortes de touristes français mais aussi de toute l'Europe du Nord traversent la région pour se rendre en Espagne.

Marcel écoute ; il ne se rappelle plus pour quelle raison il n'avait pas pu participer à cette action qui avait rayé pendant une bonne semaine le Languedoc et le Roussillon de la carte de France.

Durant la nuit, les viticulteurs avaient brisé, arraché ou recouvert de peinture noire tous les panneaux indiquant les directions ou les noms des villages. Des barrages dressés sur les nationales avaient ensuite obligé des milliers de touristes complètement perdus à emprunter les petites routes des Corbières et du Minervois formant ainsi le plus gros embouteillage qu'ait jamais connu la région : certains avaient mis toute une journée pour aller de Béziers au Perthus.

— On était une véritable armée, s'exclame Vincent, songeur. On ne se connaissait pas tous mais on était unis comme les doigts de la main, et puis chacun faisait ce qu'on lui demandait sans poser de questions. Les jours où on se retrouvait tous ensemble, j'avais l'impression que rien ne pouvait nous arrêter.

Chacun évoque un souvenir ou bien une histoire que quelqu'un lui a certifiée vraie.

L'un parle d'un Anglais qui a bu d'un trait

la bouteille de rouge de Thézan qu'il lui avait offerte, l'autre d'un car d'Italiens qu'il a vu passer trois fois à Roubia entre neuf heures et midi, l'autre encore se rappelle d'une mamée de Durban qui est venue leur apporter du café et du rhum au milieu de la nuit. Jules, lui, se souvient d'un ouvrier de Calais qui ne comprenait pas pourquoi ils ne partaient pas en vacances comme tout le monde. Louis raconte que, dans la nuit, il avait posé un pied dans un seau de peinture noire et qu'il avait mis quinze jours pour se débarrasser de la couleur.

Tous écoutent en silence, yeux mi-clos. Les mots les bercent, les transportent, ouvrent la prison de leur âge, les renvoient dans une époque où ils étaient pauvres et en colère certes, mais forts, jeunes, beaux.

À l'heure de sa sieste quotidienne, Marcel, lui, pense aux vins Daudé.

Un vendredi soir de mars, en 1976, Jean arrive à la Grangette à l'heure de l'apéritif comme il en a l'habitude. Il a l'air tout excité et il n'attend pas que Madeleine se glisse dans la cuisine pour déclarer :

— Marcel, j'ai besoin de toi dimanche et lundi. C'est important, il faut que tu viennes.

— D'accord.

— Je passerai te chercher vers huit heures du soir. Tu prends le gros matériel, tu manges bien à souper. Tu peux emporter aussi un bon casse-croûte, on ne sait jamais.

— Je serai prêt.

— Tu ne parles de ton départ à personne, tu comprendras ensuite pourquoi je te demande ça. N'oublie pas de prendre les bottes.

— Bon. Ne t'inquiète pas, personne n'en saura rien ! assure Marcel qui commence à se faire une idée précise de ce qu'ils vont faire : gros matériel et bottes font partie des équipements utilisés pour les expéditions punitives contre les tricheurs.

Il est un peu étonné parce que Jean lui a demandé s'il pouvait être disponible durant deux jours ; c'est exceptionnel.

Martinez semble rassuré par la réponse et la discrétion de son ami qui ne lui pose aucune question. Il se détend, accepte le verre de grenache que lui propose Madeleine effrayée par le mystère qui voile ces paroles. Elle sourit pourtant en déclarant :

— Moi, je n'ai rien entendu.

— Je suis content de te voir en forme, s'exclame Marcel. L'autre jour, tu n'étais pas trop bien.

— Oui, ça va mieux. En ce moment, je mène une vie plutôt mouvementée, et puis on a tous des hauts et des bas.

— On le sait bien Jean et on sait aussi tout ce que tu fais pour nous, lui répond gentiment Madeleine.

— Bah, c'est comme ça ! On n'a pas le choix

alors… ce n'est pas la peine d'en parler.

Ils discutent encore un moment, Jean finit son verre de grenache et se lève. Avant de prendre congé, il se tourne vers le couple, leur déclare :

— Je compte sur vous. Pas un mot à personne sur l'expédition.

— Sois tranquille, on n'en parlera pas. D'ailleurs, ajoute Marcel en riant, on ne sait rien alors !

Martinez éclate de rire à son tour et sort.

Le dimanche, Madeleine et Marcel dînent un peu plus tôt que d'habitude. Elle lui a préparé un gros sandwich. Il a enveloppé dans une vieille couverture son merlin et sa masse. Il n'a pas oublié ses bottes et a aussi emporté un vieil imperméable qu'il garde pour ce genre d'opération. Ils attendent. Pour ne pas que le silence les sépare, elle demande :

— Tu veux prendre une bouteille de vin ?

— Non, il y en a toujours de reste.

— Tu n'as rien oublié ?

— Non.

— Fais bien attention à toi.

— Ne te fais pas de soucis, avec Jean, je ne risque rien. Ferme la porte à clef, je prends le double. J'essaierai de ne pas te réveiller en rentrant.

Une voiture s'arrête, c'est Martinez. Ils sont cinq serrés à ne pas pouvoir bouger dans la Citroën GS. Ils ne parlent pas. Tous sans doute aimeraient savoir où ils vont mais pas un seul n'ose questionner Jean. Quoi qu'il en soit, ils le suivraient en enfer…

Ils se retrouvent devant la cave coopérative de Coursan où les attend un car déjà à moitié plein et deux voitures.

Ils partent à neuf heures précises et prennent l'autoroute. C'est une nuit humide, sans vent, le brouillard se pose sur la plaine. Marcel s'endort. Lorsqu'il se réveille, ils sont toujours sur l'autoroute. Mais où vont-ils enfin ?

Il n'est pas le seul à se poser la question car, soudain, une grosse voix venue du fond de l'autobus demande :

— Bon, maintenant, tu peux tout nous dire, Jean, on le répètera pas !

— On va à Pont de Rine dans l'Ain à une quarantaine de kilomètres au-dessus de Lyon. La cave des vins Daudé va être sûrement ravie de notre visite !

Un murmure d'étonnement trouble le silence que provoque l'annonce de l'objectif. Jean poursuit :

— On n'est pas seuls. Le car qui nous suit depuis Avignon vient de Carcassonne. On aura besoin de tout le monde.

Plus personne ne dort. Une ambiance d'anxiété et d'impatience règne à présent dans l'autobus. Daudé, c'est le diable ! D'après ce qu'il se dit, c'est l'un des plus gros importateurs de vin italien, un puissant tout proche du pouvoir, quasi intouchable. Personne ne se demande comment va finir l'expédition. Marcel pense à Madeleine qui doit se ronger les sangs dans le lit à moitié vide. Il n'a pas peur, leur cause est juste. Ils font ce qu'ils doivent faire.

Trois heures du matin, le fond de l'air est frais dans l'Ain. L'usine ressemble à un camp militaire : des clôtures, des projecteurs, des gardes. Ils descendent du car, se dégourdissent les jambes, sortent le matériel des soutes.

— On y va ! Pas de violence sur les gens, on n'est pas des voyous !

Au fur et à mesure qu'ils approchent du dépôt, ils accélèrent le pas. Ils veulent en finir une fois pour toutes avec ces tricheurs en costume qui leur sucent le sang.

Marcel a pris son merlin et prêté sa masse à un étourdi qui était venu les mains dans les poches. Le portail éclate, les chiens s'enfuient, les gardes sont bloqués, le téléphone arraché.

— Allez-y ! Pas plus de vingt minutes.

À l'intérieur, tout est rangé, nettoyé, brillant. Marcel, éberlué, regarde ce monde vide, propre, moderne, une véritable usine si loin des caves de Massan, un autre univers à coup sûr. D'un côté la machine à fric, froide et aseptisée, déshumanisée, de l'autre, quatre-vingts énergumènes en bottes usées et vieux imperméables, fatigués, excités, bouillants de colère.

Il y a un moment d'hésitation et puis, comme une explosion, c'est la ruée vers les cuves dont ils fracassent les robinets à coups de masse, vers les chaînes d'embouteillage et les murs de casiers qu'ils renversent, vers le lacis des tuyaux qu'ils coupent à la hache. Marcel est emporté par la vague, comme les autres, il frappe, hurle, rit, frappe encore et encore. Le vin jaillit de partout, gicle, bouillonne et son odeur mêlée à celle des bonbonnes de produits chimiques brisées rend l'air irrespirable. Ils sortent, crèvent les pneus des camions, font exploser leur pare-brise, ouvrent leur citerne à la hache.

Au moment de partir, Jean jette une bombe de peinture noire à Marcel :

— Tiens, signe ! Nous, on n'est pas des magouilleurs, on n'a pas à se cacher, notre révolte est juste. Dis-leur qui on est !

Il s'applique pour écrire leurs trois lettres de noblesse : CAV, les initiales du Comité d'Action Viticole. Ils remontent dans les cars à la fois heureux mais aussi découragés. Ils viennent d'avoir un aperçu de l'organisation de l'ennemi contre lequel ils doivent lutter. Ils ont pu juger de sa puissance et de sa richesse. Cette nuit, ils ont gagné la bataille par surprise mais demain ? Combien de fois encore pourront-ils réussir une opération semblable ?

Pendant les premiers kilomètres du retour, chacun raconte ce qu'il a vu, ce qui l'a étonné, ce qu'il a fait. Peu à peu, l'excitation retombe. Jean donne ses dernières consignes :

— Si on est arrêtés, on ne dit rien, on ne connaît personne !

La fatigue s'abat sur le groupe, soudaine comme une lourde averse de printemps. Chaque passager essaie de trouver, sur les sièges étroits, la position la plus confortable possible pour s'étirer un peu.

Être arrêté ? Pour le moment, Marcel ne veut plus voir les projecteurs éclairer les cuivres rutilants, les tuyaux de plastique bariolés, les cuves immenses, hautes comme des tours, ne plus sentir non plus l'odeur putride de l'anhydride sulfureux. Ses bras lui font mal tant il a frappé fort avec son lourd merlin.

Il n'est pas fier de ce qu'il vient de faire, il n'a jamais eu l'âme d'un casseur. Comme tous les paysans, il sait qu'il faut bien moins de temps pour abattre un arbre que pour le faire pousser. Ils ont fait leur devoir, il ne s'en vantera pas. Il a plutôt envie d'oublier. Il ferme les yeux, plonge dans le sommeil comme un désespéré se jette du haut d'une falaise.

Lorsqu'il revient chez lui, le soleil est déjà haut dans le ciel. Madeleine sans un mot se jette dans ses bras, essuie une larme. Marcel lui parle du voyage, de la cave immense et moderne, « une véritable usine », du vin qui coulait comme une rivière puis formait des flaques grandes comme des lacs, la signature du CAV, le retour sans problème, escorté par la police. Il la rassure en lui affirmant que tout s'est bien passé et qu'ils n'ont jamais été inquiétés.

Il lui dit ensuite que dans le car après l'opération, il a beaucoup discuté avec Jean. Il ne l'avait jamais vu dans cet état. Ce n'était plus le leader sûr de lui et toujours prêt à l'action qui était assis à côté de lui mais un homme fatigué, épuisé même, abattu, presque désespéré. Marcel l'avait pressé de questions, Martinez avait répondu qu'il n'en pouvait plus, puis, soudain, il s'était effondré.

Yeux dans le vide, il s'était mis à raconter ce qu'était sa vie depuis des mois et des mois : des courses de réunions en réunions, des rendez-vous, des convocations, des appels à l'aide incessants, des actions à préparer presque chaque semaine, une femme qui lui reprochait d'abandonner son foyer, des enfants qu'il ne voyait pas grandir, des factures qui s'amoncelaient sur son buffet et des vignes qu'il ne parvenait plus à travailler correctement.

« Tu te rends compte ? lui avait-il confié, il me reste plus de dix mille pieds à tailler et je n'ai pas une minute à moi ! Je vais finir en mai, si je finis un jour ! »

À la suite de cette discussion, lorsqu'ils se sont arrêtés pour faire une pause café sur l'autoroute, Marcel a parlé de la situation de leur chef à quelques viticulteurs qu'il connaît bien et ils ont décidé de lui donner un coup de main ; ils iront tailler ses vignes durant toute une journée.

Madeleine reconnaît que c'est une bonne idée et elle l'approuve, mais elle se demande s'ils seront assez nombreux pour que cette aide soit vraiment efficace. Marcel ouvre les mains en signe d'ignorance et ajoute :

— Je leur ai demandé qu'ils essaient d'appeler leurs amis. On verra bien : *Petito ajudo fa gran ben* ! (petite aide fait grand bien !)

Elle acquiesce, va dans la cuisine pour lui faire chauffer les restes du repas de la veille. Il jette un coup d'œil sur le journal posé sur la table, allume la radio pour écouter les informations… Ils vont certainement parler d'eux.

— Mange, après, tu iras te reposer, lui conseille-t-elle en apportant le couvert.

— Oui, je suis crevé.

17

Marcel s'étire puis se lève, reste un moment debout immobile face à la fenêtre de sa chambre, à regarder le ciel. Il pense à ces trois lettres écrites à l'entrée de l'entrepôt et il sourit. Il se débarbouille dans la salle de bains puis descend lentement l'escalier en faisant attention à ne pas trébucher sur Grimace qui, dos arqué et queue dressée, s'enroule autour de chacun de ses pas.

Il est surpris que Dulup ne soit pas venu le voir ce matin pour commenter la dernière chronique des nouvelles du Soleil. Il doit être occupé à préparer les élections. Il va faire un tour au boulodrome mais revient un peu plus tôt que d'habitude. Il va se doucher puis se changer. Il mettra ses plus beaux habits – les habits du dimanche, disait-on jadis – pour honorer l'invitation de Stéphane et Claire.

Manger au restaurant, quelle idée ! Irène était prête à leur préparer le plat de leur choix. Enfin, ils pensent lui faire plaisir, il ne va pas les décevoir. Eux aussi arrivent plus tôt pour commencer à ranger leurs affaires.

Ils ont choisi un restaurant classique du centre de Narbonne : nappe blanche, couvert rutilant, toute une théorie de verres à pied devant chaque assiette. Marcel est tout intimidé et il est heureux de voir que la table qui leur est réservée se trouve dans un angle de la vaste pièce, un peu à l'abri des regards. Il demande un verre de muscat en guise d'apéritif. Stéphane l'aide ensuite à choisir son menu. Marcel qui ne veut surtout pas se montrer désagréable opte systématiquement pour les premiers plats que son fils lui nomme.

Claire soudain lui demande :

— Qu'est-ce que vous avez Marcel ? Il me semble que vous n'êtes pas trop en forme.

— Tout va bien. C'est que… je n'ai pas l'habitude de ces endroits, c'est trop… chic pour moi vous comprenez.

Un beau sourire illumine le visage de la jeune femme :

— N'ayez crainte ! Ici, le client est roi, profitez-en.

Stéphane pose la main sur le bras de son père :

— Elle a raison papa, ne te laisse pas impressionner par le décor, profite.

— J'espère simplement, ajoute Claire, que le repas sera à la hauteur du cadre !

Ils dînent bien et, sur le chemin du retour, dans la voiture, la jeune femme parle d'une licence Tourisme d'Affaires Festivalier et Territoire qui est proposée par l'université de Perpignan.

— Tu vas te remettre à étudier ? demande Stéphane.

— Je ne sais pas. C'est une possibilité d'autant plus que je pourrais la préparer à Perpignan. Ce n'est qu'à une cinquantaine de kilomètres d'ici, je pense que ton père m'hébergerait sans trop se faire prier. N'est-ce pas Marcel ?

— Quoi ? Oui, oui, il y a de la place… Avec plaisir.

— Quoi qu'il en soit, je reviendrai certainement dans les mois qui viennent pour prendre contact avec l'administration locale et préparer un bon dossier. Je pense que si je me débrouille bien, je pourrai obtenir de l'aide.

— Tu t'installes ici quand tu veux, tu es chez toi à la Grangette.

— Tu viendras me voir le week-end mon petit chéri.

— Tu peux compter sur moi.

Marcel a hâte de se coucher, il a bu un peu plus de vin que d'habitude et il a beaucoup de mal à suivre la conversation ou simplement à empêcher ses yeux de se fermer. Il monte tout de suite dans sa chambre tandis que le couple sort dans la cour pour fumer.

Le lendemain matin, ils se retrouvent tous les trois pour prendre leur petit déjeuner. La voiture est vite chargée et il est à peine neuf heures lorsque la 308 quitte la Grangette : un petit coup de klaxon, un signe de la main, les voilà partis. Machinalement, Marcel essuie une larme, referme le portail, récupère le journal et rentre, accompagné par Grimace.

Dulup n'a pas lu l'article de Marec, Marcel le lui montre. Le visage du Lyonnais s'éclaire, il semble ravi et le vieil homme étonné lui demande les raisons de sa joie.

— C'est ridicule ! Parler de vandalisme et de poursuites judiciaires pour trois mots qui d'ailleurs commencent à s'effacer, c'est insensé. Je suis content parce que Marec se trompe et comme il pense avoir toujours raison, il s'enfonce dans son erreur. Il est persuadé que tous les résidents du Soleil sont de l'avis de madame Pluch or, pour la plupart, ce sont des personnes tranquilles qui ne veulent surtout pas de conflit.

Il repose le bout de journal sur la table et poursuit :

— Il se veut le seul et unique représentant du lotissement alors il bombe le torse, sonne du clairon mais peu de gens le suivront sur cette voie, j'en suis d'autant plus sûr que son général risque de lui faire défaut.

— Son général ? Madame Pluch ?

— Oui. Je vous ai dit que son mari était parti depuis déjà une semaine. Hier après-midi, il a profité de l'absence de son épouse pour venir avec un grand fourgon récupérer des meubles et des objets qui devaient lui tenir à cœur.

— Oh là, ce n'est pas bon signe ça !

— Lorsqu'elle est revenue, elle était comme folle. Elle rentrait et sortait de la maison, jurait, hurlait, pleurait, trépignait de rage. Je crois bien que leur histoire commune est terminée.

— Et vous pensez qu'elle va partir ?

— C'est possible. Le pavillon est sur le nom de son mari, elle risque d'avoir beaucoup de mal à le conserver. Des bruits que je ne peux que rapporter sans aucune certitude sur leur véracité disent que la maison va être mise en vente.

Marcel écoute l'ancien professeur, se laisse bercer par les mots : des bruits que je ne peux que rapporter sans aucune certitude sur leur véracité. Lui, il aurait dit : des *patalafis* ou des ragots ou encore des langues de *peilhe* (des cancanières) ont dit que… Il entend à peine la fin de la réponse :

— … puisqu'elle était l'instigatrice de la lutte contre votre coq, si elle n'assiste pas à l'assemblée générale, vous serez, à coup sûr, tiré d'affaire. De la même façon que si Marec continue à vouloir provoquer une guerre entre le village et le lotissement, il échouera et courra aussi le risque de faire perdre sa liste.

— Tant mieux pour moi et pour vous, tant pis pour lui !

— J'allais oublier de vous informer que nous

faisions notre réunion publique vendredi prochain, le 14 avril.

— Oui, vous me l'avez déjà dit, le jour où le Racing rencontre Béziers. Moi, je viendrai ; depuis que les matches se jouent le soir, je ne vais plus les voir ; ça fait rentrer tard et puis, malgré tout, ça coûte cher.

— Je suis content que vous vous déplaciez.

— Oui et je peux déjà vous le dire, je vous poserai une question à propos de mon coq.

— Nous y répondrons, soyez sans crainte. Ah, j'oubliais, je vous ai apporté la convocation pour l'assemblée générale du lotissement que j'ai reçue hier. Elle est intéressante car l'ordre du jour énumère toutes questions qui seront discutées ce jour-là, le jeudi 27 avril.

Dulup tend la lettre à Marcel mais, celui-ci qui craint sans doute de trébucher sur quelques mots devant un professeur de français, la repousse en déclarant :

— Je n'y vois pas bien, je préfère que vous me la lisiez si cela ne vous ennuie pas.

— Bien, je ne vous dis que l'ordre du jour. Alors…

1) Décision à prendre pour la remise en état des espaces verts.

2) Décision à prendre pour l'achat d'une table de tennis de table ou d'un billard.

3) Rappel des obligations des copropriétaires

en matière de propreté des lieux communs.

Vous voilà avec votre coq mon cher !

Il hausse la voix et prend un ton solennel :

4) Décision à engager une procédure judiciaire contre le propriétaire du coq de la ferme voisine.

5) Décision à prendre pour la demande de prêt de la salle commune par Monsieur Rouvier.

6) Questions diverses pouvant être discutées mais non sujettes à une décision votée.

— Pour quatre cocoricos, c'est un peu ridicule non ?

— Bien sûr que c'est ridicule monsieur Montségur ! Je vous l'ai déjà dit, ne vous inquiétez pas. Bien, je vous laisse. À vendredi pour notre réunion alors ?

— Oui, oui ! À vendredi.

Dulup s'en va avec ses œufs en laissant Marcel rayonnant d'optimisme et de bonne humeur. Il se tourne vers Troumpéto, crête haute et œil vif, qui marche gravement à pas comptés dans la cour et lui lance :

— Eh bé, tu vois, si le professeur a raison, tu peux chanter tant que tu veux, ce n'est pas demain qu'on va t'en empêcher !

C'est étrange, il n'a pas dit un mot sur son fils et sa fiancée qui viennent de partir. En fait, il a presque tenu leur séjour secret que ce soit avec Dulup ou les Sénateurs. Pourquoi ? Parce qu'il s'agit d'un évènement purement familial ? Non. Stéphane a quitté Massan depuis si longtemps,

Madeleine et Marcel ont eu si souvent honte de ne pas avoir de ses nouvelles qu'ils n'en ont plus parlé. Ils ont posé un pansement de silence sur leur douleur, lui ne l'a toujours pas retiré.

Plus les élections approchent, moins les Sénateurs en parlent. Certains se sont déjà opposés violemment dans la rue mais tous tiennent trop à ce rendez-vous quotidien pour risquer de s'en exclure sur un coup de colère. Ils préfèrent donc discuter du derby entre Narbonne et Béziers. C'est évidemment l'occasion d'évoquer des matches homériques sur le stade Cassayet, matches, il faut le souligner, durant lesquels le nombre de passes était inversement proportionnel à celui des coups donnés et reçus.

De là, comme toujours, on rappelle les noms de grands joueurs, on parle des Spanghéro, d'Estève, de Maso, de Cantoni, de Astre, de Codorniou et, bien sûr, chaque nom prononcé soulève des avis autant contradictoires que définitifs. La dispute sérieuse est évitée de peu lorsque Louis déclare à Tessier en toute innocence :

— Sans vouloir te fâcher, la liste de ton petit, ils sont pas trop dégourdis ! Faire leur réunion le jour du match, ils vont avoir personne !

— C'est qu'ils n'ont pas eu le choix ! Delpech leur a dit que c'était la seule date de disponible pour la salle !

— Ah bon ? C'est pas de chance.

— Ce n'est pas une question de chance, andouille ! Tout le monde le comprend sauf toi ! Té, je m'en vais, je ne veux pas me mettre en colère !

Le père du candidat maire s'en va laissant Louis tout étonné tandis que des sourires entendus courent sur le visage des présents.

Pour reprendre le fil de la conversation, Émile déclare :

— C'est sûr qu'il va y avoir du monde au stade ! Sur le journal, ils parlent de match à guichets fermés alors !

Le passage de Suzie Delga en bottines, mini-jupe crème et blouson assorti vient opportunément ranimer la flamme des Sénateurs, surtout celle de Jules qui somnolait. Vincent lui lance en riant :

— Arrête de la regarder, tu te baves sur la veste !

— Bah, laisse-le tranquille, que veux-tu qu'il fasse d'autre maintenant ? demande perfidement le vieil Auriol.

Jules ne peut pas supporter que l'on mette en doute sa virilité. Il en suffoque d'indignation et cherche fébrilement, mais en vain, une réponse cinglante. Il se contente donc de grogner :

— Je suis pas comme vous, moi !

Cette répartie ne convainc personne. Au contraire, elle déclenche une vague de rires et de moqueries qui provoque le départ précipité de l'accusé. Il est bientôt midi, le Sénat se disperse.

Le vendredi soir, après s'être changé, Marcel se dirige vers la salle communale pour assister à la réunion publique de la liste *Tous unis pour Massan* dirigée par Tessier le jeune. Il arrive en avance comme il en a toujours l'habitude et s'étonne en s'apercevant que rien n'est prêt. Une quarantaine de chaises sont empilées dans un coin de la pièce et, sur la scène, trône une petite table pas plus grande qu'un bureau d'écolier.

Les candidats s'activent pour ranger le mobilier. Dulup vient saluer Marcel et lui montre la salle d'un geste du bras :

— Vous vous rendez compte de la mesquinerie de Delpech ! Il ne nous a laissé que ces quelques chaises et cette table ridicule. De plus, le chauffage n'a pas été allumé et la température est fraîche ce soir.

Peu à peu, la salle se remplit. Le vieux Tessier vient lui toucher la main puis s'installe au premier rang. Marcel est content : à cause de la concurrence du match, il ne pensait pas que l'assistance serait aussi fournie. Après une observation minutieuse, il est à la fois surpris et déçu de constater qu'il ne connaît pas la plupart des gens présents.

Bien sûr, il aperçoit quelques éminents membres du Sénat et des représentants de vieilles familles massanaises mais ils ne sont pas les plus nombreux. Les autres, il les a rencontrés peut-être une ou deux fois dans le village mais il est incapable de les nommer.

Au moment où la réunion commence, toutes les chaises disponibles sont occupées et une vingtaine de personnes se tiennent debout au fond de la salle.

Tessier le jeune s'excuse de l'inconfort de leur situation en ajoutant avec un sourire que monsieur le maire a certainement oublié qu'ils se réunissaient aujourd'hui. Chaque candidat se présente à tour de rôle en déclinant son nom, son adresse, son travail, les raisons de son engagement et la tâche qui lui sera assignée s'il est élu.

Tessier à son tour explique ce qui l'a poussé à monter cette liste et à en prendre la tête. Marcel regarde les gens qui l'entourent, ils ont pour la plupart entre quarante et cinquante ans et il y a autant de femmes que d'hommes, ce qui correspond à ce qu'a déclaré Émile au Sénat. Il pense dans un sourire que Jules aurait dû venir pour baver sur sa veste.

Le candidat maire dévoile ensuite les grandes lignes de leur programme. Marcel a du mal à se concentrer, il glane au passage quelques mots prononcés certainement plus fort que les autres : honnêteté, confiance, clarté de gestion, travail d'équipe, enthousiasme. À chaque fois, l'orateur désigne le conseiller qui s'occupera de l'activité dont il parle.

Des applaudissements nourris tirent Marcel de sa rêverie. Tessier le jeune s'assied. La présentation est terminée, voici venu le moment de la discussion. Des doigts se lèvent, des interrogations fusent. On parle de propreté du village, de l'état des rues et des chemins de vigne, de subventions, d'éducation, de vie associative. Les réponses et les éclaircissements sont donnés par le conseiller concerné.

Marcel écoute à peine, il prépare sa question. Au moment où il va lever le doigt, un autre est déjà en train de parler. Peut-être qu'il ne le lève pas assez haut, assez autoritairement.

Il a honte ; même au Sénat, il a du mal à prendre la parole alors, ici, devant une bonne cinquantaine de personnes, c'est difficile et puis, son histoire de coq est-elle vraiment importante ? Tous ces gens qu'il ne connaît pas se moquent de ses démêlés avec le Soleil. Eux, ils demandent des précisions intéressantes, ils posent des questions pertinentes.

Peu à peu, les interventions se raréfient, Marcel se fait violence, lève la main un peu plus haut que les autres fois.

Tessier l'aperçoit et s'exclame :

— Marcel, nous sommes ravis de te voir parmi nous. Pose ta question, nous y répondrons en toute franchise.

— Je... Je sais pas si c'est important mais pour

moi ça compte beaucoup. Voilà, j'habite à la Grangette, la campagne qu'il y a à la sortie du village. Nous, les Montségur, nous sommes installés là depuis cinq générations et nous avons toujours eu un ou plusieurs coqs. Maintenant, des gens du Soleil d'Occitanie veulent que je m'en débarrasse parce qu'il chante tous les matins. Ils font des articles, ils parlent de procès. Moi, ça m'embête, ce coq j'y tiens beaucoup. Je veux savoir ce que vous pensez de cette affaire et qu'est-ce que vous ferez ?

— C'est monsieur Dulup qui va te répondre puisqu'il habite dans le lotissement. De plus, si nous sommes élus, il sera chargé des relations entre le Soleil d'Occitanie et le village.

Le professeur se lève :

— Ne vous inquiétez pas monsieur Montségur, votre question est importante car elle symbolise à elle seule la relation ou, plutôt, l'absence de relation, qui existe entre le lotissement et le vieux village. Pourquoi ce vide entre les deux communautés ? Il faut remonter aux origines du projet. Il a été lancé sans aucune concertation avec les habitants et, de plus, la mairie ne s'est occupée que de la partie administrative. Elle s'est bornée à accompagner une opération immobilière et bien sûr commerciale.

Il s'arrête un instant, parcourt des yeux l'assistance et poursuit :

— Dans ces conditions, le Soleil d'Occitanie

a atterri sur la commune comme une soucoupe volante et ses habitants sont apparus presque comme des extra-terrestres…

Le public murmure et sourit, il apprécie l'éloquence du professeur.

— Si encore, dans les mois qui ont suivi l'installation des résidents, la mairie avait organisé une rencontre avec le village, une réception comme on en voit partout, mais non, rien n'a été proposé. Dans ces conditions, les nouveaux et les anciens se sont mis à vivre en s'ignorant.

Il soupire, prend un ton grave :

— Bien sûr c'est une situation néfaste qui ne peut qu'engendrer indifférence, incompréhension ou même haine pour peu qu'un apprenti sorcier insensé s'efforce de provoquer des conflits. Une situation néfaste mais pourtant ridicule : les résidents du Soleil sont des Massanais à part entière, certains ont même déjà demandé et obtenu une concession au cimetière, c'est pour vous dire qu'ils n'ont pas l'intention de partir. Nous sommes condamnés à habiter le même village alors pourquoi n'essayons-nous pas de nous entendre ?

Une pause, un regard sur le public pour s'assurer de son adhésion :

— Croyez-vous que si, au Soleil, on savait que la famille Montségur habite la Grangette et y élève des volailles depuis cinq générations, on persisterait à vouloir faire taire ce coq ?

Il laisse un instant aux présents pour répondre mentalement à sa question puis reprend avec une mine soucieuse :

— Dans cette affaire qui pourrait prêter à sourire, il ne faut surtout pas de provocations et je suis désolé de voir que les articles de monsieur Marec sont plus de nature à diviser la communauté qu'à la réunir. Je vous avoue que j'ai du mal à comprendre quel but poursuit notre correspondant local.

Il se tourne à présent vers Marcel, le regarde droit dans les yeux. Celui-ci baisse la tête tout en pensant que le professeur est un grand comédien.

— Moi qui fais partie du Soleil, je veux vous rassurer monsieur Montségur. Je m'engage devant toute l'assemblée à tout faire pour calmer les esprits et à permettre à votre coq de poursuivre sa carrière de chanteur professionnel en espérant toutefois que son successeur aura une voix moins retentissante.

Nouveaux sourires dans la salle, bruits de chaises, les gens se détendent.

— Je pense que monsieur Dulup a répondu à ta question Marcel ? demande Tessier le jeune.

— Oui. Ce que je veux dire encore c'est que Troumpéto, c'est mon coq, n'aura pas de successeur, il sera le dernier de la Grangette.

— Pour nous, reprend le candidat maire, le vivre ensemble est essentiel. Nous voulons éviter à tout prix que Massan devienne un village-dortoir comme tant d'autres situés dans la banlieue des villes et nous avons déjà réfléchi à différentes façons d'amener les Massanais, tous les Massanais, les anciens et les nouveaux, à se rencontrer, se fréquenter, se connaître et nous l'espérons travailler ensemble à ce qu'il fasse bon vivre ici.

Il cherche quelques secondes dans son esprit puis poursuit :

— Nous allons nous appuyer sur toutes les associations, les aider et augmenter leur subvention car ce sont elles qui maintiennent le village en vie. Nous leur demanderons de venir présenter leurs activités directement à l'intérieur du Soleil d'Occitanie. Nous solliciterons l'autorisation de placer un panneau d'affichage près de l'entrée du lotissement afin que tous les résidents soient informés des animations du village.

Il se tourne vers le professeur et déclare :

— Monsieur Dulup et madame Jeantot qui elle aussi habite au Soleil espèrent obtenir l'accord des colocataires afin de permettre à tous les Massanais de profiter de la piscine de la résidence cet été. Il existe certainement d'autres possibilités, nous comptons sur vous pour nous les proposer en utilisant la boîte à idées qui sera placée dans le hall de la mairie.

Il sourit, hausse la voix :

— Je vous remercie pour votre présence et votre attention. N'oubliez pas de venir voter le dimanche 30 avril. Je ne vous ferai pas l'injure de vous rappeler que seules les listes entières sans ratures ni rajouts sont valables. Encore une fois, merci.

Les applaudissements retentissent, les chaises grincent, les spectateurs se mettent à discuter. Marcel a du mal à se lever, ses vieilles jambes sont engourdies. Il est surpris par l'air frais et humide qui vient de la mer.

La nuit est poudrée d'étoiles, il doit être tard. Il se hâte de revenir chez lui et utilise sa lampe de poche pour éclairer la serrure de son portail puis de sa porte d'entrée. Grimace rentre avec lui et se précipite sur ses croquettes.

Il la regarde un instant et se rappelle que lui non plus n'a pas dîné. Il est presque huit heures et demie, la réunion a duré longtemps. Trop ? Non, il lui a semblé que les gens étaient intéressés. Lui n'a pas tout entendu mais il est content que Dulup ait réitéré son engagement devant tout le monde. Ce serait bien qu'ils soient élus, leur liste parait capable de donner un nouvel élan au village. Dans tous les cas, ça changerait de Delpech et de ses manigances…

18

Le lendemain matin, le Lyonnais arrive à la Grangette alors qu'il est à peine dix heures. Aussitôt entré, il demande à Marcel ce qu'il a pensé de la réunion. Son hôte le rassure en répondant qu'il l'a trouvée très bonne. Il ajoute que les présents ont eu l'air intéressé jusqu'au bout. Il en veut pour preuve que personne n'est parti avant la fin.

Le professeur sourit, ravi. Il se tait relève la tête mais ne dit rien. Il a une question à poser mais il hésite, paraît éprouver un peu de gêne à la formuler. Finalement, il se lance :

— Et moi ? Je n'ai pas été trop long ? Il me semble que je me suis un peu laissé emporter par les mots ; c'est mon défaut, je suis bavard ; quand je commence à parler, j'ai du mal à m'arrêter.

À nouveau Marcel le tranquillise, lui assure que son discours était clair et plein de bon sens, qu'il a apprécié son engagement. Pour donner plus de poids à sa réponse, il affirme qu'il n'a vu personne bâiller ou manifester le moindre signe d'impatience.

Dulup le remercie encore une fois de l'avoir recommandé à Tessier le jeune, car, affirme-t-il, il vit une expérience humaine passionnante. Il avoue que, jusque là, en dehors de son adhésion au Parti Socialiste à Lyon, il ne s'était jamais engagé directement en politique et qu'il est heureux de pouvoir le faire à Massan.

Comme Marcel remarque que l'élection risque d'être très serrée et que leur liste ne part pas favorite, le professeur lui répond que, même s'il n'est pas élu, il ne regrettera pas son acte. Plein d'enthousiasme, il lui parle avec chaleur des membres de la liste qu'il apprend à connaître jour après jour, des liens qui se créent entre eux, des habitants et de leurs problèmes qu'il découvre. Il termine par cette phrase qui amuse Marcel :

— Bref, il y a bien longtemps que je ne m'étais pas senti aussi vivant !

Avant de refermer le portail, le professeur lui demande encore s'il assistera vendredi prochain à la réunion du maire sortant et il ajoute qu'il viendra le voir le lendemain pour savoir comment elle s'est passée.

Marcel le regarde s'éloigner en sifflotant, visiblement heureux, et il en éprouve beaucoup de plaisir. Il pense que l'ancien professeur devait s'ennuyer dans sa maison neuve du Soleil.

Comment est-ce possible ? Il vit avec sa femme pourtant. Lui, si Madeleine était encore à ses côtés, il ne s'ennuierait jamais. Avec elle, ils avaient toujours quelque chose à faire. Qu'il pleuve ou qu'il vente, du moment qu'ils se retrouvaient tous les deux, ils étaient heureux.

Il prend Grimace dans ses bras et rentre ; il a son repas à préparer avant d'aller au Sénat. Parleront-ils là-bas de la réunion ? Non, le sujet du jour sera la petite victoire du Racing Club Narbonne Méditerranée sur son rival ancestral Béziers. Il a lu le résumé de la rencontre sur le journal ce matin, il ne sera pas pris au dépourvu.

En fait, le match de rugby et les rivalités entre les partisans de chaque club occupent le Sénat tous les jours de la semaine. On ne parle ni de la réunion passée de Tessier le jeune, ni de celle à venir de Delpech.

En aparté, le lundi, Tessier le père a demandé à Marcel :

— Alors ? Comment tu as trouvé la réunion de vendredi ?

— Bien, c'était très bien.

— Oui, c'est ce que tout le monde me répond.

Il n'y a pas que les Sénateurs qui deviennent prudents, c'est tout le village qui refuse de prendre franchement parti, tout le village qui mesure ses mots afin de ne pas se fâcher avec un voisin ou un parent. On sait bien que chaque six ans, la population se divise en deux clans.

Jusqu'à cette année, la coupure n'était pas très nette, on faisait cohabiter les gens et les programmes au gré de ses humeurs. Cette fois, ce sera les uns ou les autres et cette disposition électorale creuse le fossé entre les citoyens massanais. Elle explique aussi cet épais voile de discrétion qui s'est tendu au-dessus du village et qui ne se déchirera qu'en partie au soir du dimanche 30 mai.

Marcel s'accommode très bien de ce silence autour des élections. La vie lui a appris qu'il est toujours hasardeux de s'engager sur un homme ou une femme à moins qu'on ne craigne pas d'être déçu. Dans tous les cas, il ne sacrifiera jamais des années de camaraderie ou d'estime à des querelles politiques.

Lui qui a déjà choisi sa liste s'amuse à observer les attitudes des uns et des autres, à écouter leurs propos. Parfois, à l'occasion d'une discussion de rugby ou de chasse, jaillissent un mot, une allusion qui trahissent une préférence.

En cette période agitée, les Sénateurs ne tombent d'accord sur rien. La moindre remarque provoque des réactions acerbes. Les yeux brillent, les visages se ferment, les voix s'élèvent et il faut souvent toute la diplomatie bonhomme d'Émile pour apaiser les esprits.

Comme à son habitude, Marcel parle peu, écoute, répond brièvement lorsqu'on l'interroge. Il attend la réunion de Delpech avec curiosité. Que va inventer le maire pour faire pencher la balance de son côté ?

Le vendredi soir, au moment où il arrive dans la salle communale, il remarque avec amusement qu'elle est parfaitement rangée. Delpech attend un public nombreux. Marcel compte une douzaine de rangées de dix chaises. Une grande table recouverte d'une nappe bleu blanc rouge trône sur la scène. Il fait chaud. Après s'être installé au troisième rang, il ôte sa canadienne.

Peu à peu, la salle se remplit ; tous les employés municipaux et leur famille sont présents ainsi que les proches des conseillers sortants. Marcel connaît de nombreuses personnes, un peu plus que lors de la première réunion.

Lorsque Delpech prend la parole, la moitié des sièges sont occupés. Il commence par présenter ceux qu'il appelle ses amis. À l'énoncé de son nom, chaque colistier se lève puis s'assied à nouveau sans prononcer un mot, accompagné par les applaudissements du public.

« Monsieur Jean Marec, notre excellent correspondant local des journaux *L'Indépendant* et *Midi Libre* ! »

Marcel observe attentivement l'homme qui se lève et salue d'un bref signe de tête. Son large front dégarni est encadré par deux touffes de cheveux blancs qui frisent autour de ses oreilles. Son visage rond, légèrement empâté, pourrait donner une impression générale de douceur ou de bonhommie aussitôt démentie par ses petits yeux vifs derrière des lunettes rondes ainsi que par ses lèvres minces et serrées.

L'homme se tient droit face à la foule sans montrer la moindre émotion. Il porte un costume gris anthracite et une chemise blanche dont le col est ouvert. À son poignet droit brille une grosse montre. Tout de suite Marcel se dit que Marec a été un patron ou tout au moins quelqu'un de dur, un cadre habitué à commander, peut-être un inspecteur ou un chef de service.

Avant de présenter son programme, Delpech se lance dans une violente attaque contre la liste adverse, « cette collection de zozios qui n'ont jamais endossé la moindre responsabilité et qui ne connaissent rien ni au fonctionnement d'une commune, ni aux besoins du village. » Éclats de rire et huées dans la salle.

Il parle ensuite des projets qui lui tiennent à cœur et qu'il veut mener à terme avant de laisser la place aux jeunes : réaménagement de la mairie, symbole du village, réfection du toit de l'église pour ne pas que le bénitier se remplisse tout seul – rires –, amélioration du plan de circulation…

C'est le moment des questions du public. Marcel attend. Il est un peu surpris, les doigts levés sont bien moins nombreux que la dernière fois.

C'est Delpech qui répond. Parfois il donne la parole à l'un de ses colistiers pour avoir confirmation de ses dires.

Marcel se prépare, lève la main.

— Tiens, Marcel ! Je parie que tu vas nous parler de ton coq !

— Ben oui, répond le vieil homme décontenancé par l'apostrophe et le ton goguenard du maire.

— Nous t'écoutons.

Il se tourne vers Marec et lui dit à haute voix :

— Je te présente monsieur Montségur, le voisin de la Grangette et le propriétaire du meilleur chanteur de Massan. Allez, parle Marcel.

— Voilà… Comme tu l'as dit, j'habite à la Grangette, la campagne qu'il y a à la sortie du village. Nous, les Montségur, nous y sommes installés depuis cinq générations et nous avons toujours eu un ou plusieurs coqs. Maintenant, des gens du Soleil d'Occitanie veulent que je m'en débarrasse parce qu'il chante tous les matins. Ce coq j'y tiens beaucoup. Je veux savoir ce que vous pensez de cette affaire et qu'est-ce que vous ferez ?

— Tu sais, un coq au vin, c'est bon !

La salle éclate de rire. Delpech reprend la parole :

— Je plaisante Marcel, je plaisante... Plus sérieusement, je vais laisser monsieur Marec te répondre car lui qui habite au lotissement se retrouve en première ligne, si je peux dire, pour être réveillé par ton coq.

Marec se lève et commence à parler. Il a une voix à la fois fine et un peu nasillarde ainsi qu'un fort accent pointu.

— Bonjour monsieur Montségur, je suis ravi de vous rencontrer. Il est incontestable que votre coq est une source de nuisance importante pour les colocataires du Soleil. Je comprends que vous y soyez attaché par tradition familiale mais le monde a changé et les traditions deviennent caduques dès que leur environnement évolue. Vous viviez seul dans votre campagne, loin de toute habitation, vous êtes à présent le voisin de trente-six pavillons.

Murmures d'approbation dans la salle, Marec reprend :

— Les habitants du Soleil d'Occitanie dont je fais partie sont pour la plupart âgés. Ils ont choisi de venir habiter chez vous parce que la région est magnifique mais aussi et surtout pour y vivre en paix. Vous reconnaîtrez volontiers qu'être réveillé aux aurores chaque matin ne correspond en rien à leur désir de tranquillité et de repos.

— Je ne veux pas le tuer ! proteste faiblement Marcel qui se sent totalement incapable de lutter contre la facilité de parole de l'excellent correspondant local.

— Nous ne vous en demandons pas tant, enfermez-le au moins pendant la nuit !

— Mais un coq enfermé… c'est… c'est pas possible.

— Écoutez monsieur Montségur, nous payons nos impôts à Massan, nous sommes des Massanais à part entière. Pouvez-vous vraiment envisager que nous sacrifiions notre tranquillité au confort de votre coq ? Moralement, rien ne vous autorise à mettre en balance la qualité de vie d'une centaine de personnes avec celle d'un animal aussi précieux soit-il.

Delpech intervient :

— Il a raison Marcel, il faut que tu te montres raisonnable. Tu ne fais plus d'élevage alors tu n'as pas besoin d'un coq. Écoute, après les élections, tu passeras à la mairie et on arrangera ça, ne t'inquiète pas. Surtout, dis bien à tes amis que ce n'est pas en barbouillant le mur d'une propriété privée qu'ils feront avancer ta cause. J'ai eu toutes les peines du monde à empêcher le syndic de porter plainte mais, si vous recommencez, je ne vous protègerai plus.

Le vieil homme se referme sur lui, se tasse sur sa chaise, ne voit plus rien, n'entend plus rien. C'est le raclement des chaises sur le carrelage à la fin de la réunion et le brouhaha des spectateurs quittant la salle qui le tirent de sa torpeur. Il sort à son tour, assommé par cette condamnation unanime.

Que Marec soit contre Troumpéto, il s'y attendait, les articles annonçaient clairement son opinion.

Que Delpech ait traité son affaire en plaisantant ne l'a pas non plus surpris, il connaît bien le maire et ses pirouettes.

Par contre, il était persuadé que plusieurs personnes dans la salle prendraient sa défense. Aucune voix ne s'est élevée pour le soutenir, tout le monde a trouvé normal que Troumpéto soit sacrifié. Ces hommes et ces femmes avec qui il discute souvent, ces hommes et ces femmes dont il connaît pour la plupart les parents et les enfants l'ont abandonné ; ils ont donné raison à Marec.

Ils ont condamné son coq sans aucun scrupule. Ils ont même ri aux tristes plaisanteries de Delpech. Non seulement ils l'ont trahi mais, de plus, ils lui ont fait comprendre que son histoire était sans intérêt et que, en conséquence, lui non plus n'était rien pour eux. Ils l'ont poussé au bord de la route.

Marcel marche à pas lents vers la Grangette dans ces rues qu'il parcourt depuis son enfance et il se dit que le village qu'il a aimé n'existe plus. Il se sent vieux, plus vieux que jamais. C'est comme si, pendant la réunion, on avait jeté sur son dos le sac pesant de toutes ses années. Lui qui, comme tous les Sénateurs, pensait faire partie des gens importants de Massan prend conscience qu'il ne compte plus.

Le sentiment de son âge et celui de sa solitude

se mêlent pour venir l'accabler. Ah, si Madeleine était là, il se moquerait bien de tous ces imbéciles qui aboient avec Delpech et se laissent charmer par le premier beau parleur venu ! Mais non, il est seul et vieux ; ce soir, il a envie de mourir.

Il longe le mur d'enceinte du Soleil, passe devant l'inscription « Vive le coq » dont une giboulée a effacé de nouvelles lettres, traverse le cercle de lumière du dernier lampadaire avant de plonger lentement dans la nuit qui entoure sa campagne. Elle aussi est invisible, pense-t-il sans ressentiment, elle est comme lui.

Voir l'inscription l'a réconforté, les Sénateurs, eux, ne l'abandonneront jamais. Eux aussi sont vieux, eux aussi se retrouvent sur le bord du chemin, eux aussi pourtant se sont battus pour que le pays continue à vivre. Il pense à nouveau à cette phrase qu'ils se répétaient sans cesse :

« Tant que nous sommes unis, on ne peut rien contre nous ! »

Il hoche la tête, ils ne sont plus très nombreux et ils sont si âgés…

Il referme son portail prend Grimace qui est venue l'accueillir dans ses bras et entre chez lui. Il secoue la tête, essaie de se débarrasser de la tristesse qui revient s'agripper dans son esprit comme une toile d'araignée dans les cheveux. Il a mal à l'âme, il ne comprend pas : à quoi ça sert d'habiter le même village si on ne se soutient pas, si on agit avec ses concitoyens comme s'ils étaient des étrangers ?

On parle de communauté, de commune… Qu'ont-ils de commun avec lui tous ces gens qui ne le connaissent pas et qui l'ignorent ? Ils n'habitent pas très loin de lui, c'est tout et c'est bien peu, trop peu sans doute.

Il réchauffe sa soupe, en avale trois ou quatre cuillerées. Il n'a pas faim. Il caresse machinalement sa chatte qui, dressée sur ses pattes de derrière, a planté ses griffes dans son pantalon à hauteur de sa cuisse. Il coupe deux morceaux de gruyère, un pour lui, l'autre pour elle. Oui, il est fatigué, peut-être que tous ces gens ont raison, il ne sert plus à rien.

Il ne parvient pas à trouver un film ou une émission qui lui permette de s'évader. Du coup, il est à peine neuf heures et quart lorsqu'il décide d'aller se coucher. Il monte les escaliers en s'assurant que Grimace le suit.

Lumière éteinte, yeux ouverts. Solidarité ! Un grand moment de sa vie, l'un de ses plus beaux souvenirs.

Après leur expédition contre les vins Daudé à Pont de Rine, Marcel a repris contact avec les viticulteurs décidés à aider Jean Martinez et leur a donné rendez-vous à la Grangette le samedi suivant en leur demandant de prendre le casse-croûte afin de manger ensemble dans les vignes.

Il a choisi ce jour parce qu'il sait que son ami a promis à sa femme d'aller passer la journée à Limoux chez ses beaux-parents qui sont âgés et fatigués.

Ce samedi-là donc, au petit matin, ils se sont retrouvés une trentaine dans la cour. Les amis avaient appelé d'autres amis, pas un ne s'était dérobé. Tous connaissaient Jean, son engagement, sa droiture et sa valeur. Leur présence leur semblait naturelle, elle était le signe de leur reconnaissance et de leur amitié.

Il faisait beau, une vraie journée de printemps. À midi, ils avaient récupéré des braises du grand feu de sarments qu'ils avaient allumé, puis comme par enchantement étaient apparus des grils, des ronds de saucisse, de la poitrine de porc, des gros boudins noirs, des tranches de pâté, de longs pains dorés et des bouteilles de vin.

Leur repas avait duré un peu plus d'une heure et, chaque fois que Marcel parle de ce jour-là avec des anciens, tous s'accordent à dire que ce fut un moment exceptionnel. Ils avaient conscience de la valeur de leur acte justement parce qu'il était désintéressé. Il irradiait de tout le groupe un pur sentiment de bonheur et la certitude d'accomplir une action belle et juste.

De temps en temps, l'un d'eux regardait les pièces déjà taillées et s'exclamait en secouant la main :

« Quand il va voir ça Jean, il ne va pas en croire ses yeux ! »

Et tous acquiesçaient, joyeux et impatients comme des enfants qui ont fait un cadeau surprise à leur père.

Le travail se faisait presque sans qu'ils y pensent et sans effort. La ligne des tailleurs avançait régulièrement, ponctuée de rires et d'exclamations, elle formait un immense couteau qui laissait derrière lui les ceps nus.

Ils avaient passé une journée magnifique et, le soir, alors qu'ils finissaient les dernières rangées, Jean, averti par un voisin dès son retour, était arrivé à toute vitesse. Il les avait rejoints en courant à travers les rangées, s'était arrêté, avait regardé autour de lui toutes les vignes taillées puis était passé de l'un à l'autre, les prenant dans ses bras, les étreignant, les embrassant, répétant encore et encore :

« C'est pas vrai, c'est pas vrai ! Putain, je pourrai jamais vous rendre ça, jamais, jamais ! »

… et tandis qu'il allait de l'un à l'autre, trébuchant sur les mottes, il oubliait d'essuyer les larmes que les pires moments de détresse ou de souffrance qu'il avait vécus ne lui avaient jamais arrachées.

Les hommes à la fois ravis et embarrassés par son émotion ne savaient quelle attitude adopter : les uns prenaient des airs bourrus, les autres, au contraire, lui tapaient sur l'épaule ou bien lançaient de grosses plaisanteries pour tenter de dissimuler leur trouble et aussi le plaisir que l'ahurissement joyeux et ému de leur ami leur procurait :

— Boudu, ça c'est rien ! On a passé plus de temps à manger qu'à travailler ! disait l'un.

— Tu nous remercieras plus tard si, par hasard, tes vignes font des raisins ! lançait l'autre en riant.

— Tu vois, moi, c'est la première fois que je taille alors, tu me diras ce que ça a donné !

— Hé ! On n'a pas fini, on ne s'est pas encore occupés de ta treille et du rosier de ta femme !

Jean riait, s'agitait comme un bambin le matin de Noël. Tandis qu'ils regagnaient leur voiture en discutant, il s'était approché de Marcel et lui avait demandé :

— C'est toi ?

— Tu croyais qu'on allait te laisser tomber ?

— Je... Je sais pas, je m'y attendais pas. C'est... c'est magnifique... merci !

Dans son lit avec Grimace, sous le regard froid de la lune, il semble à Marcel qu'il ressent encore aujourd'hui la pression brûlante de la main de son ami sur son bras.

19

Le lundi matin, comme prévu, Dulup arrive de bonne heure à la Grangette et demande tout de suite à Marcel des précisions sur la réunion de ses adversaires : comment était la salle ? L'assistance était-elle nombreuse ? Est-ce qu'il connaissait les gens présents ? Quel a été le déroulement de la séance ? Ont-ils parlé de leurs projets ?

Marcel répond du mieux qu'il peut ; ces questions ne l'intéressent pas trop. Lui, il a surtout envie de parler de son coq, de Marec, de l'attitude de Delpech et de tous les gens mais le professeur insiste, demande si le maire a parlé de leur liste.

— Oui, il vous a traités de zozios et il a affirmé que vous ne connaissiez rien à rien.

Dulup hausse les épaules et déclare que, venant de ce personnage, les insultes ne le touchent pas. Enfin, Marcel lui raconte son face à face avec Marec.

— Il parle un peu comme vous, son accent ressemble au vôtre. Avec lui, il n'y a pas moyen de s'entendre : il a raison, Troumpéto ne doit plus chanter, un point c'est tout. Si j'ai bien compris ce qu'il m'a dit, les coqs n'ont plus rien à faire à Massan et moi non plus d'ailleurs. Il veut que je l'enferme. Enfermer un coq ! Quelle idée !

Dulup sourit :

— Il parle comme moi parce que lui aussi vient de Lyon, nous sommes très nombreux originaires du Rhône dans le lotissement.

Marcel qui revit sa douloureuse soirée n'a pas entendu la remarque du professeur. Il poursuit :

— Ce qui m'a le plus touché, c'est que tout le monde a paru d'accord avec lui. Il y avait plein de gens de Massan que je connais depuis des années et avec qui je discute souvent eh bé, pas un ne m'a défendu.

Il soupire, baisse la tête :

— Je savais bien que Marec mentait quand il disait que mon coq empêchait tout le lotissement de dormir mais je n'ai pas eu le courage de le contrer, il avait l'air si sûr de lui.

— Les imbéciles sont toujours sûrs d'eux !

— Peut-être, mais il parle bien. Je ne savais pas quoi dire pour me défendre.

— Quelle a été la position du maire ?

— Delpech ? Bien sûr il a donné raison à Marec, il m'a dit que je devais être raisonnable, qu'on se verrait après l'élection… Ah oui, il a affirmé que c'est grâce à son intervention que votre syndic n'a pas porté plainte pour les inscriptions sur le mur.

— Et vous le croyez ?

— En tous cas, il l'a dit.

— Écoutez, je poserai la question à l'intéressé jeudi au cours de l'assemblée générale.

Dulup qui s'aperçoit que Marcel est affecté par cette condamnation qui lui paraît unanime essaie de le rassurer.

— Vous savez, les gens qui assistaient à cette réunion étaient des proches de Delpech ou de ses colistiers, ils n'allaient pas s'opposer à lui pour votre coq. Croyez-moi, vous avez l'estime de beaucoup de vos concitoyens.

Marcel esquisse une moue dubitative :

— C'est vous qui le dites. À mon âge, il y a longtemps que je ne me fais pas trop d'illusions sur les gens et ce que j'ai vu l'autre soir me prouve malheureusement que j'ai raison.

— Quoi qu'il en soit, c'est pendant l'assemblée générale du Soleil que l'on parlera de votre coq. Marec peut dire ce qu'il veut, il est loin d'être le seul à décider.

— Je compte sur vous pour me défendre.

— Oui, je m'y suis engagé et je tiendrai parole. Il faut que je vous dise, madame Pluch a elle aussi quitté la maison qui est maintenant fermée depuis trois jours. D'autre part, les rumeurs sur la mise en vente du pavillon se font de plus en plus précises. C'est une bonne chose pour vous.

Dulup s'en va sans acheter des œufs.

Cette visite a mis Marcel mal à l'aise. Le professeur non plus ne s'intéresse guère à son coq. Finalement, tout le monde se moque de Troumpéto. Il n'est important que pour lui. Après tout, ces gens ont peut-être raison ; ce n'est qu'un animal de ferme, ni affectueux, ni intelligent et qui, de plus, réveille tout le monde chaque matin. Comment expliquer qu'il s'agit de la dernière empreinte vivante de Madeleine dans la Grangette ? Qui peut le comprendre ?

Il y a tant de personnes, d'animaux, de choses qui disparaissent chaque jour, chaque minute, qui s'enfoncent dans l'oubli comme des navires dans l'océan et on ne peut en sauver aucun, jamais. Troumpéto va partir demain, dans un mois ou dans un an. Lui, Marcel Montségur, le suivra et Dulup et Marec et la Grangette et même Massan. Il ne restera rien de leur présence, ceux qui se souviendront d'eux partiront à leur tour et la surface de l'océan sera toujours inchangée, indifférente, froide, avide et infinie.

À quoi bon lutter ? Pourquoi se battre ? Pour que Troumpéto survive quelques années de plus ? Est-ce si important ? Qu'est-ce que ça change ? Marcel croyait que les gens tenaient à son coq parce qu'il était le symbole du village tel qu'il existait depuis des lustres. Il en était persuadé et il s'est trompé : ceux qui l'aimaient ont presque tous disparu, il ne reste plus que les Sénateurs qui vivotent sur leurs bancs au bord de la vie moderne et que plus personne n'écoute.

Il le voyait, bien sûr, que la population de Massan avait changé mais il ne voulait pas se le dire. Maintenant, la plupart des habitants travaillent en ville, ce sont des citadins qui résident au village, pour des raisons purement financières dans la plupart des cas. Ils sont là parce qu'ils ne peuvent pas faire autrement. Ils se moquent bien de l'équipe de rugby, du bal du 14 juillet, des lotos, des activités proposées par les associations locales alors, son coq ! La plupart d'entre eux ne savent même pas qu'il existe.

Dulup n'est venu le voir ce matin que pour obtenir des renseignements sur le déroulement de la réunion de Delpech. Il se sert de lui comme d'un espion... Lui qui pensait qu'il y avait un peu d'affection entre eux... Il est seul, avec des souvenirs et Grimace, sa douce chaleur et ses griffes acérées.

Il secoue la tête, souffle fort.

Qu'est-ce qu'il lui prend ? Ce n'est pas vrai, il n'est pas seul ! Son fils et sa fiancée vont venir vivre à la Grangette, il aura sans doute à s'occuper d'un petit Montségur. Que peut-il espérer de plus ?

Et Dulup ? Pourquoi soudain doute-t-il de lui ? Lors de chacune de ses visites, il a eu des attitudes, des sourires, des mots qui ne trompent pas ; sa relation avec le professeur vaut bien plus que ce qu'il en pense aujourd'hui. Elle a d'ailleurs commencé bien avant que celui-ci soit candidat.

En ce moment, le Lyonnais est obnubilé par ces maudites élections. La politique est-elle si ensorcelante, si flatteuse ou si… profitable pour ceux qui en font qu'elle leur fait oublier les amis ? Qu'elle les rend aveugles et sourds aux désirs et aux problèmes des autres ? Ce devrait pourtant être le contraire non ? Vivement dimanche soir que les élections municipales soient terminées et que toute cette comédie hypocrite et obligée s'achève…

Après, le professeur reviendra une fois par semaine chercher des œufs avec son panier : ils discuteront du temps, des légumes à semer ou à planter, des fleurs, des oiseaux, ils boiront un peu de grenache s'il est l'heure de l'apéritif.

Après, les Sénateurs pourront recommencer à discutailler sans fin et se disputer en toute quiétude… Tout redeviendra prévisible et calme, le temps fera, à nouveau, semblant d'être apprivoisé et lui pourra attendre tranquillement le retour de son fils.

Marcel sourit ; il a besoin de si peu pour être content de son sort. Il s'est accoutumé par force à vivre sans Madeleine. À présent, pour se sentir bien, il lui faut simplement pouvoir rencontrer quelques camarades, marcher dans les rues du village, faire ses courses, préparer ses repas, s'occuper de ses poules et rester autonome. Que lui importe que les autres ne s'intéressent pas à lui !

Il sort un sachet de lardons du réfrigérateur et l'ouvre. Il les fera cuire dans la poêle en compagnie de deux œufs. Avec une poignée de salade frisée et une belle tranche de pain aillé, mouillé d'huile d'olive, cela fera un excellent repas. Pourquoi soudain pense-t-il à Marec ? Il l'ignore… peut-être à cause de sa calvitie ; ne dit-on pas d'un chauve qu'il a une tête d'œuf ?

Ce bonhomme a un comportement qui lui rappelle celui d'un chef du dépôt de Paris-Austerlitz, il y a bien longtemps : c'était quelqu'un très dur avec les apprentis et très souple avec les puissants. Il aimait s'adresser longuement aux nouveaux venus, leur faire de grands discours, les submerger sous des flots de consignes et d'arguments techniques, leur montrer l'étendue de son savoir. Eux, bien sûr, ne comprenaient pas la plupart de ses paroles mais aucun n'osait le lui dire, ils le laissaient étaler son savoir en pensant au prochain week end.

Marec est dangereux parce qu'il a l'air instruit, bien plus que lui en tous cas qui n'a rien trouvé à répondre, qui n'a même pas protesté. Il est inquiet car il sait bien que la pire des choses, c'est d'avoir un ennemi intelligent. Dulup dit que c'est un imbécile mais c'est sans doute un jugement… politique. Marcel pense que, dans ce cas, le professeur est de mauvaise foi. Il aimerait bien être présent à cette assemblée générale pour assister au débat à propos de son coq.

Lorsqu'il rejoint les bancs du Sénat, le lundi matin, les présents sont en pleine discussion à propos du match de rugby de la veille car l'équipe locale qui jusqu'à présent obtenait de bons résultats a perdu sur son terrain de Massan contre le club le plus mal classé de la poule.

Vincent ne décolère pas :

— Comment veux-tu gagner ? Ils n'étaient que seize joueurs présents. On a commencé la seconde mi-temps à quatorze puis le petit Bénet s'est blessé et on a fini le match à treize. C'est pas sérieux, les jeunes, ils prennent la licence et puis ils viennent le jour où ils en ont envie !

— Ils n'ont pas l'amour du maillot ! ajoute Louis. Ils ne se font pas respecter sur le terrain. Nous, quand on jouait ici, on commençait tous les matches par une bonne bagarre générale. Après, on était tranquille.

— Maintenant, il y a plus de mille habitants ici et de moins en moins de joueurs. Si ça continue, il n'y aura plus de club.

— Tu n'as qu'à voir le nombre et l'âge des spectateurs ; à part les femmes et les enfants des joueurs, il ne reste plus que les vieux à venir se geler derrière les barrières.

— Le problème, c'est que des jeunes de Massan vont jouer ailleurs. Ils n'en ont rien à faire du village.

— C'est normal, intervient Émile. Les villages

autour de la ville ont tellement grandi qu'ils ont perdu leur identité. Il faudra beaucoup de temps, peut-être une génération, à tous ces gens qui arrivent pour se sentir Massanais.

— Oui, mais en attendant, tout crève ici.

— C'est comme pour mon coq ! s'exclame Marcel.

— Quoi ton coq ?

— Eh bé, il n'y a que vous, les Sénateurs, qui trouvez que ce n'est pas normal que les nouveaux veuillent le faire taire. Les autres, ils s'en moquent complètement, je l'ai vu vendredi à la réunion.

— Mon pauvre Marcel, tu as avec toi une armée de vieux !

— Une armée de bras cassés ! s'exclame José en riant.

— Oui, mais malgré tout, ça me chagrine beaucoup de voir qu'il n'y a plus de solidarité dans le village.

— C'est maintenant que tu t'en aperçois ? Moi, il y a longtemps que je le dis mais on n'y peut rien, c'est chacun pour soi et puis voilà.

Les Sénateurs hochent la tête ; ils se mettent à raconter un acte, un évènement qui conforte la réflexion de Vincent et les exemples d'incivilité ou d'impolitesse ne manquent pas. Des gens qui te croisent sans te saluer à celle qui passe devant tout le monde dans l'épicerie, de l'un qui laisse aboyer son chien toute la journée à l'autre qui ne nettoie pas son devant de porte, des jeunes qui écoutent la musique toute la nuit aux fêtards éméchés qui klaxonnent à deux heures du matin pour se dire au revoir…

Tous écoutent, approuvent, rajoutent un détail, font des commentaires, se mettent à parler d'autrefois, reviennent avec délice et nostalgie dans le pays fabuleux de leur jeunesse, celui du « bon temps » où ils aiment à croire que tout le monde était heureux et gentil.

Émile brise le charme en déclarant :

— Autrefois, c'était bien parce que les matins, même les jours de pluie, quand je me levais, je ne souffrais ni du dos, ni des jambes, ni des bras, ni des reins… À part ça, beaucoup de gens vivaient dans des taudis, s'habillaient de guenilles et mangeaient ce qu'ils trouvaient. Il y avait beaucoup d'ouvriers qui ne vivaient pas jusqu'à la retraite et très peu qui avaient le temps d'en profiter. Après, autant que je me souvienne, il y avait déjà pas mal d'égoïstes, de sans-gêne et d'imbéciles dans le village.

Marcel rentre chez lui, pensif. Bien sûr, Émile a raison. Quand on est jeune, on fonce dans la vie sans faire attention aux actes de l'un ou de l'autre. On n'a pas le temps, on est pressé d'atteindre le but fixé. Le village a changé, lui aussi a changé.

Il est à nouveau assailli par les idées qu'il a eues après la visite de Dulup. Ce n'est pas du découragement, car pour être découragé, il faut avoir combattu. C'est plutôt une triste lassitude et une forte envie de lâcher prise qui l'envahissent inexorablement.

Veut-il vraiment se battre pour sauver Troumpéto ? N'est-ce pas ridicule de s'obstiner à le garder ? Si les gens du Soleil veulent qu'il enferme son coq pendant la nuit, il l'enfermera. Bien sûr, ça ne sera ni juste, ni normal mais que peut-il faire d'autre ? Finalement, être vieux, c'est apprendre à se résigner.

Ne s'est-il pas résigné à vivre sans Madeleine ? À ne plus avoir de nouvelles de son fils pendant des années ? À perdre ses parents alors qu'il avait encore besoin d'eux ? À faire arracher toutes ses vignes faute de trouver un repreneur ? Que pèse Troumpéto par rapport à tous ces malheurs devant lesquels il a dû baisser la tête et continuer à vivre ?

Réfléchir pendant le trajet du retour à la Grangette lui a fait du bien ; le voilà rasséréné. Mainte nant, il a besoin de tranquillité... à n'importe quel prix. Il suivra la décision prise lors de l'assemblée générale du Soleil. Il va l'attendre sans impatience, ni anxiété. Pour lui, elle fera force de loi.

Ce jeudi soir, la salle commune du Soleil d'Occitanie est occupée par quelques couples qui discutent ensemble lorsque Dulup et sa femme s'installent. Le syndic est en train d'extraire un dossier de sa serviette. Il les accueille d'un hochement de tête.

Le professeur va remplir et signer la feuille de présence, ce qui lui permet de constater qu'une bonne vingtaine de copropriétaires sont déjà présents ou représentés. Il a le temps de noter que madame Pluch a donné procuration à Marec. Il est ravi qu'elle soit absente car, habitué à raisonner le plus calmement possible, il éprouve beaucoup de difficultés à discuter lorsqu'il se heurte à des gens comme elle, agressifs et irrationnels. Sa dernière algarade avec elle le jour où il promenait son chien le lui a montré une fois encore : il s'est retrouvé désarmé et muet face à la violence de son interlocutrice.

Peu à peu, de nouveaux copropriétaires prennent place. À dix-huit heures trente précises, le syndic vérifie la feuille de présence : il la lit en demandant à chacun de se signaler à l'appel de son nom. Il décompte vingt-huit présents, huit absents dont quatre sont représentés.

L'élection du président se passe sans problème ; en principe, il s'agit du plus âgé des résidents qui se prête au jeu à chaque assemblée générale sans se faire prier. Celle du secrétaire est, elle aussi, rapide puisque le syndic est nommé à l'unanimité. Celui-ci ouvre aussitôt la séance et rappelle les différents points inscrits à l'ordre du jour. L'assemblée générale peut enfin commencer.

Peut-être à cause des élections toutes proches, il semble à Dulup que les échanges sont un peu vifs et l'atmosphère plus tendue que d'habitude. Les deux premiers points, la remise en état des espaces verts et l'achat d'un billard ou d'une table de tennis de table font cependant l'objet de décisions favorables quasi unanimes.

Les premières disputes éclatent à propos de la propreté du lotissement car certains résidents sont nommément désignés pour leur manque de respect des lieux communs et le président de séance ainsi que le syndic ont toutes les peines du monde à rétablir un peu de calme dans l'assemblée. Néanmoins le texte rappelant les obligations de chacun est voté à une large majorité.

Jusque là, Dulup, qui attend la question numéro quatre, ne s'est pas exprimé au contraire de Marec qui a endossé le rôle de Monsieur Propre, dénonçant les attitudes individualistes et accusant plusieurs copropriétaires de ne pas respecter les règles qu'ils ont eux-mêmes approuvées. Ce faisant, il s'est attiré quelques murmures d'approbation mais aussi de nombreuses remarques désobligeantes qui ont fait sourire le professeur.

Au moment où le syndic lit : *question numéro quatre : décision à engager une procédure judiciaire contre le propriétaire du coq de la ferme voisine.* De nombreux résidents apparemment ignorants du problème s'interrogent : quel coq ? Quelle ferme ? Pourquoi ?

Marec prend la parole et explique que beaucoup de copropriétaires sont réveillés chaque matin à l'aube par le chant du coq voisin. Il poursuit en louant les efforts de madame Pluch pour parvenir à un règlement amiable de la question – sourires entendus dans la salle.

Il ajoute en prenant un air navré qu'elle s'est heurtée à l'intransigeance obstinée du propriétaire qui n'a rien voulu entendre et que, dans ces conditions, la seule solution existante pour régler ce différend passe par le tribunal.

Cette explication soulève une flambée discrète de murmures et de dialogues entre voisins qui met quelque temps à s'éteindre.

C'est le moment choisi par Dulup pour intervenir ; dans un premier temps, il loue les efforts de madame Pluch dont tout le monde ici connaît la réserve, la finesse d'esprit et le sens de la diplomatie – rires dans la salle.

Il parle ensuite de la famille Montségur et de la Grangette, les cinq générations de paysans, les vignes et l'élevage de la volaille. Il annonce que c'est le dernier coq qui vivra dans la ferme et il ajoute que, étant donné son âge, il ne doit pas lui rester beaucoup de temps à chanter.

Les résidents accueillent ses propos avec un peu d'émotion et beaucoup d'indulgence d'autant plus que la plupart ne sont pas gênés par l'animal.

En bon orateur, il laisse glisser un instant de silence puis reprend la parole en changeant de ton. Désormais, il est grave. Il explique que cette affaire qui pourrait prêter à sourire creuse encore plus le fossé qui existe entre le village et le lotissement. Il parle de l'inscription sur le mur, de la colère des vieux habitants qui ne comprennent pas que des nouveaux venus veuillent changer leur mode de vie.

— Cette fracture, affirme-t-il, est préjudiciable à tous et il faut être fou ou de mauvaise foi pour l'aggraver.

Il sourit et poursuit :

— Nous avons, pour la plupart, agi comme les conquistadors, nous avons brûlé nos vaisseaux ou, si vous préférez, nous avons vendu notre maison ailleurs pour pouvoir en acheter une ici. C'est clair, nous ne repartirons pas. Dans ces conditions, le but, l'idéal, n'est-il pas de s'intégrer le plus vite et le mieux possible dans ce lieu que nous avons choisi ?

Il s'arrête comme s'il attendait une éventuelle réponse puis continue :

— Faire un procès pour empêcher un coq de chanter est à la fois ridicule et mauvais, sans compter, et c'est un point important, qu'il s'agit d'une affaire qui va coûter cher et dont l'issue est très incertaine pour le demandeur. En fait, j'ai consulté la jurisprudence en la matière et dans la plupart des cas, le jugement est favorable au défendeur, c'est-à-dire au propriétaire du coq, à moins qu'il ne soit prouvé qu'il chante bien plus qu'un coq normal. Voyez un peu la difficulté, les huissiers passant des journées à comptabiliser les cocoricos, les avocats, les appels probables. L'animal a de fortes chances de mourir avant que l'affaire soit tranchée.

Il sourit, son regard glisse sur tous les présents :

— Je vous demande d'être sérieux et intelligents, laissons chanter ce coq jusqu'à ce qu'il se taise tout seul.

Marec reprend la parole, le regard haineux braqué sur le professeur. Pourtant, soit à cause de l'absence de son égérie, soit parce qu'il se rend compte qu'il défend une cause douteuse, il semble manquer de conviction.

Il déclare néanmoins qu'il est facile de jouer les grands cœurs lorsqu'on n'éprouve aucune des nuisances que les autres endurent puis il en appelle à la solidarité des copropriétaires. Enfin, pour atténuer le fort effet de l'argument financier apporté par Dulup, il ajoute que les frais de justice pourront sans doute être payés grâce aux fonds de réserve du lotissement.

Ce n'est pas une bonne idée, car le syndic intervient alors pour signaler que lesdits fonds de réserve vont déjà être sérieusement réduits par l'entretien des espaces verts, et surtout par l'achat du billard et de la table de ping-pong puisque les résidents ont opté pour l'acquisition des deux meubles. Il ajoute que, dans ces conditions, si l'assemblée décide d'aller au procès, il faudra recourir à un nouveau financement dans les trois mois à venir.

Gros murmure de réprobation dans la salle.

La décision d'engager la poursuite judiciaire est repoussée largement puisqu'elle ne recueille que huit voix sur trente-deux. La femme de Dulup serre fort la main de son mari mais celui-ci a le triomphe modeste, il se contente d'afficher un petit sourire.

Après le vote, le syndic accorde à l'assistance quelques minutes de repos puis poursuit l'ordre du jour avec la décision à prendre pour la demande de prêt de la salle commune par Monsieur Rouvier.

Celui-ci se lève et explique à l'assemblée les raisons de cette demande. S'appuyant sur le discours de Dulup, il déclare que c'est une bonne occasion de mêler les jeunes de tout le village puis il s'engage à maintenir l'ordre, faire terminer la soirée à deux heures du matin et rendre les lieux aussi propres qu'il les aura trouvés.

Le professeur appuie la requête en déclarant qu'effectivement c'est une bonne occasion de faire venir des jeunes du vieux village dans le Soleil.

Marec, lui, craint des débordements et met en doute les capacités de Rouvier à maintenir l'ordre face à des jeunes sans doute alcoolisés. Celui-ci répond qu'il ne sera pas seul puisque son fils ainsi que les parents du jeune Tessier l'aideront. Une discussion longue et difficile éclate alors sur l'opportunité de prêter la salle à tous les résidents qui en feront la demande. Finalement, dans l'impossibilité de trancher, l'assemblée décide que la question sera réglée au cas par cas.

Par un vote de dix-huit voix pour et quatorze contre, l'assemblée accorde la salle à monsieur Rouvier.

Certaines personnes commencent à quitter la salle en bredouillant des excuses. Dans les questions diverses, Dulup pense que Marec va parler de l'inscription sur le mur mais ce dernier n'en dit mot. Il est vrai qu'une petite averse, hier soir, a presque entièrement effacé les dernières lettres restantes. Peut-être aussi que le correspondant est échaudé par le cuisant échec subi à propos du coq.

La séance est levée peu de temps après.

Comme il l'avait promis à Marcel, Dulup demande au syndic s'il avait eu l'intention d'intenter une action en justice contre les auteurs du graffiti. Celui-ci lui répond qu'il pensait que la question serait évoquée à la fin de la réunion et qu'il n'avait rien envisagé en attendant la décision des copropriétaires.

20

Pendant que l'on parle de son coq pas très loin de chez lui, Marcel comme chaque soir après le repas s'assied sur le perron dans la cour et goûte le calme du crépuscule. Quelques gloussements lui parviennent parfois du poulailler et le vent lui apporte au gré de ses rafales des rumeurs du village. Il aime regarder les dernières flammes du soleil qui ourlent de braise les nuages et, aussi, le moment où la nuit, doucement, s'installe autour de lui. Il va alors vérifier s'il a bien fermé le portail, appelle Grimace qui est sortie avec lui puis rentre.

Il est temps d'allumer le téléviseur, de se raccorder à cet univers qui l'ignore mais auquel, malgré tout, il continue à s'intéresser. S'intéresser est sans doute un peu excessif. Il se sent comme un prisonnier qui regarde la ville à travers les barreaux de sa cellule.

Mis à part son intermède parisien, il a passé toute son existence à Massan. Peu à peu, comme un arbre prend racine, il s'est enfoncé dans sa terre, ses souvenirs, ses habitudes. Il y a bien longtemps qu'il ne peut plus s'en détacher. Y a-t-il jamais songé ? Non, pas vraiment, sa vie se terminera ici dans la Grangette, loin de la violence et de la folie de ce monde dont il perçoit par l'intermédiaire de son poste de télévision les éclats et la démesure.

Les éclats des soirées, robes de grands couturiers, smoking, jeunes gens superbes, protecteurs bedonnants, sourires lumineux, limousines somptueuses, flashes, cohues hystériques mais aussi éclats de violence et de misère, corps déchiquetés, explosions, flammes, meurtres, enfants mourant de faim. Démesure de luxe et de magnificence, démesure de souffrance et de misère.

Bien qu'il lui arrive souvent d'être meurtri et de rares fois ébloui par le spectacle de ce monde, Marcel n'a aucune envie d'y participer. Finalement, il se sent bien dans sa prison, à l'abri des autres.

Il regarde, il admire parfois mais il ne se fait aucune illusion. Il sait que derrière cette façade de luxe et de beauté prospèrent la fraude, le mensonge, la haine et le dénuement.

Combien de gens doivent-ils mourir de faim afin que celle-ci, couverte de bijoux, magnifique et souriante, pose devant les photographes ? Combien faut-il de bombes et de massacres pour que celui-ci perçoive en un mois ce que la multitude ne gagnera pas en travaillant toute la vie ?

Et ces sourires, ces promesses, ces belles paroles,

ces leçons de morale, ces mots justice, égalité, liberté, lancés à tout bout de champ pour masquer l'avidité et la mégalomanie…

Son passé de vigneron luttant jour après jour pour sa survie lui a appris que les sphères du pouvoir sont des labyrinthes dans lesquels se perdent tous les gens de bonne volonté. Il a trop vécu d'injustices pour en souffrir de nouvelles. Il préfère fermer les yeux. À son âge et avec le peu de forces qu'il lui reste, que peut-il faire d'autre ?

Cette histoire de coq qui bouleverse sa vie lui montre avec netteté ce dont il se doutait depuis plusieurs années déjà : il n'est plus capable de se battre. Il l'a fait en son temps, mais tout cela est fini. Maintenant, il n'est plus qu'un Sénateur, quelqu'un qui parle beaucoup mais qui n'agit plus. C'est aux jeunes de se dresser face à tous les vices du monde.

Il a regardé une partie de la soirée des Oscars ; il s'endort en pensant qu'il n'a jamais rencontré de femmes aussi belles dans la région. Il aimerait bien cependant voir la fille Delga coiffée, maquillée et vêtue comme ces créatures qu'il vient d'admirer. Peut-être qu'elle soutiendrait la comparaison. Il faudra qu'il demande ce qu'il en pense à Jules, le Sénateur en charge de la question féminine à Massan.

Le lendemain matin, en voyant arriver Dulup souriant, Marcel comprend tout de suite que celui-ci lui apporte de bonnes nouvelles. Effectivement, le professeur lui confirme qu'il n'a plus rien à craindre pour son coq puis lui raconte dans le détail le déroulement de la discussion.

Marcel le remercie pour son aide et ajoute :

— Depuis que je vous ai entendu parler à la réunion, je sais que vous êtes capable d'endormir un chat sur une caisse de sardines !

Dulup éclate de rire et déclare.

— Dans la mesure où la cause est juste, il est facile de trouver les bons arguments pour la défendre.

— Et Marec ?

— Il m'a semblé éteint. Il m'a jeté des regards pleins de colère mais il ne m'a jamais agressé.

— Tant mieux.

— Oui. L'assemblée a aussi accepté de prêter la salle commune pour l'anniversaire de Nadine Rouvier et du jeune Tessier, c'est bien.

— Oui, c'est bien. J'espère que dimanche soir, vous serez autant content que ce matin.

— C'est possible, nous rencontrons beaucoup de gens qui en ont par-dessus la tête de Delpech. S'ils ne votent pas pour nous, ils voteront contre lui. Après, ils apprendront à nous connaître. Au fait, contrairement à ce qu'il vous a dit, le maire n'est jamais intervenu auprès du syndic pour l'empêcher de poursuivre l'auteur de l'inscription. Celui-ci m'a déclaré qu'il attendait que l'assemblée générale du Soleil prenne une décision à ce sujet. Ce Delpech est tout de même un drôle de bonhomme et un sacré menteur !

— Oui. Vous êtes au bureau de vote ?

— De huit heures à midi.

— Bon, alors on se verra, je vais toujours voter le matin.

— Bien, à dimanche.

Voilà, l'affaire du coq de la Grangette est terminée. Marcel est-il content ? Oui, bien sûr, mais c'est surtout le soulagement qui domine en lui. Quoi qu'il en soit, il n'aurait pas tué Troumpéto, il ne l'a jamais envisagé. Enfermé ? Oui, peut-être. En vérité, il se sent bien parce qu'il est débarrassé d'une menace qui pesait d'autant plus lourdement sur lui qu'il ne parvenait pas à la comprendre. Accuser un coq de chanter c'est comme empêcher un enfant de bouger, ça n'a pas de sens, c'est ridicule et impossible.

Il est soulagé aussi parce que l'honneur de Massan est sauf. Il aime trop son village pour le penser capable d'une telle avanie. Il ne parvenait pas à croire que celui-ci allait le laisser condamner. Cette trahison lui paraissait inimaginable et malgré la déception provoquée par la réunion de Delpech, il gardait au fond de lui l'espoir que ses concitoyens s'éveilleraient enfin, se mettraient en colère et se battraient pour qu'on les laisse tranquilles, lui et son coq.

Il sait bien que la sauvegarde de Troumpéto ne doit rien à une quelconque réaction des Massanais mais il lui reste la possibilité de rêver qu'elle aurait eu lieu si les gens du Soleil l'avaient poursuivi en justice. Finalement, le plus important n'est-il pas de garder toujours ouverte une issue par où on pourra, sinon s'échapper, du moins continuer à croire encore à ce qui nous anime ?

Dulup vient à peine de quitter la Grangette lorsque le téléphone sonne. C'est Claire qui l'appelle pour lui demander si elle peut venir passer deux semaines en juin chez lui. Elle explique que Stéphane à ce moment-là sera en stage de spécialisation et qu'elle en profitera pour venir prendre des photos de la campagne et commencer à préparer les dossiers de demande d'aide financière pour son projet.

— On va vous aider ? demande Marcel un peu incrédule.

— Si je me débrouille bien, c'est-à-dire, si je présente quelque chose de solide, je peux obtenir une subvention du département et peut-être de l'Union européenne. C'est pour cette raison que je commence à y réfléchir dès maintenant. Il faut que mon dossier soit parfait.

— Je comprends. Je te l'ai déjà dit, tu es ici chez

toi. Tu viens quand tu veux. Je te demande simplement de m'avertir deux ou trois jours avant.

— Merci Marcel, je vous appellerai pour confirmer les dates précises. Je vous embrasse, à bientôt.

C'est une bonne, une excellente nouvelle. Il ne s'est pas trompé sur Claire, c'est une femme qui a de la suite dans les idées. Elle ira jusqu'au bout de son projet. Tout en marchant pour rejoindre les Sénateurs, il se frotte les mains de plaisir.

Il presse le pas car il a hâte d'annoncer que son coq est sauvé et qu'il en a enfin fini de cette triste histoire, mais lorsqu'il arrive tous discutent d'un fait divers qui a eu lieu dans la nuit, un évènement qui, par son retentissement, et surtout son absence d'explication logique éclipse même les élections du lendemain et permet les suppositions les plus folles. Marcel, écoute, interroge et Vincent lui répond enfin par une question :

— Tu n'as rien entendu cette nuit ?

— Non, pourquoi ?

— Comment veux-tu qu'il entende, il habite de l'autre côté du village intervient Émile.

— Entendre quoi ?

— Boum ! Le cabanot de la Jacote a explosé.

— Explosé ! répète Marcel abasourdi.

— Il ne reste plus rien !

— Remarquez, il ne restait déjà pas grand-chose, constate Jeannot. On avait volé la porte, les volets et les tuiles du toit.

— Il y avait quand même les murs et les cloisons.

— Oui. C'est dommage, soupire Émile, vous vous souvenez ? Les jours de pluie ou de grand vent, on y faisait la saint Loup.

— C'est là que j'ai pris ma première cuite, déclare Louis pensif.

Le coffre aux souvenirs vient de s'ouvrir. Ils jaillissent joyeux et légers, brillants comme des bulles de lumière et éclatent autour des vieilles bouches édentées. Jules parle de ses conquêtes qu'il emmenait là-bas pour leur apprendre l'amour, assure-t-il. René se rappelle du lièvre qu'ils avaient fait griller dans la cheminée. Le vieil Auriol se met à fredonner :

« À la Bastille, on aime bien… »

Tous éclatent de rire, d'autres airs, d'autres titres réapparaissent. Peut-être parce qu'il est l'un des Sénateurs les plus assidus, Marcel est surpris par l'absence de José Garcia et en fait la réflexion à haute voix :

— C'est étonnant que José ne soit pas là, il ne rate pas souvent le Sénat du samedi.

Cette constatation provoque soudain le silence et tous ont la même illumination : José, Boumboum ! Bien sûr ! Pourquoi n'y ont-ils pas pensé plus tôt ? Si quelque chose explose dans Massan, il y a de fortes chances que ce soit lui qui ait allumé la mèche. Mais pourquoi le cabanot de la Jacote ?

— J'espère qu'il n'a pas fait une bêtise et qu'il

n'est pas blessé, s'inquiète Émile. En partant, je passerai chez lui pour prendre de ses nouvelles.

— C'est pas la peine, il arrive !

Tous se retournent dans le même mouvement. José traverse la place en boitillant et se laisse tomber sur un banc. Il soupire d'aise, visiblement ravi d'avoir retrouvé ses vieux compagnons. Après un instant de silence, Vincent lui demande :

— C'est toi ?

L'homme regarde tous les Sénateurs qui le dévisagent et sourit :

— Ben oui !

— Mais pourquoi ?

— Depuis que je les avais ces deux cartouches, j'avais envie de les faire péter ! Vous n'avez pas voulu que j'aille réveiller la Pluche alors !

— Mais pourquoi le cabanot de la Jacote ?

— Parce qu'il est assez loin du village et qu'il est vide. Je ne risquais pas de blesser quelqu'un.

— C'est dommage, on y avait plein de bons souvenirs. Tu aurais pu en choisir un autre, c'est pas ce qui manque dans les environs.

— Justement, c'est à cause des souvenirs… C'est là qu'on s'est caché la première fois qu'on s'est embrassé Maria et moi et ça me faisait de la peine de voir cet endroit tout démoli et plein de saletés.

Les Sénateurs ne trouvent rien à répondre. Combien de fois, eux aussi, ont-ils eu mal au cœur en voyant disparaître une bâtisse, un lieu témoin de leur jeunesse ? Après tout, peut-être que José a bien agi, le cabanot ne servait plus qu'à abriter des vagabonds et des vauriens.

— Tu boites, tu t'es blessé ? lui demande Marcel.

— Non, enfin si. Tu comprends je ne suis plus jeune et j'avais pris une mèche courte. En me dépêchant pour me mettre à l'abri, je me suis tordu la cheville. Quand même, dit-il tout rêveur, ça a bien pété !

— Je comprends, s'exclame Émile, tu as réveillé la moitié du village !

— C'est vrai ? demande José ravi.

— J'espère que tu n'as plus d'explosif, déclare Tessier sur un ton sérieux, parce que c'est pas des choses à faire, surtout à ton âge et en ce moment. Je te conseille de ne pas faire le malin et de n'en parler à personne. Si les gendarmes pensent que c'est un attentat ou une préparation d'attentat qui a mal tourné, ils risquent d'envoyer la police anti-terroriste !

La discussion aussitôt reprend de plus belle et Marcel attend avec impatience le moment où il pourra parler de son coq. Finalement, il en dit deux mots alors que les Sénateurs se préparent à lever la séance, mais cette nouvelle ne soulève pas l'enthousiasme qu'il espérait. Seul, Émile lui dit qu'il est très content que, pour une fois, la raison l'ait emporté sur la bêtise.

Marcel reprend son chemin quotidien un peu déçu de ne pas avoir retrouvé la solidarité que le Sénat lui avait témoigné il y a quelque temps. Il est cependant forcé de reconnaître que l'action de José a beaucoup plus d'éclats, c'est le moins que l'on puisse en dire, pense-t-il en souriant. Il est aussi étonné par la raison que celui-ci a donnée pour expliquer le choix de son objectif : il ne pensait pas que Boumboum soit autant romantique...

Lui, quel endroit ne voudrait-il pas voir disparaître ? La Grangette, sans doute, mais c'est déjà trop tard : plus d'ouvriers, plus de matériel en état, plus de vignes, plus de jardin, six poules, un coq, une chatte et lui. C'est bien peu... Il y a environ une cinquantaine d'années, le domaine employait à plein temps plus d'une dizaine de personnes et possédait six chevaux de trait.

Claire va transformer sa campagne, y faire vivre plein de gens, ce sera une nouvelle Grangette. Il espère qu'il restera tout de même, ici et là, quelques détails qui entretiendront ses souvenirs, les raviveront peut-être. Il ne veut rien imaginer, il préfère se borner à la pensée réjouissante de Stéphane et sa famille vivant à Massan avec lui.

Le raisonnement de José lui apparaît tout à fait incompréhensible. En détruisant le cabanot, il a effacé le cadre de bons moments de sa vie... Ce n'est peut-être qu'un prétexte pour tenter de justifier son geste.

Cet après-midi, à la télévision, la deuxième chaîne retransmet une demi-finale de la Coupe d'Europe de rugby, il n'ira pas au boulodrome où d'ailleurs il risque de n'y avoir personne ; le rugby dans la région reste encore, au moins chez les hommes âgés, la religion officielle dont ils manquent rarement les messes.

Dimanche matin, jour d'élection, Marcel fait sa toilette avec plus de soin que d'ordinaire. Il va aussi se changer, mettre des habits propres. Le bureau de vote est un lieu de rencontre où des dizaines de paires d'yeux vous observent attentivement dès que vous en passez le seuil. Le premier intérêt, évidemment, est d'essayer de deviner à travers votre attitude pour qui vous allez voter. Prenez-vous les deux bulletins ou avez-vous déjà préparé le vôtre chez vous ? Qui saluez-vous avec le plus de chaleur ? Avec qui discutez-vous ?

Cette observation est si minutieuse qu'on ne manquera pas de remarquer, en même temps que ces signes, la moindre tache sur votre veste, le moindre faux pli de votre pantalon, la moindre trace d'usure de vos chaussures. Marcel est fier ; comme on dit en Occitanie, il ne veut pas passer pour un marque-mal, c'est-à-dire un misérable qui ne se respecte plus. Il soigne donc sa mise.

Il prend la liste de Tessier, la plie en deux et la glisse dans la poche de son pantalon avec ses cartes d'identité et d'électeur. Il est à peine huit heures, il a le temps. Il se promène dans la cour, observe les poules et Troumpéto qui cherchent les derniers grains oubliés, rentre à nouveau, allume le téléviseur, suit l'émission *Rencontres à quinze* puis l'éteint.

Voilà, bientôt neuf heures, il peut aller accomplir son devoir de citoyen. Après, il fera le tour du petit marché qui se tient chaque dimanche sur la place. Il espère y rencontrer au moins un Sénateur. Il a hâte de savoir quelle suite a été donnée à l'exploit de José.

Il va y avoir certainement une enquête bien que la Jacote soit morte depuis longtemps sans laisser d'héritier connu. Tessier a parlé de la brigade anti-terroriste, il exagère sans doute. Bah, José ne risque pas grand-chose. À son âge, que peut-on lui faire ? Le mettre en prison ? L'enfermer dans un asile ? Tout de même pas. Et puis, tous les Massanais seront là pour témoigner de son bon sens et de son existence parfaitement normale.

Tous ? Bien sûr que non, il n'y aura que les Sénateurs derrière lui, et ils peuvent si peu. Les autres le traiteront de vieux fou … Il vaut mieux qu'il n'y ait pas une enquête trop poussée. Si Tessier est élu, il faudra en parler à son père pour qu'il fasse le nécessaire afin de calmer les esprits et les gendarmes…

Le bureau de vote est installé comme d'habitude dans la salle des mariages et, pour le moment, il y a autant de personnes derrière le bureau que devant. Marcel salue le président, le secrétaire et les quatre assesseurs parmi lesquels Dulup en costume-cravate qui lui sourit.

Enveloppe, isoloir, urne, « a voté », signature.

Comme il ne voit personne dans la salle avec qui il peut engager une conversation, Marcel sort et se dirige vers le marché. Marché est un bien grand mot : ils sont cinq commerçants ambulants, écailler, boucher charcutier, traiteur, jardinier, marchande de vêtements et tissus, à venir chaque semaine proposer leurs produits aux Massanais.

Il s'achète un kilogramme de moules et se dirige vers Vincent qu'il a aperçu devant l'étal des fruits et légumes. Il lui demande aussitôt quelles sont les dernières nouvelles de l'affaire.

Le Sénateur fait la moue, lui répond que deux gendarmes sont venus inspecter les ruines du cabanot mais qu'ils ne sont pas restés bien longtemps. Il semble déçu ; certainement qu'il espérait beaucoup plus de spectacle et d'animation : une armée de policiers, des spécialistes en combinaison blanche et gants de latex puis, pour couronner le tout, l'interrogatoire de l'ensemble de la population massanaise. Il conclut d'ailleurs son maigre récit en déclarant, désabusé :

« Bah, avec ces élections, ils ont d'autres chats à fouetter et puis, ce cabanot, il valait rien alors… »

Marcel rentre chez lui, plutôt soulagé. Après-midi, il ira faire un tour au boulodrome puis il assistera au dépouillement des bulletins, c'est toujours un moment plein d'émotion. Comme il n'y a que deux listes, ce sera bien plus rapide que lors des dernières élections où tout s'était terminé vers une heure du matin car, les chiffres ne concordant pas, il avait fallu recommencer le comptage.

Effectivement, le dépouillement est rapide et déclaré exact par les scrutateurs et le secrétaire. Delpech a quitté la salle demi-heure avant la fin, signe qu'il se voyait battu. Il est vingt heures trente au moment où le président du bureau de vote présente les résultats définitifs. Il annonce 629 votants dont 597 suffrages exprimés. La liste Tessier obtient 317 voix, ce qui lui donne 11 sièges, la liste Delpech n'en recueille que 280 et donc quatre de ses membres feront partie du Conseil municipal.

Ce résultat est accueilli par des applaudissements fournis, des cris de joie et des embrassades. Comme l'ancien maire, la plupart des partisans de la liste Delpech qui avaient pressenti leur défaite ont quitté la salle avant la fin du dépouillement.

Dulup, rouge de bonheur, serre Marcel dans ses bras en répétant :

— On a gagné ! On a gagné !

— Oui, c'est bien. C'est maintenant que votre travail commence.

Au moment où le professeur va lui répondre, Tessier le jeune, très ému, prend la parole. Comme il se doit dans ces circonstances, il remercie ses supporters et félicite ses adversaires pour leur comportement digne. Il promet ensuite de travailler et de se battre pour le mieux-vivre de tous les Massanais sans exception.

Marcel qui n'aime pas les bousculades profite de ce moment de calme pour sortir et se retrouve nez à nez avec Jeannot Tessier qui a beaucoup de mal à empêcher ses larmes de couler. Marcel se contente de lui taper sur l'épaule en lui disant :

— Je suis content pour ton petit, je pense qu'il va faire un bon maire !

— Merci ! hoquète le père en se frottant les yeux.

À mesure qu'il s'éloigne de la mairie, il cesse de penser au vacarme et à l'agitation des hommes, il regarde le ciel tout brillant d'étoiles. Le vent est tombé, il fait doux. Demain sera sans doute une belle journée.

Il se souvient de ces soirées de printemps, lorsque, après le repas, Madeleine et lui devisaient des petites choses de leur vie, assis sur le perron de la Grangette. Ils ne faisaient rien d'extraordinaire : ils parlaient, regardaient le ciel, s'imprégnaient du calme de la nuit qui posait sur eux sa couverture douce et ils étaient heureux.

Marcel ne se rappelle pas s'ils avaient conscience de leur bonheur. Peut-être, puisque dès qu'il faisait beau, ils se retrouvaient sur le perron. Il pense à tous ces moments passés là, des petits moments humbles, simples, presque insignifiants et pourtant…

Se sentir bien, avoir envie que le temps s'arrête ou tout au moins s'étire, ce n'est pas si fréquent.

À présent, il voit les publicités télévisées dans lesquelles on va toujours plus vite, plus haut, on est toujours plus jeune, plus beau. Est-on plus heureux ? Rien n'est moins sûr. Il n'est pas nécessaire de vivre des expériences extraordinaires pour se sentir bien. Au contraire, le risque, l'anxiété, le défi, la concurrence ne peuvent procurer au mieux qu'une courte satisfaction et un peu de fierté, rarement du bonheur.

Peut-être qu'il faut être vieux pour éprouver ces choses. On apprécie la marche lorsqu'on ne peut plus courir… Oui peut-être. Il n'empêche que même à son âge, même sans Madeleine, il goûte encore de temps à autre ces instants rares où il est heureux : par exemple, lorsqu'il s'installe sur son fauteuil et que Grimace vient s'allonger sur ses genoux. Ils restent tous les deux comme engourdis de bien-être, elle ronronnant, lui, caressant son front du bout des doigts. Il y a aussi certains matins bleus et calmes où, en ouvrant les volets, il est accueilli par les premiers rayons du soleil et le chant de Troumpéto. C'est peu et pourtant, ça lui fait chaud au cœur.

Il referme soigneusement le portail derrière lui, prend dans ses bras Grimace qui l'attendait et rentre. Il lui reste deux louches de soupe dans la casserole. Il va la faire réchauffer et y trempera des petits bouts de pain, ce sera suffisant car il n'a pas très faim.

Décidément, cette fin de semaine lui a été favorable : Claire va s'installer à la Grangette pour travailler sur son projet, le soleil d'Occitanie ne va plus le tourmenter à cause de Troumpéto et la liste de Dulup a gagné. Ce sera bien bien plus facile de discuter avec Tessier qu'avec Delpech qui donnait toujours l'impression de ne pas prendre au sérieux les propos de son interlocuteur.

Il allume le téléviseur. Il va regarder Maigret, il aime bien ce genre de film policier au rythme lent et presque sans violence. Il pense à José l'artificier nostalgique, c'est une chance pour lui que Tessier soit élu.

Sans doute excité par ce dimanche extraordinaire, Marcel met beaucoup de temps à s'endormir et se lève tôt, au petit jour. Il pousse fort les volets de la cuisine et l'un d'eux heurte le mur.

Le bruit réveille Troumpéto qui sort du poulailler et lance son premier cocorico.

Il ne s'agit d'un cri ni harmonieux, ni agréable à entendre mais c'est un retour à la vie, le salut à un jour nouveau avec son grand sac de si et de peut-être. C'est aussi, en même temps, l'éveil de la nature sauvage et indomptable.

Chaque matin, Troumpéto crie à Marcel :

« Je suis vivant ! Tu es vivant ! On est vivant ! La Grangette est toujours debout ! Aujourd'hui s'ouvre une nouvelle grande page blanche à remplir ! »

Bien sûr, il est confortable et rassurant d'établir un programme de la journée, de la corseter de rites et d'habitudes, mais la vie ressemble au filet d'eau qui coule entre nos doigts. Elle ruisselle dans les interstices du temps, se faufile entre nos gestes, bute sur nos rencontres, roule sa chanson claire dans notre esprit, bouleverse notre cœur, fait que tout est toujours différent, imprévisible, inachevé.

À Prat de Cest Le 30 août 2017.

T.D.O Éditions, SARL

Composition, mise en page : TDO Éditions

ISBN : 978-2-36652-221-1

Réimpression en février 2022

sur les Presses de Laballery

N° d'impression : 202058

Dépôt légal mars 2021